시스템
미디블나이트

JN412161

DECA
MEDIA

시스템 미디블나이트 1

초판 1쇄 2025년 12월 24일

지은이 리플래시 · **발행인** 김정수 · **고문** 이종주
발행처 데카미디어 · **출판등록** 2025년 4월 17일
주소 서울시 영등포구 당산로 214 · **E-mail** tradejjang0@gmail.com
유통 · 판매 관리 (주)행운사 · **Tel** (031)901-1137 · **FAX** (031)901-4140
E-mail luckybogo222@naver.com · luckybogo222@daum.net

ISBN 979-11-7513-087-6 (1권)
ISBN 979-11-7513-086-9 04810 (세트)

시스템 미디블나이트

1

리플래시 퓨전 판타지 장편소설

차 례

프롤로그

퇴근하던 도중 터널 구간에 정체가 일어났다. 평상시에는 차량이 많긴 해도 이렇게 서 있을 정도는 아니었는데 아무래도 사고가 난 모양이다.

공사 중이었다면 안내 표시가 있었겠지만 그런 것도 없다.

그저 이 정체가 빨리 풀리길 기다렸다.

나의 유일한 취미는 게임이었다.

바쁜 직장 생활을 하면서 시간을 쪼개 가며 애인을 사귀는 것보다는 취미 생활을 즐기는 것이 편했다. 결혼에 대한 부정적인 인식이 많이 박혀서 30대 중반이 되어서도 제발 손주를 안겨 달라는 엄마의 잔소리를 들어야 했지만, 지금의 내가 정말 편하고 좋았다.

그나저나 언제까지 막히는 거야? 빨리 집에 가서 얼마 전에 구했던 [미디블나이트]를 플레이해야 하는데.

이 중세기사라는 게임은 플레이어가 직접 기사가 돼서 중세 시대를 배경으로 활동하는 게임이다. 시뮬레이션과 액션, 롤플레잉과 자유도, 영지와 가문의 경영, 전 유럽을 배경으로 한 오픈 월드가 혼합된 꿈의 게임이었다.

게다가 1달 뒤에는 DLC로 십자군이 추가된다.

너무 기대되고 설레서 제대로 일을 했는지 기억조차 나지 않는다.

그렇게 운전대를 잡고 흐뭇하게 웃고 있을 때 갑자기 큰 굉음이 일어났다. 무슨 일인가 싶어 백미러를 보는 순간 여러 차량을 깔아뭉개며 돌진해 오는 대형차를 발견했다.

너무 놀라서 어찌할 바를 모르고 있을 때 그 대형차가 내 차까지 덮쳤다.

— 쾅!

엄청난 충격이 전해져오면서 그 뒤로 어떻게 되었는지 모른다. 세상이 암전되면서 기억이 끊어져 버렸으니까.

죽는다는 게 그런 것일까? 어안이 벙벙하네.

마치 3인칭 관찰자 시점으로 나 자신을 돌아보는 것 같다.

그런데 따뜻한 빛이 뿜어지더니 나도 모르게 눈을 떴다.

"……뭐야?"

얼마 지나지 않아 깨달았다.

나는 미디블나이트에서 커스터마이징으로 생성한 주인공 캐릭터로 눈을 뜬 것이다.

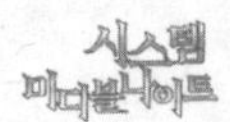

사람은 적응의 생물이다

터널에서 사고가 났고 그 후에 따뜻한 빛에 감싸였다는 기억만이 단편적으로 남아 있었다. 그리고 얼마 후 눈을 떠보니 전혀 모르는 장소에서 깨어났다. 여긴 어딘가? 회반죽으로 만들어진 벽과 천장을 떠받치는 나무 기둥, 몇 개의 가구가 배치된 방이다.

그 순간 위화감과 기시감을 느꼈다.

이 이상한 감정이 무엇인지 잘 모르겠다.

그리고 급격한 어지럼증을 느꼈다. 마치 머릿속에 무수히 많은 정보가 강제로 입력되는 것처럼 밀고 들어오는 느낌을 받았다. 한참 동안 어지럼증을 호소하다가 어느 정도 진정되었을 때 나는 무심코 벽에 걸려 있던 작은 거울을 봤다.

금발의 푸른 눈, 전형적인 미소년의 얼굴.

……이건 내 얼굴이 아닌데? 이게 나라고?

얼굴을 만지거나 여러 동작을 취했고 다양한 표정을 짓기도 했는데 거울에 비친 이 얼굴이 지금의 내 얼굴인 건 분명한 것 같다. 장난으로라도 잘생기게 살아보고 싶다는 푸념을 늘어놓은 적은 있지만 설마 진짜로 그렇게 될 줄은 몰랐다.

심지어 인종도 달랐다.

내가 언제부터 백인 미소년이 되었는지 모르겠다.

확실한 것은 꿈이라고 해도 기분은 좋다는 것이다.

"어디서 본 것 같은 광경인데."

그런데 방의 구조는 어딘가 낯이 익었다. 영화에서 본 것 같지는 않고 그렇다고 이런 디테일한 부분까지 자세히 알고 있는 것은 아닌데 왜 기시감이 느껴지는 걸까? 그러다가 내 머릿속을 스쳐 지나가는 것이 있었으니 미디블나이트의 처음 시작 광경과 흡사하다는 것이다.

에이, 설마.

아무리 그래도 죽은 줄 알았는데 눈을 떠보니 게임 속 세상이려고.

그건 너무 말도 안 되는 생각인 것 같다.

이것은 꿈인가, 아니면 현실인가. 사실 구별이 잘되지 않았다. 분명히 나는 죽었다고 생각했는데 왜 이런 곳에서 눈을 떴는지 알 수 없다. 생생한 촉감과 살아 있다는 느낌은 결코 죽은 사람의 것이 아니다.

별별 추측과 상상들이 내 머릿속을 헤집었다.

하지만 그렇게 속으로 격렬하게 토론을 해 봐야 현실은 바뀌지 않았다.

나는 다시 내 얼굴을 살폈다. 그러다가 한참 후에 확신을 가지게 됐다.

금발에 푸른 눈을 지닌 전형적인 백인 미소년의 얼굴은 커스터마이징을 시작할 때 처음 나오는 표준 외형이기 때문이다. 그런데 왜 하필 표준 외형인가? 나는 게임상에서 캐릭터를 만들 때 투구를 쓰면 얼굴이 잘 안 보이기 때문에 그냥 표준 외형으로 캐릭터를 만들었다.

혹시 그것이 원인인가? 커스터마이징이 귀찮아서?

이름도 독일식으로 멋지게 볼프강(Wolfgang)이라는 이름을 지었다.

영어로 읽으면 울프갱이지만 게임 배경이 신성로마제국의 제후국 중 하나였으니까, 고르고 고른 이름 중에 가장 마음에 드는 것이라서 그렇게 지었다. 늑대는 독일 지방에서 전쟁의 승리를 예언하는 신성한 동물로 여겨지는데 그게 내 이름의 유래였다.

미디블나이트의 세계, 현대인인 나와 또 하나의 나.

내 머릿속에 무단으로 각인된 [설정]이 매우 거슬렸다. 나는 볼프강 폰 슈트라이트이며 세습서훈을 받지 못한 마지막 가문의 후계자다. 아버지는 5년 전 프랑스와의 전쟁에서 돌아가셨고 어렵게 생활하다가 이제 막 성인(15)이 되었다는 것이다.

이건 미디블나이트를 시작할 때 처음 접할 수 있는 시작 설정이다.

신성로마제국의 제후국 중 하나인 베렌 공국이 내가 속한 나라였는데 수도 브라이스부르크에 거주하고 있었다. 미디블나이트를 처음 시작할 때 신성로마제국의 5개 제후국을 선택할 수 있는데 그중에 플레이하기가 재미있다는 베렌 공국을 선택했다.

슈트라이트 가문의 마지막 가주이자 막 성인이 된 공국 기사가 자신의 야망과 가문의 번성을 위해 세상으로 나아간다는 미디블나이트의 프롤로그가 떠올랐다.

부정하고 싶어도 엄연한 현실이라는 게 무섭다.

지금의 상황이 어처구니없는 현실이라는 것을 자각해야 했다.

기사로서 멋진 이명과 아름다운 부인, 영지를 차지하는 것이 게임상의 목표였지만 이게 현실이 되어 버리면 나보고 어쩌라는 거야? 현대인이 중세에서 제대로 적응할 수 있긴 한 건가? 이 회반죽으로 만든 벽과 희미하게 풍기는 구린 냄새 속에서?

[시스템 미디블나이트가 적용 중입니다]

"……이건 또 뭐야?"

[안녕하십니까, 볼프강 님. 미디블나이트의 세계에 오신 것을 환영합니다]

[최고의 플레이를 돕기 위해 시스템 미디블나이트에서는 볼프강 님이 당황스러운 현실에 적응할 수 있도록 최선의 서비스를 제공하고 있습니다. 볼프강 님은 상점을 이용하실 수 있으며 퀘스트를 통해 다양한 포인트와 금전을 확보할 수 있습니다. 다만 상점에서 구입한 물품을 판매하는 행위는 불법이니 이 점은 꼭 유의하시기 바랍니다]

눈앞에 글자가 보인다는 것이 어떤 느낌인지 알겠다. 의외로 시야를 그렇게 가리진 않는다. 내가 이렇게 침착함을 유지할 수 있었던 것은 너무 황당하고 어처구니가 없기 때문이다. 사람이 상정 외의 일을 당하면 오히려 침착해진다는데. 지금의 내가 그렇다.

"내 적응을 돕는 시스템이라고? 그럼 하나만 묻자. 나는 왜 여기에 있는 거야?"

[볼프강 님의 마지막 소원을 시스템 미디블나이트의 운영자님이 들어주었기 때문입니다]

"……내가 마지막 소원을 빌었다고? 전혀 기억에 없는데?"

아무리 게임을 좋아해도 그렇지, 상식적으로 누가 죽는 순간에 게임 세계에서 살게 해달라는 소원을 빌겠냐? 죽을 당시의 상황에서 무슨 소원을 빌었는지 전혀 기억나지 않았다. 내가 죽은 것도 얼떨떨한 일인데 그 긴박한 상황 속에서 소원을 빌 정신머리가 있을 리가.

[운영자님은 볼프강 님의 바람을 들어주었을 뿐입니다]

"운영자가 대체 누구야?"

[볼프강 님이 이해할 수 있는 모든 영역을 벗어난 존재입니다]

너무 추상적인 표현이라 잘 가늠이 되지 않았지만, 세계를 창조한 존재였으니 내가 이해할 수 있는 범주를 넘어선 것은 분명했다. 내가 무슨 소원을 빌었는지 모르겠지만 결과적으로 게임을 기반으로 세계가 창조된 셈이다. 내 소원으로 만들어진 세계라니, 하하하.

너무 기가 막혀서 마른 웃음만 나온다.

혹시 그 운영자라는 존재가 나를 개미라고 생각하는 건 아니겠지?

[미디블나이트의 세계는 각자의 탄생, 각자의 삶, 각자의 죽음이 유기적으로 연결된 살아 있는 세계입니다. 그들의 삶을 존중해 주십시오. 그들의 삶 속에 기억하게 될 위대한 영웅의 이야기를 만드십시오. 그것이 엔딩 조건입니다]

[위대한 영웅]은 미디블나이트의 대표적인 엔딩 중 하나였는데 그걸 내 엔딩 조건으로 걸어놓다니. 나는 엔딩은커녕 겨우 30시간밖에 플레이하지 못했다. 이제 막 즐기기 시작한 참인데 하필이면 그때 죽어서 아쉬움이 남았던 모

양이다. 그러니 지금 내가 여기에 있지.

미디블나이트는 기본적으로 자유도가 매우 높은 게임이라 다양한 선택지를 고를 수 있다. 사모하는 귀부인을 위해 싸우는 토너먼트 기사, 모험을 즐기며 방랑하는 자유기사, 다른 이들을 습격하여 약탈하는 도적기사, 전쟁터를 전전하는 용병기사가 될 수도 있다.

내 플레이 목표는 영주가 되는 것이다.

마을을 다스리고 지배하는 영주의 삶이 재미있어 보였기 때문이다. 불행히도 죽기 전까지 영주가 되진 못했다. 야근이 일상인 직장인에게 게임을 오래 할 시간은 별로 없었기 때문이다. 게다가 나는 공략집을 보면서 플레이하는 것을 좋아하지 않았다.

그러니 이 게임을 미친 듯이 파고들었던 고인 물들의 정보력과는 비교조차 할 수 없었고 아는 것만 아는 상황이라 전체적인 게임의 흐름과 메인 퀘스트에 대한 정보가 부족했다. 이럴 줄 알았다면 너튜브에 올라온 각종 공략 영상을 봤어야 했는데.

하지만 시스템은 살아 있는 세계이며 이들의 삶을 존중하라고 했다. 여러 가지 조건에 따라 사건이 다르게 전개되도록 프로그래밍 된 세계와 진짜 살아 있는 세계의 흐름이 과연 같을 수 있을까? 공략정보가 도움이 되는 것은 사실이지만 절대적이진 않을 것이다.

[반복 퀘스트 단련]

[30분 달리기]

[단련으로 머릿속을 비워라]

[보상 : 50포인트, 동화 50닢]

복잡하게 생각하지 말고 일단 뛰라는 건가.

그래, 그 말이 맞는다. 고민한다고 이 상황이 달라질 것 같진 않다.

바람이라도 쐰다면 조금이라도 마음이 진정되지 않을까?

일단 나는 비교적 좋은 옷감으로 만들어진 어두운 녹색의 원피스 같은 튜닉을 입고 있었다. 바지는 통풍이 좋은 옷감으로 만들어졌는지 활동성이 좋았고 신발 모양은 매우 특이했다. 왜 이렇게 실용성 없이 발끝 부위만 길고 뾰족한지 모르겠다. 유행하는 디자인인가?

벽에 걸려 있는 모자와 외투에서는 독특한 악취가 났다. 암모니아 같기도 하고 뭔가 좀 구린 냄새였다. 별로 입고 싶지가 않았다. 이 집은 방과 거실, 부엌 순으로 연결된 L자 형태의 구조였다. 그리고 이층집이었는데 내가 1층에 살고 있고 2층에는 집주인이 살고 있다.

브라이스부르크의 동북 구역에 위치한 이곳은 기사계급이 모여 사는 주거단지였다. 기사 계급은 귀족사회에서 하급귀족으로 분류된다. 작위(공후백자남)를 가진 귀족은 상급귀족이며 이 중에 영지를 가진 상급귀족들은 제후라고 불리며 한 지방의 왕과 같은 존재였다.

— 끼익

문을 열고 나가자 중세 유럽의 주택 단지가 나왔다. 유럽 여행을 온 기분이 들기도 전에 나는 무심코 길바닥 구석에 있는 오물 덩어리를 발견했다. 아무래도 저게 구린 냄새의 정체였던 것 같다. 저건…… 아무리 봐도 똥 같다. 게임과 다르게 진짜 현실이라는 건가.

그러고 보니 중세 시대에는 화장실 같은 것이 따로 없어서 요강에 일을 본 다음 그걸 거리에 뿌린다고 들었는데. 생각만으로도 집에 돌아가고 싶어졌다. 다시 죽으면 될까? 이런 비위생적인 곳에 깔끔한 것을 좋아하는 내가 견딜 수 있을까? 병이라도 걸리면?

흑사병이 아니더라도 병에 걸려 죽을 것 같은 무시무시한 광경이었다. 그래서 나는 모자와 외투가 왜 현관문 옆에 걸려 있는지 이해할 수 있었다. 저건 위에서 쏟아지는 오물로부터 자신을 보호하기 위한 방호복이었다.

찝찝하지만 일단 이거라도 입고 나가야 했다.

무릎 아래까지 내려오는 긴 망토 같은 외투는 쉬르코라는 옷으로 튜닉과 함께 중세를 대표하는 옷 중의 하나였다. 모자가 달려있어서 이걸 쓰면 완전히 로브처럼 보인다. 이걸 입고 있으니 왠지 모르게 든든한 기분이 들었다.

"……."

일렬로 늘어서 있는 비슷한 벽돌집과 저 멀리 감싸고 있는 커다란 성벽, 거리를 다니는 각양각색의 중세풍 옷을 입은 사람들. 그리고 사람들 틈에 끼어 있는 가축, 사냥개, 그리고 어린아이들이 힘차게 뛰어다닌다. 확실히 내게 익숙한 풍경이 아니다.

게임상에서는 이렇게 디테일하게 시민 NPC들이 활보하진 않는다. 그래서 나는 이 광경을 보고 진짜 살아 있는 세계라는 것을 실감하게 됐다. 저건 프로그래밍으로 만들어져 움직이는 그런 것이 아니다. 유기적이며 저마다의 목적이 분명하게 있었다.

각자의 생활, 각자의 삶.

나는 그것을 확인했다.

구불구불한 골목길과 그 사이사이에 앉아 있는 부랑자들이 눈에 띄었다. 그리고 생각보다 숫자가 많았다. 그 사이에 집시들로 보이는 일가족이 작은 천막을 짓고 그 안에 갓난아이를 돌보고 있었다. 바닥에는 더러운 웅덩이가 있었고 냄새가 진동했다.

"나리, 다리를 다친 제게 한 푼만 적선해 주시죠? 복을 받으시려면 제게 기부를 하면 됩니다. 당신이 베푼 친절은 신이 대신 갚아 주실 겁니다."

다리에 붕대를 매고 목발을 짚던 부랑자가 내게 당당하게 적선을 요구했다. 기부하면 신이 대신 갚아 준다고? 돈이 없어서 적선을 못 해 준다고 하자 부랑자는 내게 웃으면서 다음에 적선하러 와 주면 복을 드리겠다고 말했다. 어안이 벙벙해져서 골목길을 벗어났다.

적선을 당당하게 요구하는 부랑자라니.

저건 게임상에서도 본 적이 없는데.

부랑자와 집시로 보이는 이들이 생각보다 많았다.

당당하게 구걸하는 부랑자도 그렇고 하늘에서 쏟아지는 오물을 보고 있자니 문화충격을 받지 않을 수 없었다. 이런 중세 환경에 적응하려면 얼마나 시간이 걸릴까? 청결한 현대인이 살 만한 곳은 절대 아니다. 다행인 것은 흑사병의 유행이 지나간 시대라는 것이다.

게임 배경이 15세기~16세기를 혼합한 시대상이었으니까.

흑사병은 14세기에 맹위를 떨치고 지금은 가라앉았다.

미디블나이트의 세계는 기본적으로 가상의 역사를 배경으로 하고 있다. 역사적으로 유명한 사건과 고증이 반영되어 있을 뿐 실제역사라고 믿으면 곤란했다. 내가 속한 베렌 공국은 슈바벤과 바덴 지역을 다스리는 공국이지만 역사상으로는 존재하지 않은 공국이었다.

오물 바닥과 악취를 제외하고는 확실히 베렌 공국의 가

장 번화한 도시라는 것을 확실하게 느낄 수 있었다. 역시 공국 최대도시답게 문화와 경제의 중심지로서 사람도 많았고 시장에는 각종 물품을 파는 상인들로 가득 차 있었다.

거지와 집시가 공존하는 미로 같은 골목길을 벗어나, 게임상에서 보았던 브라이스부르크의 십자대로가 모습을 드러냈다. 동서남북으로 나누어진 십자대로는 각 구역을 4가지로 크게 나누는 구획의 역할도 겸했다. 내가 사는 곳은 동북 구역이었다.

키슬링대로(동부)로 나온 나는 광장으로 향하는 마차와 사람들의 행렬을 볼 수 있었다.

이 대로를 따라 중심가로 이동하면 모든 대로가 하나로 모이는 거대한 광장이 나온다. 4개 관저(행정, 군무, 재정, 사법)가 모인 정부종합청사와 사형대가 있었고 하늘을 찌르는 첨탑과 거대한 고딕 양식의 교회, 브라이스부르크 대성당이 위엄을 뽐내고 있었다.

뾰족뾰족한 고딕 양식이 매우 인상적이다.

그 외에 공국 병원과 대학교, 다양한 물품을 진열한 시장도 있다. 살벌한 사형대도 관청 앞에 스산한 분위기를 풍기며 자리를 잡고 있었다. 그래서 각양각색의 계층을 상징하는 옷차림의 사람들을 광장에서 쉽게 볼 수 있다. 이 모든 시설이 광장에 모여 있었다.

공국 병원과 대학교는 교회에서 운영하고 있으며 특히

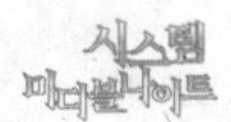

대학교는 카톨릭 사제를 양성하는 전문 기관이라고 할 수 있다. 물론 신학 외에 법학, 의학, 수학 등을 가르친다. 미디블나이트를 플레이할 당시에 빈번하게 찾는 곳이 공국 병원과 대학교였으니까 잘 알고 있었다.

수도복을 입은 사람들이 십자가를 들고 거리를 지나면 사람마다 기도를 올리며 예를 표한다. 그러다가 문뜩 든 생각은 나는 교회에 다니지 않는 무교 주의자라는 것이다. 어머니의 영향으로 불교에 더 가깝다고 할 수 있다.

상당히 위험한 상황이라는 것을 깨달았다.

무교라고 무조건 화형에 처하는 건 아니겠지? 일단 믿는 척이라도 해야 할 것 같다. 교회 사람들과 마주치지 않는 것이 최선이었지만 생활 전반에 교회의 영향력이 막강해서 재수 없게 구워질 수 없으니 교회에 대해 충분히 공부하는 것이 좋을 것 같다.

그나저나 집에서 반복 퀘스트를 받았는데 딱 보니까 사람 많은 대로를 뛰는 것보다는 이 광장을 빙빙 도는 것이 좋을 것 같다. 그래서 간단하게 스트레칭을 했다. 그런데 근처에 있던 어린 수녀들이 나를 보고 까르르 웃었다.

왜 웃는 거야? 내 자세가 이상한가?

몸을 풀고 일단 처음에는 천천히 뛰었다. 왜냐하면 35세의 직장인은 저질 체력이기 때문이다. 그런데 체력이 가득했던 어린 시절로 돌아간 것처럼 지치기는커녕 오히려 시시해졌다. 그래서 속도를 올리기 시작하자 그때서야 온몸의 근육이 움직인다는 느낌을 받았다.

30분 달리기. 처음에는 너무 힘든 퀘스트가 아닌가 싶었다. 30분은커녕 3분도 달릴 수 없는 저질 체력인데 어떻게 30분을 달리겠는가? 하지만 내 신체는 15세의 싱싱하고 건강하며 매우 튼튼했다. 그래서 뛰면 뛸수록 오히려 힘이 샘솟는 것을 느꼈다.

이런 기분은 정말 오랜만이다.

중학교 시절, 친구들과 8시간 동안 땡볕 아래서 농구를 해도 지치지 않을 정도로 왕성한 체력을 자랑했었다. 군대에서도 체력만큼은 자신 있었는데 30대가 되자 신체적인 능력이 서서히 떨어지기 시작하더니 저질 체력이 된 건 순식간이었다. 자랑하던 유연성도 사라졌고.

그래서 달리기를 시작했을 때 오랜만에 멈추지 않고 꾸준히 달려도 지치지 않는 지금의 내가 매우 마음에 들었다. 이 정도 뛰었으면 벌써 숨을 헐떡이며 허리를 구부렸을 텐데. 다리도 아프지 않았고 더 뛰어도 될 정도로 쌩쌩했다.

15세의 신체는 이렇게 튼튼하고 회복이 빨랐다.

[반복 퀘스트 단련 완료]

[50포인트, 동화 50닢 지급]

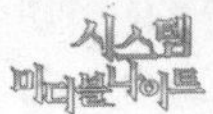

30분 달리기는 금방 끝났다. 쉬르코 안쪽 주머니에 가죽 주머니가 생겼다. 열어보니 동화 50닢이 들어 있었다. 이런 식으로 돈이 들어오는 건가? 동화가 생각보다 작다. 어느 정도 크기냐면 10원보다 약간 큰 정도?

확실히 달리고 나니까 머릿속의 잡생각이 사라진 것 같다. 달리기 퀘스트를 추가로 받았다. 더 뛰고 싶었다. 이 싱싱한 육체를 조금이라도 더 즐기고 싶었다. 30대 중반이 된 이후로 두 번 다시 돌아오지 않을 것 같았던 전성기가 내게로 다시 돌아온 것이다.

“후우, 이제 좀 몸이 풀리는 기분인데.”

반복 퀘스트를 완료한 이후 굉장히 상쾌해진 기분이다.

그런데 어째 나를 구경하는 수녀들이 늘어난 것 같다. 대부분 어린 수녀들이었는데 내가 돌아보자 까르르 웃으며 자기들끼리 신나게 떠들었다. 그러다가 엄숙해 보이는 고위 수녀가 나타나더니 어린 수녀들을 혼쭐내면서 끌고 갔다. 뭐였던 걸까?

광장을 중심으로 동서남북으로 길게 뻗은 대로에는 각기 이름이 있는데 린츠(서부), 키슬링(동부), 노이텐(북부), 베이언(남부)이었다. 왕성은 서북구역의 가장 끝자락에 있었는데 본래 성채도시였으나 인구가 증가하면서 지금의 브라이스부르크가 완성된 것이다.

그래서 서북구역에는 작위를 가진 상급귀족들과 고위관

직에 앉아 있는 궁중귀족들이 자리를 잡고 있다. 동북 구역은 기사계급의 하위귀족과 일부 작위귀족들이 거주하는데 기사계급 중에서도 격이 낮을수록 대로와 가까웠다. 그래서 내 집이 키슬링대로와 가까운 곳에 있다.

대로의 남쪽은 평민들이 거주하는 지역으로 동남구역은 평민과 상인, 각종 길드가 자리를 잡고 있어서 비교적 부유한 구역이었지만 바로 건너편인 서남구역은 매춘거리부터 시작해 빈민들이 만든 슬럼이 자리를 잡고 있어서 치안이 좋지 않았다.

대로를 사이에 두고 극명한 계급의 차별이 있는 것이다.

“베네치아산 직물입니다! 아름다운 귀부인! 한 번 보고 가세요!”

“로젠하임 산 장미 향수를 팝니다! 마담 베아트릭스가 사용한 그 향수입니다!”

시장은 볼거리가 풍부했다. 각 점포에는 천막을 지붕처럼 씌웠다. 돼지와 닭을 파는 가축 상인, 귀부인들에게 옷감을 어필하는 직물 상인, 짚으로 만든 바구니를 파는 수공업자, 각종 공예품을 늘어놓은 공예사 등 많은 상인이 있었다.

그리고 인근 마을에서 가져온 농산물이 전체 점포의 50%를 차지하고 있었다. 많은 사람이 모여 물건을 보고 호객을 구경하거나 노점에서 간식거리를 사 먹는 등 우리

가 알고 있는 전통시장과 하등 다를 것이 없었다.

간혹 로마에서 가지고 왔다는 수상쩍은 면사포 조각이나 성 베드로의 손가락뼈라며 떠드는 유물상인도 있었다. 저런 걸 대체 누가 사는 거야? 그리고 시장 바닥을 몰려다니는 거위 떼와 돼지들도 많았다.

대로를 중심으로 충분히 돌아본 후 집으로 돌아갔다. 위층에서 오물을 뿌리는 부인들이 없는지 조심히 확인하는 것도 잊지 않았다. 방심하면 오물에 맞을 수도 있으니까. 개인적으로 이 냄새 나는 외투와 모자를 빨고 싶었고 목욕도 하고 싶었다.

그래서 일단 나는 목욕물을 데우기 위해 아궁이에 불을 붙이려고 했다.

부싯돌로 보이는 돌을 어떻게든 부딪쳐서 불꽃을 튀게 만들었고 장작에 불을 붙일 수 있었지만 1시간 정도 걸린 것 같다. 흠, 처음치고는 나쁘진 않네.

문제는 세면도구가 전혀 없다는 점이다.

이상한 기름으로 만들어진 비누가 하나 있었는데 매우 시커멓다.

그래서 그 상점이라는 것에 처음으로 접속해 봤다.

나는 이 중에서 잡화 부분에 들어갔고 세면도구 세트를 손쉽게 찾을 수 있었다. 일주일 치 세면도구가 50포인트였다. 반복 퀘스트를 2번 완료하면서 내 수중에 들어온 포인트는

100포인트니 이 정도면 충분히 지불할 만하지 않을까?

따뜻한 목욕물에 몸을 담그며 다시는 볼 수 없다고 생각했던 세면도구를 보고 있자니 답답했던 마음과 긴장감이 사르르 녹아내리는 것 같았다. 포인트라는 것으로 이 중세에서 청결하게 씻을 수 있다는 것 자체가 내게 마음의 안정을 가져다주는 것 같았다.

그러나 기쁜 마음도 잠시, 허기진 배를 쓰다듬으며 주방을 뒤졌는데 검은 빵 3개와 작은 나무통 안에 있는 포도주 1병을 발견했다. 딱딱한 검은 빵을 만져봤는데 이게 과연 사람이 먹을 수 있을까? 나는 혹시나 다른 것이 없을까 뒤져 봤다.

"……먹을 만한 게 이런 것뿐이야?"

포도주를 자주 즐기는 건 아니지만 맛을 보자마자 포도 찌꺼기로 만든 맛 같아서 내 취향에는 영 아니었다. 편의점의 만 원짜리 레드와인이 내 입맛에 딱 맞았었는데. 그리고 이 딱딱한 검은 빵은 칼로 자르기 어려웠다.

대체 빵을 어떻게 만들면 이렇게 검고 단단해질 수 있는 거지?

불순물이라도 들어간 건가? 아니면 너무 오래돼서 변질한 것인가.

용기를 내서 검고 딱딱한 빵을 모래 씹듯이 질겅질겅 씹으며 싸구려 포도주로 겨우 삼킨 뒤에야 당연하게 여겼던

문명의 풍요로움을 감사한지도 모르고 낭비했던 지난날들을 반성했다. 이게 일반적인 주식이라면 도저히 먹고살 자신이 없었다.

그러나 천만다행인 것은 내게 시스템이 제공한 상점 서비스가 있다는 것이다. 나는 잡화에서 세면도구를 구입했고 나름대로 즐겁게 목욕했다. 그래서 상점에 접속했을 때 가장 먼저 발견한 것이 음식이었다. 그 안에는 수많은 종류의 요리가 있었다.

마치, 이상향을 본 것 같은 기분이다.

카톨릭 식으로 말하자면 신은 그곳에 있다.

"다행이다. 하마터면 마음이 꺾일 뻔했어."

나는 풍요로운 식사를 당연하게 생각했던 현대인이다. 물론 세계 곳곳에 아직도 기아에 시달리는 많은 사람이 있는 것은 사실이지만 내 기준으로 나는 풍족하게 먹고살았다. 재산이 많은 것은 아니지만 먹는 즐거움에 돈을 아끼지 않는 타입이었다.

그러니 시스템이 제공하는 상점 서비스는 내게 빛과 소금과도 같았다.

한식부터 시작해 중식, 양식, 심지어 세계 각국의 전통식이 있었고 다양한 식자재와 주류, 디저트까지 있었다. 당연하게도 토종 한국인인 나는 한식으로 들어갔고 거기서 가장 기본적인 김치찌개 백반을 발견했다.

한 끼에 20포인트라.

조금 전 일주일 치 세면도구 50포인트와 한 끼 20포인트를 지불하면서 달리기 반복 퀘스트에서 벌었던 포인트가 30포인트로 줄었다. 그러나 충분히 지불할 가치는 있었다. 어떤 원리로 나타났는지 모르겠지만 식탁 위에 김치찌개 백반이 고운 자태를 뽐내고 있었다.

덜덜 떨리는 손과 흥분된 마음으로 조심히 식탁으로 가져와 얼른 맛을 보니, 익숙하면서도 더없이 만족스러운 맛이 혀를 타고 전신에 퍼져나갔다. 아아, 이게 맛있다는 거다.

영영 맛볼 수 없었던 고향의 맛을 맛볼 수 있게 해 주는 것만으로도 시스템 상점은 내게 엄청난 동기부여를 주었다. 개인적으로 나는 친숙한 음식이 있으면 어떤 곳이든 쉽게 적응할 수 있을 거라고 믿었다. 이러니 반복 퀘스트를 꾸준히 수행해야 한다.

국물도 남기지 않고 싹싹 긁어먹은 뒤 만족스러운 식사를 마쳤다. 걸신들린 줄 알겠네. 설거지할 필요도 없이 깨끗하게 먹었다. 그러자 식기가 눈 깜짝할 사이에 사라졌다. 그것참, 편리하면서도 신기했다.

몸이 깨끗해지고 배도 부르고 나니 나는 아버지가 물려준 슈트라이트 가문의 문장이 새겨진 롱소드를 뽑았다. 우리 가문의 문장은 푸른색 방패를 배경으로 롱소드 두 개가 X자로 교차한 비교적 단순한 디자인이었다. 하급기사 가문의 문양이 화려할 리는 없지.

나는 이 롱소드라는 것을 실물로 보는 것이 처음이다. 어떤 게임이든 거의 필수라고 할 정도로 반드시 등장하는 대표적인 검인데 대부분 한 손 검으로 묘사된다. 롱소드는 한 손 검이 아니라 양손 검이었다. 생각보다 무거웠고 죽도와 비슷한 길이였다.

손잡이와 손을 보호하기 위한 일자형 크로스 가드, 그리고 손잡이와 가까울수록 두꺼워지는 검신은 특이하게 날이 세워져 있지 않아 맨손으로 붙잡아도 문제가 없었다. 검 끝의 긴 날은 날카롭게 벼려 있다. 생각보다 검 자체는 마음에 들었다.

문제는 검술의 검자도 모르는 내가 이 롱소드를 자유자재로 사용할 줄 알아야 한다는 것이다. 내가 다룰 수 있는 무기라고 해 봐야 군대에서 배웠던 K2소총밖에 없다. 식칼로 재료 다듬기도 못하는데 이 검을 과연 잘 다룰 수 있을까? 그러기 위한 상점이 있다.

[독일식 검술 교본]

내가 상점 비급에서 제일 먼저 찾아낸 것이다.

검술을 전혀 모르는 내가 이 교본을 통해서 검술을 익힐 수 있다면 기사로서 부끄럽지 않게 살아갈 수 있지 않을까? 1,000포인트의 고가였지만 꾸준히 반복 퀘스트를 하다 보면 일주일 내로 구입할 수 있을 것이다. 시스템의 설명에 따르면 반복 퀘스트는 무궁무진했다.

그래서 현재의 목표는 독일식 검술 교본의 확보였다.

“그래, 힘을 내자. 천천히 적응하면서 살아가야지.”

스스로 용기를 내라는 듯, 그렇게 중얼거렸다.

나는 어쩔 수 없이 이 세계에 적응하며 살아갈 수밖에 없었으니까.

2주라는 시간이 흘렀다.

결론적으로 말하자면 시스템이라는 도우미가 없었다면 매우 힘들었을 것이다.

무사히 적응할 수 있었던 것은 전적으로 시스템의 도움 덕이다.

일단 중세 시대는 절대 풍족하지 않다. 설탕과 향신료는 귀족의 전유물이자 과시용이었고 밀을 비롯한 곡식과 육류 대부분은 영주가 걷어간다. 흑사병 이전에는 평민들은 빵은커녕 보리나 귀리로 만든 죽을 먹으며 하루하루를 연명했다. 딱딱한 빵도 쉽게 먹을 수 없었다.

그런데 흑사병 이후 노동력의 부재로 영주들이 세금을 줄이기 시작하자 죽을 먹던 평민들이 지금은 딱딱한 검은 빵이나 가끔 하얀 빵을 먹을 수 있을 정도로 생활형편이

나아졌다. 그런데도 여전히 귀족과 비교하자면 모든 것이 부족했다.

길거리도 대단히 비위생적이고 교회는 고행을 미덕으로 삼고 있는 판국이니, 여기에 적응한다는 게 절대 쉬운 일이 아니다. 게다가 죽음과 밀접한 생활이라는 것이 가장 큰 고역이었다.

전쟁과 내란이 터지는 3세계의 사건들조차 그저 지나가는 소식 거리에 불과했던 사람들이 갑자기 죽고 죽이는 전장의 한가운데에 떨어트려 놓으면 과연 살아남을 수 있을까? 그런 의미에서 나는 상당히 운이 좋았다. 적어도 착취를 당하는 평민이 아니었으니까.

나는 세습기사 슈트라이트 가문의 5대 가주였다.

각종 세금을 내는 평민들과 다르게 나는 세금을 낼 필요가 없다. 슈트라이트 가문은 베렌공국기사명단에 등록된 세습기사 가문이며 리터라는 칭호가 허락됐다. 그래서 아버지의 성함이 아셀도르프 리터 폰 슈트라이트였다.

그래서 내가 기사 서훈을 받게 된다면 볼프강 리터 폰 슈트라이트가 된다.

아버지는 프랑스와의 전쟁에서 전사한 것으로 되어 있기 때문에 공훈이 등록되어 있었다.

보통 기사 서훈은 공훈이 없다면 제대로 이루어지지 않기 때문에 많은 기사 후보생들이 공을 세우기 위해 분주히 움직인다. 왜 후보생들이 공훈을 세워야 할까? 그것은 베렌 공국 내에 기사와 기사 가문이 너무 많기 때문이다. 그래서 공훈을 통해 일차적으로 거르는 것이다.

나는 단독으로 공훈을 세울 필요도 없이 전사한 아버지의 공훈만으로도 기사 서훈의 혜택을 받을 수 있었다. 언제든지 신청하면 한 달 이내에 서임식이 이루어지겠지만 나는 지금 그것을 미루고 있었다.

지금의 나는 제대로 된 기사도 아니며 싸울 줄도 모르는 햇병아리에 불과했다. 그래서 반복 퀘스트를 통해 포인트를 모으면서 분주히 움직였다. 2주 동안 정말 열심히 살았던 것 같다.

내 일과는 반복 퀘스트 일정으로 빼곡히 차 있었다.

아침 6시에 일어나 스트레칭을 제일 먼저 한다. 10분 정도 스트레칭을 하고 난 다음 외투(쉬르코)를 걸치고 30분 달리기를 한다. 동부대로(키슬링)부터 서부대로(린츠)까지 왕복하면 퀘스트를 2회 수행할 수 있다. 그렇게 100포인트를 획득한다.

매일 아침 조깅을 하면서 왕복으로 달리다 보면 광장과 교회 앞을 지나게 되는데 각양각색의 거지들을 쉽게 발견할 수 있다. 그리고 그 거지들의 대부분은 붕대와 목발을 짚고 있다. 불쌍하게 보이기 위함이다.

가끔 교회에서 거지들에게 배급하곤 했는데 그럴 때마

다 구름처럼 몰려들었다.

“나리, 다리를 잃은 불쌍한 거지에게 한 푼 보태주십시오.”

“먹지 못해서 아이에게 젖을 물릴 수 없어요. 한 푼만 주십시오.”

매일 이렇게 대로를 왕복하며 조깅을 하다 보니 거지들도 나를 알아보고 적극적으로 구걸했다. 왜냐하면, 처음에는 뭣도 모르고 측은해서 동화 몇 닢을 적선했었는데 그걸 기억하는 거지들이 내게 적선해달라고 달라붙었다. 처음에는 당황했지만 이젠 적응했다.

“이봐! 광장에서 구걸은 금지다!”

“제기랄, 튀어!”

나는 지하철에서만 일어났던 기적을 이곳에도 자주 목격했다. 이 부상자 거지들은 대부분이 사기꾼들이었기 때문에 나는 절대로 이들에게 적선하지 않는다. 아기를 업은 거지도 마찬가지다. 어디선가 주워온 아기를 동냥으로 이용하기 때문이다.

그렇게 집에 돌아와 간단하게 몸을 씻고 8시에 아침을 먹는다.

본래 카톨릭에서는 아침 먹는 걸 권장하지 않지만 나는 필수적으로 먹었다.

아침은 주로 독일식으로 먹었다. 이곳이 독일지방이니

독일인과 비슷한 식습관을 기르기 위해서다. 다행히 베렌지방(슈바벤+바덴)의 요리는 독일 남부지방을 대표할 정도로 맛있기로 유명했다. 나는 주로 쇼이펠레와 감자수프 등을 먹었다.

9시부터 하체, 상체, 신체 균형 반복 퀘스트를 수행하면서 반복적으로 단련한 후 12시에 오전 운동을 마무리 짓는다. 오전에만 획득하는 포인트가 200포인트였다. 반복 퀘스트의 좋은 점은 포인트뿐만 아니라 동화도 꾸준히 들어온다는 점이다.

동화도 200닢씩 꾸준히 벌 수 있었다. 이게 상당한 수입이 됐다. 벌어들인 동화는 주로 장작과 물을 샀고 그 외에 여러 유지비로 사용됐다. 2주 동안 이 정도 벌이가 어느 정도 수준인지 확인해 봤었는데 일용직 노동자가 하루 버는 돈이 동화 20닢이라고 한다.

그 10배를 오전에만 벌고 있던 셈이라 당장에 돈 걱정은 없었다.

점심은 주로 한식을 먹었다.

아아, 중세를 배경으로 한식을 먹는 기쁨은 오로지 나 혼자 누릴 수 있다.

나는 목욕과 먹는 것으로 하루하루를 살아가는 셈이다.

매일 끊임없이 단련을 반복하니 점점 습관화됐다.

오후에는 주로 목검 수련을 한다.

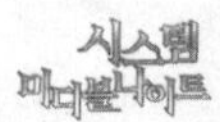

100회를 기준으로 서서히 숫자를 늘렸는데 지금은 300회 정도 휘두른다. 처음 이 단련을 시작했을 때 목검의 무게에 놀랐고 단순히 휘두르기라는 게 생각보다 힘들고 어렵다는 것에 두 번 놀랐다. 이 단련으로 100포인트와 동화 100닢을 벌었다.

그리고 1,000포인트를 모으자마자 독일식 검술 교본을 구입했다.

[독일식 검술 교본]

[1단계 수련 퀘스트]

[4가지 기본자세 익히기(옥스—폼탁—플룽—알버)]

[숙련도 50/100]

[기본자세 보정]

[보상 — 500포인트, 동화 500닢]

처음에 이 퀘스트를 보았을 때 처음 보는 명칭에 조금 당황했다.

공격적인 방어를 추구하며 상대를 몰아붙이는 것이 특기인 검술이다.

독일식 검술은 영화나 만화에서 보던 것처럼 검으로 탱탱하며 싸우는 게 아니라 검을 맞댄 상태에서 파고들어 베기를 선호하고 있다.

이제까지 한 번도 접한 적이 없는 생소한 검술이었다.

처음에는 적응하는 데 상당히 애를 먹었다.

그런데 기본자세 보정이라는 것이 큰 도움이 됐다.

그 덕에 숙련도가 50까지 올랐다.

힘들었지만 보람찬 수련이었던 것 같다.

6시부터는 서서히 해가 진다. 저녁은 비교적 저열량으로 먹는데 이후에는 단련하지 않기 때문이다. 저녁에는 포인트로 구입한 양초를 켜는데 기존 밀랍 양초보다 훨씬 밝았다. 그리고 오락 분야에 대여점이 있는데 40포인트를 지불하면 책을 빌려올 수 있다.

그래서 대부분 저녁은 독서(소설, 만화)로 시간을 보냈다.

대여점이라서 그런지 전문서적은 없다.

교회 예배를 올리는 일요일은 내게 휴식 일이었다.

적당히 몸이 쉬어줘야 회복할 수 있다.

회사에서도 이렇게 일한 적이 없을 정도로 진짜 열심히 단련했던 것 같다.

포인트라는 것이 매우 중요해서 이 정도로 벌어주지 않는다면 하루 유지비 이상의 저축을 할 수 없기 때문이다. 하루 평균 300포인트 정도를 버는데 이 중에 식비 60포인트, 책방이용에 40포인트를 고정적으로 사용한다. 그래서 200포인트가 남는다.

이렇게 두 주일 동안 1,700포인트를 모았다.

1,000포인트로 검술 교본과 세면도구를 구입한 후 남은 포인트다.

고정적인 식비 외에도 부분적인 지출이 있었다. 편안한 잠자리를 위해 좋은 이불 세트로 바꾸거나 바깥에서 들어오는 냄새를 없애기 위해 향긋한 방향제를 갖췄다. 그래서 내 생활이 비교적 안정적으로 유지됐다.

시스템은 아주 영리하게 나를 단련시켰다.

스스로 단련하고자 한다면 재미를 전혀 느끼지 않고 지루했겠지만, 퀘스트를 통해 포인트와 동화라는 당근을 제시했다. 상점을 이용하기 위해서는 포인트가 필수였기 때문에 나는 그것을 위해서라도 열심히 퀘스트를 진행할 수밖에 없었다.

그러니 자연스럽게 몸이 단련되고 점점 루틴화가 되면서 굳이 퀘스트가 아니더라도 단련에 버릇을 들일 수 있었다.

일요일은 모든 사람이 쉰다.

노동을 멈추고 교회에 모여 미사에 참석하는 것이 교회법에 명시되어 있었다. 과거 프랑크 제국 시절부터 내려온 법령이라 이제는 당연한 삶의 일부가 되었다. 이러한 교회법은 가혹한 노동에 시달리던 평민들에게 휴일을 선사한 것이다.

나도 교회 미사에 참석했다.

가까운 키슬링 교구가 아닌 브라이스부르크 대성당을 찾았다.

그리고 동화 50닢을 헌금으로 냈다. 참석한 사람들이 동화 50닢을 헌금으로 내는 것을 보고 따라 낸 것이다. 미사는 보통 점심 전에 끝난다.

미사에 참석하면서 드는 생각은 역시 운영자에 관한 것이다.

이 세계는 미디블나이트를 기반으로 만들어진 창조된 세계다. 나라는 이레귤러가 그것을 증명하고 있다. 교회 사람들이 믿는 주와 창조자가 같은 사람이냐. 아니면 주라는 것은 결국 인간이 만들어낸 허상에 지나지 않는가. 그렇기에 나는 냉소주의자가 될 수밖에 없었다.

미디블나이트에서의 나는 과연 어떤 운명인가.

근원적인 질문이었지만 결국 그 해답은 내 행동에 달려 있었다. 나는 기사가 될 수밖에 없는 운명이다. 선택지가 매우 제한적이었지만 기사 외에는 결국 평민일 뿐이고 그나마 계급을 올리면서 위를 바라보는 것이 결국 궁극적인 목표가 아닐까?

운영자와 시스템이 내게 제시했던 [위대한 영웅]이라는 엔딩도 마찬가지다.

위를 바라보면 바라볼수록 명성을 따라오게 되어 있다.

그래서 나는 미디블나이트의 플레이로서 그 당시의 목

표를 떠올렸다. 내 방식대로 지배하고 다스릴 수 있는 영주가 되는 것이 내 첫 번째 목표였던 것은 분명했다. 일반적인 플레이 목표와 비슷한 노선이었다. 그래서 나는 일단 영주가 되는 것을 목표로 삼았다.

그리고 그것이 결국 야심이 되어 내 삶의 원동력이 될 것이다.

적어도 내가 이 세계에서 살아가기 위해서라면.

"오, 우거진 숲으로 나는 달려갔다네! 향기로운 꽃밭으로!"

"향기로운 꽃밭에 마리아가 기다리고 있었네! 아무도 없는 그곳에!"

미사가 끝나면 대성당의 안마당에는 흥겨운 가락과 노래를 부르며 춤을 추는 사람들도 가득 찼다. 성가도 아닌 민간 노래를 안마당에서 불러도 되나 싶을 정도로 원색적인 내용이 많았다. 이들을 바라보는 주교와 사제들의 표정이 좋지 않았지만 제지하진 않았다.

"오, 마리아! 그대는 정녕 마리아인가!"

"그녀가 나를 기다리고 있었다네!"

"그녀가 나를 기다리고 있었다네!"

귀족들도 그들의 노래를 재미있게 따라 불렀고 거리의 악사들이 신나게 흥을 돋우며 축제 같은 분위기를 연출했다. 나름 흥미진진하게 구경하고 있다가 이름 모를 소녀의 손에 이끌려 나와 얼떨결에 춤을 췄다. 모두가 흥겹고 모두가 즐겁다.

강강술래도 아니고 붙잡고 빙글빙글 돌아가는 것이 춤이었다. 하지만 기분은 나쁘지 않았다. 당황하고 어색했지만 금세 나도 녹아들었다. 오, 마리아! 그대는 정녕 마리아인가! 그녀가 나를 기다리고 있었다네! 무슨 뜻인지 모르지만, 함께 따라 불렀다.

"아가씨! 상스럽게 무슨 짓이에요!"

"괜찮아, 프리실라! 모두가 흥겹게 노래를 부르고 춤을 추잖아!"

짧은 와인색 단발의 매우 아름다운 소녀가 내 상대였다. 옷차림으로 보아 틀림없이 고위귀족이지만 평민들과 어울리는 것에 주저하지 않았다. 엉겁결에 그녀와도 춤을 췄다. 그녀에게서 장미향이 났고 눈웃음이 정말 매력적이었다. 그녀는 누구일까?

나와 춤을 추던 소녀는 결국 시녀에게 끌려갔다.

장미향이 계속 내 주변을 감도는 것 같다.

그녀는 누구인가? 나의 마리아여.

다음 날, 월요일이 되어 아침 조깅을 하면서 광장을 지나고 있었다.

관청 앞에서 어떤 관료가 인원을 정리하고 있었는데 뭔가 소란스러워 보였다.

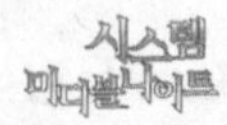

그러려니 하고 지나치려는데 갑자기 퀘스트가 떴다.

[반복 퀘스트 직업]
[거리 청소 감독관]
[거리 청소 인부들을 관리해라]
[관리자 스카우터 임시 지급]
[보상 — 200포인트, 동화 200닢]
[고용될 시 퀘스트 진행]

퀘스트? 그것도 단련이 아닌 직업이다. 나는 스카우터를 구입하려고 포인트를 열심히 모으고 있었는데 이 퀘스트를 통해 관리자 스카우터를 임시 지급받을 수 있다는 것을 주목했다. 이거 한번 해볼 만한데?

"일자리를 원하신다고요? 죄송하지만 지금은 거리 청소밖에 없습니다."

거리 청소라는 것은 말 그대로 거리의 오물을 치우는 일이다.

하지만 관리자 스카우터를 어떻게 사용하는지 궁금해서 해 보고 싶었다.

"기사님, 이건 기사님이 할 만한 일은 아닙니다."

"급하게 돈이 필요해서 그러니 내게 일자리를 주게."

"곤란하군요. 흐음, 그렇다면 혹시 글을 쓸 줄 아십니까?"

"읽고 쓰는 것은 가능하지."

나는 독일어를 배운 적이 없는데도 독일어와 글자를 알고 있었다.

시스템 보정인지는 모르겠지만 아주 자연스러웠고 어려운 글자도 막힘없이 읽을 수 있다.

심지어 나는 라틴어도 알고 있었다. 교회 미사에서 주교님이 라틴어로 떠드는 걸 알아들었기 때문이다. 그러나 그다지 유익한 내용(엘렐루야!)은 아니라 중간에 졸기 일쑤였다.

"오, 그러면 현장 감독관으로 일하시는 건 어떻습니까?"

"현장과 인부를 관리하면 되는 건가?"

전자제품공장에서 현장 관리자로 8년을 일했다. 원자재, 생산계획, 품질관리, 완제품에 이르기까지 내 손을 탄 제품이 전 세계로 팔려나갔을 때의 뿌듯함이 아직 남아 있었다. 그러니 현장 관리가 가장 자신 있는 분야였다. 다만 인력관리는 좀 어려울지도 모르겠다.

원래 이 거리 청소는 사형집행인 일족이 맡는 일 중에 하나라고 한다.

나도 이들을 거리에서 한 번 본 적이 있는데 눈에 띄는 붉은 코트를 입고 있으며 특유의 표식을 가지고 있었는데 사람들은 절대로 그들에게 접근하지 않았다. 그들은 구석에서 식사하거나 술을 마셔야 했고 지정된 자리 외에서의

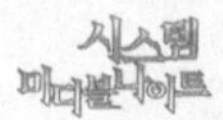

활동은 엄격하게 금지됐다.

심지어 모르고 합석한 이는 직장에서 퇴출당하고 스스로 목숨을 끊기도 했다.

그렇게 사회적인 차별을 받으며 도시에 거주조차 할 수 없어 외곽에 살고 있던 사형집행인 일족은 의외로 부유했다. 지저분하고 잡다한 일에 동원되다 보니 평민들보다 돈을 더 많이 벌었기 때문이다. 적어도 굶주리지 않는 삶을 사는 것이니 평민보다 더 나을 수도 있다.

멸시와 차별을 견뎌낼 수 있다면야.

"집행 일자가 잡혀서 이번 주에 일을 못 한다고 하니까, 급하게 임시로 인부를 구하고 있었습니다. 기사님이 오실 줄은 몰랐지만요. 제가 감독관도 겸직하게 됐었는데 잘됐습니다."

"일주일 동안의 한시적인 일자리라는 거지? 인부들은 많이 모였나?"

"지원자가 많긴 한데 어떤 놈이 일을 잘하는지 몰라서 뽑는 게 문제입니다."

사형집행인들이 보이지 않으니 빈민들이 몰려나와 지원한 것이다. 그러다 보니 10명의 인부를 추려야 하는데 어떤 사람이 일을 열심히 하는지 알 수가 없어서 고심하던 차에 내가 찾아온 것이다. 그래서 나는 내게 지급된 관리자 스카우터를 발동시켰다.

기능은 두 가지였는데 이력(이름—나이—소속—주소)과 상태(건강—심리—성향—관계)를 볼 수 있다는 점이다. 가장 기본적인 인적사항을 확인할 수 있었기 때문에 나는 이 기능을 활용해서 출신지와 관계없이 성실과 정직 성향이 있는 이들만 뽑았다.

"이 10명을 뽑고 싶은데 내게 그 정도 권한은 줄 수 있겠지?"

"임시긴 해도 현장 감독관이시니까, 그 정도 권한은 인정해드리겠습니다."

어차피 뽑아야 할 인력이라서 행정 관료는 내가 뽑은 인선대로 채용했다. 내가 직접 뽑은 것에 인부들은 어리둥절했지만, 열심히 일하려는 마음가짐을 가진 사람들 위주로 뽑은 것이라 내가 관리하게 될 현장이 제법 편하고 쉬워질 것이다. 일은 쉽게 하는 것이 좋다.

"농땡이를 부리는 놈이 있으면 엄하게 다뤄주세요. 검을 쓰셔도 됩니다."

귀족기사이기 때문에 빈민을 죽인다고 해도 아무런 문제가 되지 않는다.

그래서 행정 관료가 내게 그런 당부를 하는 것이다. 공포로 다스리라고.

"그런데 어디부터 어디까지가 내 구역이지?"

"린츠대로 남쪽의 6~10번 골목길입니다."

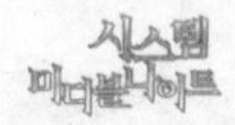

린츠대로는 브라이스부르크의 서문으로 뻗은 대로로 남쪽 맞은편에는 빈민거주지와 매춘거리, 슬럼이 있는 곳이라 매우 지저분하고 치안이 좋지 않은 곳이다. 10명 가지고 5개 골목길을 청소해야 하는데 인력이 부족하지 않을까?

그래서 더 뽑아도 되냐고 물으니까 관료가 펄쩍 뛰었다.

이미 나를 감독관으로 뽑았기 때문에 할당이 없다는 것이다.

"청소가 다 끝나면 제게 사람을 보내주시면 됩니다."

돌아가는 행정 관료의 발걸음이 굉장히 가벼워 보였다. 인력이 없어서 겸직하고 있었다면 당연히 힘들었을 테지. 홀가분하게 일을 떠넘기는 기분은 나도 잘 알고 있다. 회사에서 관리직으로 일했을 때 새로운 신입이 오면 내가 가지고 있던 일 중에 하나를 넘겼으니까.

그만큼 업무 부담이 줄어드니 좋을 수밖에.

그래도 관료 놈아, 너무 좋아하는 티는 내지 말자.

아무튼 이제 나와 멀뚱히 지시를 기다리는 10명의 인부만 남았다. 다행인 것은 내가 관리자로서의 경험이 있다는 것이다. 경험의 힘은 중요했다. 내가 아무런 경험이 없었다면 나도 뭘 지시해야 할지 몰라 허둥지둥했을 테니까. 이들을 데리고 청소구역으로 향했다.

치안이 좋지 않은 골목길이라 그런지 매우 지저분했고 거지가 많았다. 거지는 어느 골목길이든 다 있는 것 같다.

창밖으로 오물을 던지는 것보다 거지들과 집시들이 골목을 가장 많이 더럽혔다. 골목길에서 생활하다 보니 온갖 오물을 버리기 때문이다.

거지들의 대부분은 수도출신이 아니다. 관리자 스카우터로 이력을 확인해본 결과 지방에서 올라온 자유민들이 대부분이다. 그리고 특이하게 이들 중 몇 명은 거지증서라는 것을 가지고 있었지만, 나머지는 증서도 없었다.

거지증서라는 게 뭐지? 구걸할 수 있는 자격증인가?

일단 거지들과 집시들을 청소구역에서 몰아냈다. 온갖 불평이 다 튀어나왔지만 검을 차고 있는 내게 반항할 배짱은 없다. 게다가 나는 임시 감독관이며 엄연히 공무수행 중이다. 지시를 어기면 체포될 수 있으니 얌전히 따르는 것이 좋다. 나름 친절하게 경고했다.

“2인 1로 나누고 4팀은 오물을 모으고 1팀은 수거해서 자루를 채워.”

“골목길마다 2명씩 맡는 것이 더 빠르지 않을까요?”

“얌전하게 내가 지시한 대로 움직여. 그럼 빨리 끝낼 수 있다.”

강압적으로 지시를 내리니 그렇게 2명이 모여 5팀이 만들어졌고 4팀을 6번 골목길에 투입하여 오물을 모으게 했다. 나머지 1팀은 그렇게 모은 오물을 자루로 옮겨 담는다. 분업화라는 것인데 이렇게 해야 관리하기 쉽고 효율도

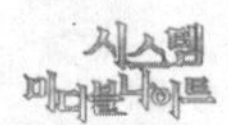

좋았다. 30분 만에 골목길이 깨끗해졌다.

"이 정도면 됐겠는데?"

농땡이 치는 인부도 없었고 정직과 성실을 태그로 장착한 인부들이라 아주 열심히 청소한 것이다. 그렇게 3시간 만에 5개 골목을 깨끗하게 청소해냈다. 그런데 청소가 끝나자마자 기다리고 있었다는 듯 거지들과 집시들이 몰려와 자리를 잡아 버렸다. 뭐, 저런.

"아니, 벌써 청소를 다 하셨다고요?"

아무튼 사람을 보내 불러온 행정 관료는 예상보다 이른 시간에 불려 와서 그런지 어리둥절했다. 행정 관료는 청소 구역과 자루에 가득 쌓인 오물을 보고 눈만 껌뻑거렸다.

본래 사람의 집중력은 1시간 정도가 한계라지만 나는 스카우터를 이용해 적재적소에 인력을 배치했고 분업화를 통해 체계적으로 거침없이 무자비하게 청소를 시켰다. 당연히 좋은 성과가 나올 수밖에. 분업화라는 게 간단하면서도 효과적이다.

반복 퀘스트를 완료하면서 200포인트와 동화 200닢을 묵직하게 벌었고 근무수당으로 동화 100닢을 받아 제법 쏠쏠했다. 행정 관료는 당분간 거리 청소 감독관을 맡아달라며 내게 부탁했다. 그래서 사형집행인 일족이 복귀할 때까지 거리 청소 감독관직을 맡을 수 있었다.

본래 오후 6시 이후에는 단련하지 않았지만, 직업 퀘스트를 추가하면서 저녁단련 시간이 생길 수밖에 없었다. 그 결과 독서를 즐기는 시간이 줄어들었다. 그러나 단련을 게을리할 수 없었다.

겨우 일주일이었지만 포인트와 동화 벌이가 꽤 쏠쏠했다. 그리고 가장 큰 수확은 스카우터라는 것을 어떻게 사용해야 하는지 익힐 수 있었다. 대략적인 환율을 보자면 은화 1닢은 동화 1,000닢으로 맞게 떨어진다.

사실 중세 시대의 환율이라는 게 지역마다 천차만별이라 기준이 없다는 것이 정설이지만 이렇게 맞게 떨어지는 것은 아무래도 편의주의적인 무언가가 있는 것 같다.

참고로 금화는 은화 1,000닢이다.

게임을 기반으로 만들어진 세계라서 그런가?

일반적으로 평민의 1년 생활비가 약 은화 8닢 정도라고 한다. 흑사병 이전에는 5닢 수준에 지나지 않았고 그만큼 생활이 어려웠었지만, 흑사병 이후 노동력이 크게 감소하여 부족해지자 세금이 전보다 낮아졌고 고용비가 증가하면서 평민들의 삶이 한층 더 나아졌다.

다만 건축물은 철저하게 관청의 승인을 받아야 했으며 창문을 내는 것도 세금을 걷고 문짝을 내는 것도 세금을 걷으며 화로를 두는 것도 세금을 받았고 우물을 파는 것도 세금을 받았다. 마을의 경우 방앗간과 화덕이용도 세금을 내야 했다.

선술집에서 마실 수 있는 모든 주류에 세금을 냈고 상속세, 결혼세, 장례세까지 걷어갔다. 그러나 그 액수가 낮아져서 평민들의 부담이 줄어든 것도 사실이다. 흑사병 이전에는 결혼세를 내지 못해서 아내를 바쳤다고 한다. 그게 초야권의 오해 중 하나였다.

귀족에게는 세금이 없다. 다만 타 국가 혹은 타지역과 전쟁이 터지면 일시적으로 걷는 전쟁세가 있다. 동원에 참여하면 전쟁세를 적게 내고 동원을 거부하면 전쟁세를 많이 내는 식이다. 지금 전쟁이 터지면 나는 동원에 참여할 수 없으니 전쟁세를 많이 뜯길 것이다.

임시지만 거리 청소 감독관으로 일하게 되면서 의외로 나는 밑에 사람을 부리는 걸 좋아한다는 것을 알게 됐다. 직장에서는 사람 부리기가 매우 힘들었는데 여기서는 너무 쉬웠다. 아마도 그것은 내가 귀족이라는 확실한 입장에 있기 때문일 것이다.

나와 처음 연을 맺은 행정 관료, 노이만은 이익에 민감하지만 그만큼 내게 편의와 이익을 안겨주려고 노력하는 사람이었다. 자신에게도 이익이 되기 때문에 협력하는 것이지만 귀족과의 커넥션은 매력적이었기 때문이다.

사형집행인이 복귀한 이후 나는 임시 감독관 자리를 넘겨줬는데 노이만이 다른 쪽으로 내게 일거리를 주기 시작한 것이다. 그것은 거지허가증을 가지고 있지 않은 거지들을 적발하는 것이다. 처음에는 이게 무슨 소린지 몰랐다.

"동냥을 구하는데도 거지허가증이 있어야 한다고?"

"아, 기사님은 모르셨나 보군요. 요즘 거지가 하도 늘어나서 허가증을 발급하고 있습니다만 여전히 허가증 없이 구걸하는 불법 거지들도 많아서 정기적으로 단속하고 있거든요."

그것참, 거지에게도 허가증이 있을 줄은 몰랐다. 행정관료는 이 단속을 위해 사법부의 경비대를 지원으로 받았다. 거지들이 반항한다면 경비대가 나서서 해결해 줄 것이다. 노이만은 내게 경비대를 데리고 담당구역인 린츠대로의 거지들을 단속해달라고 했다.

당연하게도 직업 반복 퀘스트가 있었다.

[반복 퀘스트 직업]

[거지허가증 단속관]

[허가증이 없는 거지를 단속해라]

[관리자 스카우터 임시 지급]

[보상 — 200포인트, 동화 200닢]

이제 슬슬 이 세계에 적응이 되었다고 생각했는데 이런 건 예상하지 못했다.

아무튼, 나는 경비병 5명을 이끌고 린츠대로로부터 줄기처럼 뻗어 나온 남쪽 골목길을 집중적으로 단속했다. 관리자 스카우터를 통해 허가증 유무를 판별할 수 있었다.

[보에드 린데만의 이력]

[나이 25세][소속 없음][주소 8번 골목길 거주]

[퀘스트 거지허가증 없음]

"아이고, 나리! 거지에게 허가증이 웬 말입니까!"

"구걸하고 싶다면 정식 절차를 거쳐 허가증을 발급받아."

"허가증 발급을 잘 안 해 준단 말입니다!"

거지에게 시달린 이후 나는 더 이상 거지들을 호의적으로 보지 않았다. 거지들에게 베푸는 것으로 천국의 계단에 오를 수 있다는 부자들의 믿음이 있었기 때문에 거지들은 오히려 구걸로 평민들보다 더 많은 수입을 벌게 됐다. 그 꼴을 보고 너도, 나도 거지가 된 것이다.

거지가 너무 많아지자 공국 정부에서는 허가증을 발급해 거지들을 제어하려고 했다. 당연히 제대로 될 리가 없기 때문에 정기적으로 단속 활동을 벌이는 것이다. 그래서 관리자 스카우터를 통해 허가증의 소지 여부를 쉽게 판별했다.

"아니, 저 기사님은 대체 정체가 뭐야?"

"어떻게 한 번 보는 것만으로도 잡아내는 거지?"

경비병들이 내가 거침없이 거지들을 단속하자 상당히 놀란 것 같다. 그래서 대충 거지의 행동을 보고 유추해 낸다고 둘러댔다. 그러자 놀라운 눈썰미를 가진 기사님이라고 불리게 됐다. 그렇게 린츠대로와 접한 모든 골목길의 거지들을 단속했다.

적발되어서 벌금을 물은 거지가 30여 명 정도 됐다.

당연히 나는 그들의 이름과 나이 등을 아마포로 만든 종이에 적어 노이만에게 넘겨주었다. 노이만은 눈을 끔뻑거리며 나와 종이를 번갈아 봤다. 그리고 경비병들에게 시선을 향하자 경비병들은 나를 굉장한 능력을 갖춘 기사님이라고 치켜세워 줬다.

"크흠, 기사님. 앞으로도 계속 부탁드려도 되겠습니까?"

"일자리가 보장되는 건 좋은 일이지. 언제든지 맡겨 주게."

그래서 당분간 거지허가증 단속관으로 활동했고 린츠대로(서부)를 비롯해 다른 대로까지 거지들 사이에서 내 악명이 퍼졌다. 일단 거지들이 나만 보면 도망갔다. 그래서 아침 단련을 할 때 귀찮게 했던 거지들이 내게 얼씬도 하지

않아서 흐뭇하고 보람이 있었다.

[F급 관리 타이틀 달성]

[명예의 전당이 개설됩니다]

상점 외에 명예의 전달이라는 게 새롭게 개설되어 있었다. 접속해 보니 F급 관리라는 목록이 있었고 혜택은 관리력 20% 상승이었다. 그런데 이건 너무 막연한 수치라서 체감이 잘 안됐다. 내가 직업 퀘스트를 수행할 때 20% 더 업무능력이 향상된다는 의미인가?

겪어보지 않고서는 판단하기가 좀 애매했다.

F급이라는 것은 앞으로 등급이 올라간다는 것을 의미하지 않을까?

그런데 광장 한편에 힘없이 앉아 있는 덩치 큰 남자를 발견했다.

저 녀석은 내 기억 속에 남아 있었다. 이름이 한스라고 했던가?

거리 청소 감독관으로 일했을 때 유독 내 말을 잘 따르던 성실한 녀석이었다.

이유는 모르겠지만 기운이 없어 보였다.

이것도 인연이라고 생각해서 한스를 식당으로 데려갔다.

가끔 들렀던 로즈마리라는 식당이다.

"저, 이렇게 대접받아도 좋은지 모르겠습니다."

"사양하지 말고 많이 먹어. 배부르게 먹어야 여유가 생기는 법이니까."

"그, 그럼 감사하게 먹겠습니다."

한스는 내가 일주일 동안 거리 청소 감독관 일을 할 때 꾸준히 거리 청소에 나왔고 불평불만은커녕 적극적으로 행동했을 뿐만 아니라 매우 착실하고 성실하게 일했다. 그래서 기억에 남았던 것 같다. 감독관 일을 내려놓았을 때 인연은 거기까지라고 생각했는데.

덩치도 크고 힘도 좋았다.

거리 청소 일이 없어진 이후로 제대로 일자리를 구하지 못한 것 같다.

내가 기억하기로는 이 친구의 성향은 정직(선)이었다.

그리고 나에 대한 우호도도 유독 높았다.

"저, 남은 걸 싸가도 되겠습니까?"

"이걸 싸가겠다고? 왜?"

"여동생에게 먹여주고 싶어서요."

여동생이 있었나?

관리자 스카우터는 가족관계까지 검색하진 못한다. 기본적인 2가지 기능 외의 기능을 추가하고 싶다면 5,000포인트를 지불해서 기능을 구입해야 한다. 나는 한스의 덩치

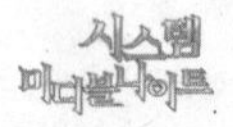

를 생각해서 종류별로 많이 시켰는데 한스는 반만 먹고 나머지를 싸가고 싶은 눈치였다. 내가 허락하자 기뻐하며 자신의 옷을 벗고 남은 것을 싸맸다.

나는 그 모습을 물끄러미 바라봤다.

여동생을 아끼고 사랑하는 착한 녀석이다.

살벌한 중세 시대에서 오래 못사는 유형일지도 모르겠지만 그래서 호감이 갔다.

"한스. 내 시종으로 일해 볼 생각 없어?"

"네? 저, 저를 말입니까? 하지만 저는 할 줄 아는 게 일용직밖에 없는데요?"

생각지도 못한 제안이었는지 한스는 크게 당황했다.

한스는 내 제안을 덥석 받아들이지 않았다. 그는 자신이 까막눈이며 계산도 할 줄 모르는 일용직 일꾼에 불과해서 도움이 되지 않을 거라고 솔직히 말했다. 그는 성향대로 정직한 사람이었다. 그래서 나는 그를 신뢰할 수 있었다.

"이제 슬슬 나도 시종을 거느릴 때가 된 것 같아서. 부족한 부분은 내가 가르쳐주마."

"제, 제게 그런 기회를 주셔서 대단히 감사합니다! 감독관님! 소처럼 부려주세요!"

"식당에서 그렇게 큰 소리로 떠들지 마."

한스는 감동에 몸을 떨었다.

그리고 나는 한스의 사연을 전해들을 수 있었다.

한스와 여동생은 수도태생이 아니다. 베렌 공국 남부 출신으로 스위스와 가까운 지역에서 살고 있었는데 하필이면 그들의 고향에 전염병(홍역으로 추정)이 창궐했다. 그 결과 마을에서 도망쳐 나온 한스와 여동생은 수도에 살고 있는 고모님을 의지하게 되었다는 것이다.

전염병이 알려져 도로가 차단되기 전이라 운이 좋았다고 한다.

그들의 고모는 직물 상인과 결혼해서 제법 부유한 편이라 이들 남매를 거둬들일 수 있었다.

그들에겐 은인이나 다름없다. 그리고 한스는 동생에 대해 말할 때마다 너무 고생을 시켰다며 눈물을 글썽거렸다.

"제 여동생이 좋은 곳으로 시집가는 것이 제 바람입니다."

"그렇다면 네 여동생도 시녀로 채용하면 되겠군."

"예?"

반복 퀘스트를 통해 포인트뿐만 아니라 동화도 벌고 있으니 인건비는 충분히 지불할 수 있다. 한스가 주로 힘을 쓰는 바깥일을 맡고 그의 여동생이 집안일을 한다면 딱 밸런스가 맞을 것 같다. 게다가 나는 일가를 고용하는 것이다. 이게 귀족의 책임인가?

"흐흑, 감사합니다! 목숨을 다해 섬기겠습니다, 감독관님!"

"볼프강 님이라고 불러. 감독관은 언제 적 감독관이냐?"

귀족이 평민들에게 있어서 지배자의 입장에 있지만 마찬가지로 평민들에게 양질의 일자리를 제공해 주고 가족과 생계를 책임져주기도 한다. 이상적인 귀족의 자세라 할 수 있겠지만 세상에는 그런 좋은 귀족만 있는 것은 아니다. 그래도 나는 좋은 귀족이고 싶었다.

"이 친구를 시종으로 고용했다고요? 빈민을 말입니까?"

"내가 시종을 고용한 게 무슨 문제가 있나?"

"아, 아닙니다. 너무 의외라서."

빈민을 고용한 게 그렇게 이상한 일인가?

노이만은 한스를 떨떠름하게 보긴 했어도 그 이상 참견하지 않았다. 주제넘게 참견했다가는 내 화를 사겠지. 처신은 잘하는 편이다. 행정 관료 입장에서는 부랑자나 다름없는 빈민들을 좋게 보이지 않았는데 그런 빈민을 시종으로 고용하는 것이 이상하게 보일 수는 있다.

"그나저나 오늘도 거지단속인가?"

"아니요. 충분히 단속을 해서 괜찮습니다. 다만 베이언(남부)에서 지원요청이 와서요."

"무슨 요청?"

"교회에서 대성당 증축공사를 한다고 건축자재를 요청했는데 하필이면 재무감사가 겹쳐서 그쪽 행정 관료들이 대응을 못하고 있거든요. 그래서 근무수당을 잔뜩 받을 수 있습니다."

관청에서 지급하는 수당은 기본 수당이겠지만 노이만은 베이언의 담당 행정 관료에게 뒷돈을 뜯어낼 것이다. 노이만은 그런 식으로 나를 이용하는데 당연히 나도 노이만이 뜯어낸 돈의 반을 받아낸다. 나름대로의 상부상조였다. 하지만 한스는 대단히 불쾌한 모양이다.

"저 관료 놈. 볼프강 님을 이용할 상대로만 보고 있는 것 같은데요?"

"당분간 어울려주고 있는 것뿐이야. 얼마 남지 않았으니 조금만 참아."

"저는 괜찮지만 볼프강 님을 부하처럼 생각하는 같아서 화가 납니다."

고용한지 얼마 안 됐지만 한스는 훌륭한 가신이 되어 있었다.

나는 관리자 스카우터로 인부들을 능숙하게 관리하며 무사히 건축자재들을 교회로 옮겼다. 사제님은 생각보다 빨리 옮겨주었다며 무척 기뻐했다. 그런데 너무 노골적으로 헌금을 요구하는 것 같아서 마음에 들지 않았다. 인부들은 너무 당연하게 벌이의 반을 내놓았다.

독실한 교인인 한스는 가지고 있는 돈을 모두 쏟으려다 내게 뒤통수를 맞았다.

아무리 독실해도 한도가 있지. 한스가 자주 굶었던 이유가 교회에 내는 헌금이 가장 컸다. 신에게 기도를 하면서

이 절망적인 현실을 극복하고 사비네를 좋은 곳으로 시집 보낼 수 있을 것이라는 믿음에서 비롯한 것이다.

내가 동아줄을 내려준 이상 그렇게 의지할 필요는 없을 텐데.

그러나 헌금 한도를 정해 주는 것밖에 내가 해 줄 수 있는 일은 없었다.

오히려 신앙생활을 줄이라는 내가 이들에게 이상한 것이다.

나는 한스를 월 동화 400닢으로 고용했다. 거기에 근무수당을 더 받아 내 고정적 수입이 따로 생기니 요즘 먹고 살 만하다며 늘 얼굴에 웃음꽃이 피어 있었다. 얼마 전에는 한스가 동생에게 맛있는 부르스트를 사줬다며 내게 고마워했다.

한스의 동생을 시녀로 고용하려고 했지만 그 동생이 고모님의 일이 너무 바빠서 당분간 일손을 도운 뒤에 합류하고 싶다는 의사를 밝혔다. 책임감이 있는 것 같아서 허락했다. 동생의 이름은 사비네 플램이었다.

사비네가 고모의 가족이 운영하는 직물상의 일을 돕고 있기 때문에 한스는 매일 출퇴근을 했다. 이 험한 세상에 사비네를 혼자 내버려 두면 안 되니까. 그래서 출근을 하면 달리기는 기본이고 내가 하고 있는 여러 단련을 지도하며 점점 몸이 좋아지고 있었다.

그런데 관청 앞에서 다른 일이 없나 게시판을 살피고 있었는데 노이만 대신 다른 행정 관료가 내게 찾아왔다. 그는 전에 베이언에서 보았던 그 행정 관료였다. 그는 노이만이 부재한 틈을 타서 내게 접근한 것이다.

“괜찮으시다면 물류운송 감독관을 맡아주시겠습니까?”

“물류운송? 건축자재와는 다른 건가?”

“당연히 건축자재도 물류운송에 포함되어 있지요. 요즘 재무감사 때문에 저희 쪽 창구가 너무 시끄럽습니다. 그래서 일손이 부족한데 혹시 생각이 있으신지요?”

“그렇군. 그래서 수당은?”

“동화 200닢으로 맞춰드리겠습니다.”

[반복 퀘스트 직업]

[물류운송 감독관]

[20명의 인부를 빈틈없이 관리하라]

[관리자 스카우터 임시 지급]

[보상 — 200포인트, 동화 200닢]

게임 플레이를 했을 때 반복 퀘스트는 꽤 지겨운 콘텐츠였으나 이곳에서의 반복 퀘스트는 내 밥벌이나 다름없다. 나는 여전히 세끼를 포인트로 먹는데 아침은 독일식, 점심

은 한식, 저녁은 저열량 식단(채소 위주)을 먹지만 가끔 외식을 하기도 한다.

그 외에 오락거리로 대여점을 이용한다.

아무튼, 나는 베이언 행정 관료의 제안을 받아들였다.

노이만은 나를 동화 100닢으로 일자리를 주었는데 이쪽에서 그 2배를 불렀으니 이적할 수밖에 없다. 노이만은 닭 쫓던 개가 됐을 테지만 그동안 챙겨 먹었으니 그 정도면 충분했다. 만약 내게 불평을 부린다면 귀족이 뭔지 보여줄 생각이다. 나도 꽤 성깔이 있거든.

나이 먹어서 차분해진 케이스지만 20대 때만 해도 다른 부서와 살벌하게 싸운 적이 있었다. 물론 중세에서의 다툼과는 비교조차 되지 않지만 어쨌든 나도 점잖기만 한 것은 아니라는 것이다.

"아, 그리고 이쪽은 내 시종이니까 이 녀석도 따로 수당을 챙겨줘."

"예? 시종에게도 말입니까? 하지만……."

"싫다면 없던 얘기로 하지."

"아, 아닙니다. 동화 40닢으로 맞춰드리겠습니다."

받아낼 수 있다면 다 받아 내야지. 관료라는 족속들은 어떻게든 돈을 주지 않기 위해 노력하는 존재들이다. 일반 인부들이 동화 20닢인데 그 두 배를 받는 것도 나쁘지 않은 대우였다. 한스는 요즘 자신이 너무 운이 좋은 게 아닌가 걱정하고 있는 것 같다.

"하역장에서 일하는 인부들은 질이 좀 안 좋기로 유명한데요."

"언제는 질 좋은 인부가 있었나?"

"그래도 그쪽은 슬럼과 연관된 자들이 많다고 들어서요."

"슬럼? 흠. 그건 조금 조심하는 게 좋겠군."

빛이 있으면 어둠이 있는 법.

특히 수도는 그 경향이 더욱 심했다.

한스의 경우처럼 마을이 사라진 주민들은 무작정 상경하거나 혹은 성공을 위해 상경하는 사람들이 많다. 수도는 그런 목적이 되어도 충분한 제일의 도시였으니까. 그런데 대부분은 직장을 찾지 못하고 일용직을 전전하거나 그러지도 못하면 빈민소굴을 만든다.

슬럼가는 그런 식으로 탄생했다.

범죄조직이 활개를 치고 있으나 슬럼 내부에서는 치안 활동이 이루어지지 않기 때문에 무법천지나 다름없었다. 공국정부는 방치한 상태다. 왜냐하면 골칫덩이 빈민들을 다 슬럼으로 몰아넣고 감시하는 것이 치안유지에 비용이 적게 들었기 때문이다.

그러니 슬럼은 사실상 쓰레기통이었다.

슬럼의 구역은 동서남북 대로를 기준으로 나누어진 구역에서 남서 끝자락에 자리를 잡고 있었는데 점점 커지기

시작하더니 남서구역의 절반을 잡아먹었다.

"일용직 인부가 슬럼과 연관되어 봤자 얼마나 연관되어 있겠어?"

"그건 그렇지만 소문이라는 게 워낙 많아서 말이죠."

"흠, 조심하도록 하지. 그렇게 불안하다면."

아직 내가 진짜 슬럼가 주민을 만나지 못해서 그런지 모르겠지만 솔직히 좀 가볍게 생각하는 경향이 있는 것 같다. 조심해서 나쁠 건 없지. 아무튼 남쪽 대로에 위치한 베이언 구역을 담당하는 관료의 안내에 따라 건축자재를 모아둔 창고로 이동했다.

그곳에서 20명의 인부를 인수 받았다.

관리자 스카우터로 봤을 때 인부의 질이 전체적으로 좋지 않았다.

정직 태그를 가지고 있는 인부는 소수였다. 차라리 내가 인부를 고용했으면 좋겠는데 이미 고용한 상태다. 슬럼이 자리를 잡은 남서구역의 주민들을 고용한 건가?

각 구역마다 보관하는 건축자재를 다른 구역의 창고로 옮기는 것이 주된 업무다. 그런데 이건 딱히 관리가 필요한지 의문이었다. 청소도 아니고 단순히 자재를 옮기는 것뿐인데? 아, 자재를 가지고 도망칠 수도 있으니 감시는 필요할 것 같다.

그리고 그 외에 다른 문제가 있었다.

"다섯 놈이나 사라지다니."

관리자 스카우터에 비친 부재중인 인력을 보고 할 말을 잊었다. 아무리 그래도 이렇게까지 관리가 안 되는 건가? 일단 나는 한스를 보내 이놈들을 찾아왔다. 어떻게 알았냐는 듯이 떨떠름한 표정을 짓고 있었는데 화가 치밀었다.

일단 구두 경고만 하고 넘어갔다.

일일이 따지다가 시간을 지체하면 오히려 저놈들이 원하는 대로 되는 것이니까.

물론 저 놈들의 신상은 파악했으니 베이언 관료에게 알려 주고 임금을 삭감할 것이다.

하지만 F급 관리를 가지고 있어서 그런가?

평상시보다 더 능숙하게 인력을 관리할 수 있었던 것 같다.

그렇게 일을 하는 동안 3번이나 짱 박혀 있던 놈들을 적발했다. 20명 중에 12명이 걸렸다. 이제 보니 이 새끼들, 돌아가면서 농땡이를 피우는 것 같다. 베이언 관료에게 이 사실을 알려 주니 고질적인 인력부족이라 제대로 관리하기 어렵다고 하소연을 해 왔다.

이렇게 개판이었을 줄이야.

"그래도 어떻게 숨은 놈들을 잘 찾아내셨네요? 역시 일 처리가 대단합니다."

"다 방법이 있지. 내일부터 이쪽으로 나오고 싶은데 괜

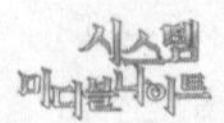

찮을까?"

"오, 저야 환영입니다! 노이만에게 아쉬운 소리 하지 않아도 되겠군요."

노이만이 심하게 설친 모양이다. 당연하지만 그것도 이젠 끝이다. 그렇게 나는 광장이 아닌 베이언대로의 행정창구를 자주 방문했다. 물류운송이라는 게 다양한 물품을 거미줄처럼 연결하는지라 인력이 턱없이 부족했다.

인력이 부족하다는 것은 슬쩍하지 않는 놈들을 구하기가 하늘의 별따기 같다는 것이다. 슬럼과 가까운 만큼 질 좋은 인부를 좀처럼 발견하기 어려웠다. 게다가 서쪽으로 더 가보면 작은 하천을 건널 수 있는 술막다리가 있고 그 너머에 유명한 매춘거리가 있다.

"제가 단련을 할 필요가 있을까요?"

최근 한스를 집으로 데려와 체력 단련을 시키고 있다. 힘이 좋지만 체력적인 부분은 별개이기 때문이다. 한스는 군소리 없이 따랐지만 내가 점점 강도를 높이자 따라오기가 점점 벅찬 것 같았다. 게다가 동기부여도 부족했다.

"굳이 분류하자면 시종 겸 병사라고 할 수 있지."

"벼, 병사요? 힘은 자신 있지만 저는 무기를 다룰 줄 모르는데요?"

그래서 나는 한스에게 얼마 전에 무구상점에서 구했던 아밍소드와 방패, 가죽갑옷 세트를 건네줬다. 이게 대체 뭡니까? 눈이 휘둥그레진 한스의 반응이 몹시 재미있었다. 사실 이건 한스에게 내가 주는 서프라이즈 선물이다.

이걸 입으면 시종에서 병사로 변신하는 거지.

한스의 표정이 몹시 떨떠름해졌지만 나는 만족했다.

"내년에 서훈을 받고 나면 동원이 있을 때 전쟁터로 나갈 수 있어. 그때 네가 내 밑에 병사로서 싸워야 하는데 제대로 된 장비와 무구가 필요하겠지?"

"헉? 제, 제가 말입니까? 하지만 전 싸움을 못하는데요?"

"그러니까 이제부터 내가 가르쳐줄게. 사비네를 좋은 곳으로 시집보내주고 싶다며?"

"……예. 열심히 하겠습니다!"

사비네를 위해서라면 무엇이든 할 수 있다는 가장의 마음가짐인가? 한스가 진짜 목숨을 걸고 나를 도와준다면 나 또한 한스의 바람대로 사비네를 좋은 곳으로 시집보내기 위해 노력할 것이다. 계약 관계라는 것은 별 것 없다. 그저 주고받는 것을 확실히 하면 된다.

일단 기사의 시녀라면 괜찮은 혼처를 찾을 수 있을 것이다.

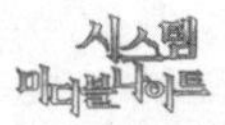

기사의 싸움

[독일식 검술 교본]

[1단계 수련 퀘스트]

[4가지 기본자세 익히기(옥스—폼탁—플룽—알버)]

[숙련도 95/100]

[기본자세 보정]

[보상 — 500포인트, 동화 500닢]

후우, 그나저나 꾸준히 기본자세를 연습한 끝에 95까지 올라갔다. 이제 100이면 다음 단계로 넘어가겠지? 떡하니 1단계 기초수련 퀘스트라고 되어 있으니까. 한스는 우선 진검보다는 목검으로 100번 휘두르기를 시켰다.

"아이고, 죽겠습니다!"

평소 안 쓰던 근육을 계속 써서 죽는 소리를 냈지만, 그거야 네가 견뎌야 하는 몫이다. 그래도 혼자 단련하는 것보다 함께하고 있으니 외롭진 않다.

“헉, 헉. 100번! 다했습니다.”

“잘했다. 이걸 매일 해야 하니까 각오해둬.”

“히익?! 매일입니까?”

“그래. 오늘은 이걸로 마무리할 테니 집으로 돌아가.”

“가, 감사합니다. 내일 뵙겠습니다, 볼프강 님!”

그렇게 죽는 소리를 내다가 퇴근하라니까 후다닥 도망가는 것 봐라. 아직 움직일 힘이 남아 있다는 것이다. 인사조차 못 할 정도로 더 굴려야겠다. 아무튼, 나는 어둠이 찾아온 마당 앞에 양초를 켜고 자세를 잡았다. 오늘 안에 1단계를 마무리할 생각이다.

옥스, 롱소드의 긴 검신을 위로 뽑은 순간 자연스럽게 나오는 자세다. 칼끝을 상대의 얼굴로 향하고 있으며 방어에 능하다. 다만 공격에는 불리하다.

폼탁, 내려 베기를 위한 자세. 가장 공격적인 자세이며 다양한 베기 공격으로 연계가 가능한 것이 특징이다. 그리고 내가 제일 많이 사용하게 될 자세이기도 했다.

플룽, 검 끝을 올려 상대를 찌르기 위한 예비 자세. 거리를 가늠하거나 견제로도 쓸 수 있다. 검도 중단겨눔세와 비슷하거나 조금 더 낮다. 비중은 낮은 편이다.

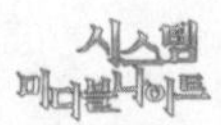

알버, 하단으로 검 끝을 내려 상체를 비워 보이게 만드는 자세. 이것은 상대를 방심하게 만들어 치명적인 반격기술로 처치하는 자세다.

이 4가지 자세의 기본을 연마하면서 이제는 롱소드를 뽑자마자 자동으로 자세를 취할 수 있게 됐다. 시스템의 영향도 있겠지만 그만큼 나도 진지하게 연습했다. 아니, 몸에 각인이라도 시킬 것처럼.

단순한 자세 연습이기에 매우 반복적이고 지루했지만, 무의식적으로 나오기 위해서라면 결코 허투루 단련할 수 없는 것이다. 나는 검술이라는 것을 모르는 기사였고 내가 한층 더 성장하기 위해서라면 결코 이 검술 단련을 게을리할 수 없다.

[1단계 수련 퀘스트를 완료]

[500포인트, 동화 500닢 지급]

드디어 퀘스트가 완료됐다.

그리고 곧바로 2단계로 넘어갔다.

[2단계 수련 퀘스트]

[5가지 마이스터하우 연마(샤이텔하우—존하우—쉴하우—즈버크하우—크럼프하우)]

[기본자세 보정]

[숙련도 0/100]

[보상 — 1,000포인트, 은화 1닢]

기억에도 없는 아버지(아셀도르프)가 물려준 롱소드로 마침내 공격기술을 익히게 됐다. 미디블나이트라는 게임은 중세기사의 삶을 다루고 있으며 다양한 장르가 뒤섞여 있는 게임으로서 세계적으로 인기를 끌고 있었으나 완벽한 고증을 가진 게임이라고는 할 수 없었다.

예를 들어 전투적인 면을 보자면 무기에 따라 모션이 각기 다르지만 그게 그 당시 중세에서 쓰인 무술이라고 하기에는 무리가 있었다. 만약 내가 플레이하고 있던 당시에 독일식 검술에 관한 것이 구현되어 있었다면 자세히는 모르더라도 대략 알진 않았을까?

옥스를 시작해 알버에 이르기까지 생전 처음 보는 자세라서 처음 연습했을 당시에는 상당히 어색했다. 다행히 기본자세 보정의 도움으로 지금은 완벽하게 구사할 수 있게 됐다. 롱소드를 뽑자마자 자세가 바로 잡히니까.

그런 의미에서 이 미디블나이트를 구현한 세계는 게임

상에 부족했던 부분을 보완한 세상인 것 같았다. 아니, 어쩌면 무의식적으로 내가 원했던 더 완벽한 세상을 그 운영자라는 존재가 만들어 주었을지도 모르겠다.

운영자가 어떤 존재인지, 지금의 나는 알지 못한다.

그러니 그에 대한 생각을 깊게 이어갈 수 없었다.

젓가락으로 물을 집을 수 있을까? 불가능하다는 것은 그런 것이다.

나는 독일식 검술 교본의 4가지 대표 자세를 익히는 데 한 달이 걸렸다. 현실적으로 검술의 검자도 모르는 내가 이렇게 짧은 시간에 배운다는 게 말이 되겠는가? 시스템의 도움이 없었다면 몇 년이나 걸렸을지 알 수 없을 것이다.

그런 의미에서 초월적인 도우미가 내 곁에 있다는 것이 얼마나 다행인지 모른다.

그 덕분에 미디블나이트의 세계에서 절망하지 않고 무사히 적응할 수 있었다.

가족을 두 번 다시 볼 수 없다는 게 유감이고 걱정도 됐지만 어쩌겠는가? 사람은 앞으로 나아가지 못하면 살아갈 수 없다. 가끔 엄마가 차려주었던 집밥이 생각나 이것저것 포인트로 사서 먹기도 하며 눈물을 훔치기도 했지만 그럴 때마다 마음을 다잡았다.

최근에는 레슬링을 집중으로 연습을 하고 있다.

어디선가 들어본 적이 있는데 사실 기사들은 검술보다는

레슬링의 달인이라고 한다. 기사는 싸우다가 쓰러지면 쉽게 일어나지 못한다. 플레이트 아머나 체인메일을 입고 뛰거나 암벽등반도 가능하지만 넘어지는 것은 다른 문제였다.

그렇게 넘어진 기사들은 손쉬운 먹잇감이 되는데 얇은 단검을 들고 다니는 병사들이 기사가 쓰러지면 그대로 덮쳐 틈새로 찔러 죽인다. 그러니 나는 검술과 더불어 레슬링을 익히는 것이 필수였다. 검술로 결판이 나지 않더라도 레슬링으로 쓰러트리면 된다.

그래서 나는 그동안 모은 포인트로 가장 먼저 관리자 스카우터를 구입했고 그다음으로 레슬링 교본을 구입했다. 관리자 스카우터는 내가 인력을 관리하기 위해서라면 필수적이었다. 전부 합쳐서 6,000포인트를 썼다.

포인트를 대부분 썼지만, 다시 모으면 된다.

내겐 수많은 반복 퀘스트가 있으니까.

[레슬링 교본]

[5가지 기술 연마(빗장걸이—무너트리기—태클—다리걸기—넘기기)]

[기본자세 보정]

[숙련도 0/100]

[보상 — 500포인트, 동화 500닢]

독일식 검술은 파고들어 베기가 많기 때문에 몸싸움을 위해서라도 레슬링은 필수였다. 설명대로 기사의 기본소양이라고 할 수 있다. 레슬링도 레슬링이지만 씨름도 효과가 있겠는데? 안다리나 바깥다리를 걸어 넘어트리는 것도 한 방법일 테고.

아무튼 레슬링은 혼자서 연습하기는 힘들기 때문에 당연히 연습상대는 한스였다. 솔직히 한스가 나보다 덩치가 크고 힘이 셀 것이라 고전할 거라고 생각했는데 예상과는 다르게 손쉽게 제압해 버렸다.

한스도 어안이 벙벙했고 나도 어리둥절했다.

이놈이 지금 나를 봐주는 건가?

"왜 이렇게 약해? 혹시 봐주는 거야?"

"볼프강 님이 너무 강하신데요? 힘이 어마어마합니다!"

"못 믿겠는데. 다시 하자."

"다, 다시요? 으악!"

주인이라고 살살 하는 건가 싶어서 몇 번이나 다시 했는데 순수 완력 대결에서도 내가 압승해 버렸다. 물이 가득 담긴 통을 번쩍 들 정도로 한스의 힘이 좋았는데 나는 그보다 더 힘이 좋은 것 같다. 혹시 이게 단련의 성과인가? 아니면 타고난 용력?

내 얼굴은 미소년의 얼굴이지만 몸만큼은 상당히 좋은 편이었다.

한스를 상대하면서 레슬링의 5가지 기술을 집중적으로 연마했다.

아돌프처럼 강해지려면 어느 정도 걸릴까?

단련하는 와중에 나는 공국의 가장 강한 기사를 떠올렸다.

폭풍의 기사라는 명성을 가지고 있는 아돌프 리터 폰 슈타인호프였다.

잉글랜드와 백년전쟁이 한창이던 프랑스에서 부르고뉴 공작을 중심으로 국경영주들이 연합하여 베렌 공국을 침략한 일이 있었다. 심지어 잉글랜드 지원군까지 있었다.

부르고뉴 공작은 프랑스의 봉신이었지만 잉글랜드와 손을 잡고 파리를 공격한 전력이 있을 정도로 막강한 권신이었다. 그는 풍요로운 마인강의 영토를 탐냈다. 그리고 마침내 잉글랜드의 지원을 받고 침략하게 된 것이다.

신성로마제국은 이탈리아와의 분쟁으로 제대로 대응하지 못했지만 주변 제후들을 움직여 베렌 공국에 지원을 파견했다. 로텐 공국이 적극적으로 베렌 공국을 도왔지만 그것만으로는 부족했다. 바이에른 공국마저 이탈리아 전선으로 빠지는 바람에 전황은 좋지 않았다.

베렌 공국의 절반이 부르고뉴 공작의 수중으로 넘어갈 뻔했지만, 베렌 최고의 기사라 불리던 아돌프 리터 폰 슈타인호프가 베렌창기병대를 이끌고 부르고뉴 공작의 지휘부를 급습하면서 몽페랑 백작과 브장송 남작을 죽이는 성

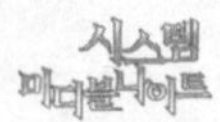

과를 거두었다.

미디블나이트 내에서 손꼽히는 시네마틱 영상 중 하나다.

그러나 여전히 부르고뉴는 강력했고 잠시 전장이 소강 상태로 접어들었는데 뜬금없이 프랑스에서 위대한 성녀가 나타나 잉글랜드를 연이어 격파하기 시작하자 부르고뉴 공작은 철수할 수밖에 없었다. 잔 다르크의 등장은 프랑스뿐만 아니라 베렌 공국도 구원한 것이다.

이게 20년 전의 전쟁이다.

아돌프는 일선에서 물러나 왕세자의 검술스승으로 왕성에 거주한다는 것이 지금의 설정이었다. 개인적으로 나는 슈타인호프가와 친분을 맺고 싶다. 그들은 영지를 하사받을 정도로 무명을 쌓았지만 영지 대신에 명성을 선택했다. 독일식 검술의 발전만 추구했기 때문이다.

그래서 정통 독일식 검술에서 떨어져 나와 슈타인호프 워라고 불리는 독자적인 검술유파를 창시했다. 내가 배우고 있는 검술은 정통이다. 그래서 그들과 대련을 하거나 교분을 나누고 싶었으나 말단 세습기사에 불과한 나를 그들이 상대해 주진 않을 것이다.

나는 그저 수많은 추종자 중에 하나로 취급받을 테니까.

"자, 레슬링을 계속해야지?"

"일방적으로 던져지는 게 단련이 됩니까?"

"던져지다 보면 저절로 방어하는 방법을 터득할지도 모

르지."

"오, 주여! 가련한 양을 굽어살피소서."

시스템의 도움으로 기본자세가 유지되기 때문에 5가지 기술을 몸에 새길 수 있었다. 물론 아직 레슬링을 배우기 시작한 지 얼마 되지 않았기 때문에 숙련도는 겨우 20 정도였다. 안타깝게도 한스는 지금 연습용 인형에 불과했다.

별수 있나?

일단 나부터 기술을 터득한 후에 가르치면 될 것이다.

"수고했다."

"허억, 허억. 고, 고생하셨습니다."

저런, 아직 끝나지 않았어.

"물동이 들고 근력운동을 할 차례다. 사비네에게 멋지고 강한 오빠를 보여 줘야지?"

"으으, 사비네! 너를 위해 오빠가 이렇게 힘내고 있다!"

한스는 여전히 사비네를 언급하면 힘이 솟는다.

나름대로 다루는 법을 터득했다.

그렇게 한스를 한참 굴리며 오전을 보냈고 점심시간이 됐다. 한스는 사비네와 밥을 먹기 위해 돌아갔다. 사실 한스는 나와 함께 먹으려고 했지만 나는 포인트로 밥을 먹기 때문에 같이 먹기에는 어려웠다. 그래서 사비네를 핑계로 들었다.

이번엔 설렁탕을 먹었다.

요즘 국밥이 한창 입맛을 당기는 중이다.
그런데 집에 갔던 한스가 생각보다 빨리 돌아왔다.
느긋하게 만화책을 읽으려고 했더니 갑자기 뭐지?
"뭐야, 한스? 왜 벌써 와?"
"볼프강 님! 볼프강 님!"
그런데 한스의 표정이 사색이 되어 있었다.
심상치 않은 분위기를 감지했다.
"크, 큰일 났습니다! 사, 사비네가 사라졌어요!"
"동생이 사라져? 네 숙모 밑에서 옷감 짜는 일을 한다고 했잖아?"
"저와 밥 먹으려고 집으로 돌아오는 길에 무슨 일이 생긴 것 같습니다! 아무리 기다려도 오지 않아서 숙모님에게 갔더니 집으로 갔다는 말만 들었어요!"
이런, 시스콘 녀석에게 난리 난 일이겠군.
이게 한국이었다면 대수롭지 않게 여겼겠지만 여긴 중세다.
플램 일가는 슬럼이 존재하는 남서지역에 거주하고 있었고 치안이 좋지 않다.
그래서 사비네가 집으로 돌아올 때 한스가 항상 마중을 나간 것이다.
"어, 어떡하죠? 사비네를 잃는다면 전, 전 살아갈 이유가!"
"진정해. 동생은 괜찮을 거다."

진정시키는 건 좋지만 어떻게 찾아야 하는 거지?

스카우터 중에 수색자 스카우터가 있다는 것을 기억해냈다.

그러나 나는 관리자 스카우터와 레슬링 교본을 구입하느라 포인트가 얼마 없었다.

[야만의 거리I]

[사비네를 찾아라]

[수색자 스카우터 임시 지급]

[보상 — 1,000포인트, 은화 10닢(위험수당)]

[위험등급 ★☆☆☆☆]

다행히 관련 퀘스트가 생겼다. 하지만 1,000포인트와 은화 10닢의 보상은 둘째 치고 위험등급이 가장 먼저 눈에 띄었다. 혹시 이건 진짜로 위험한 상황인가? 게다가 퀘스트 이름도 무려 야만의 거리다. 딱 봐도 폭력적인 퀘스트였다. 그리고 I이 있다면 II도 있다는 건가?

아무튼 지금 그걸 따질 겨를이 없다.

일단 한스를 무장시켰고 그의 안내를 받아 남서구역으로 향했다.

나는 관리자 스카우터를 자주 사용했기 때문에 대충 어

떤 방식으로 스카우터를 사용해야 하는지 그 방향성을 알고 있었다. 임시로 지급받은 수색자 스카우터의 기능은 2가지였다.

발자국 추적, 비밀 공간 탐색

그래서 나는 사비네의 발자국을 추적하기 위해 활성화했다.

시야가 살짝 어지럽게 일그러졌다가 다시 원상태로 돌아왔다. 그리고 지면에 나타난 수많은 발자국 중에서 사비네의 것으로 추정되는 발자국만이 빛을 내며 표시됐다. 숙모의 작업장에서 집으로 오던 발자국은 골목길로 꺾여 있었다.

왜지? 사비네는 자발적으로 골목길 안으로 들어간 것 같다. 안절부절못하던 한스는 잠자코 내 뒤를 따랐다. 사비네를 지켜달라며 신께 기도를 올리고 있다. 발자국을 추적한 끝에 어떤 공터가 나왔다. 사비네는 잠깐 이곳에 앉아 있었던 것 같다.

그리고 그 옆에도 누가 앉은 흔적이 있었다.

"볼프강 님! 사비네는 어디에 있을까요?"

"기다려봐. 다시 살피는 중이야."

이번엔 다른 방향을 향해 사비네의 발자국이 나타났다. 다시 발자국을 추격했다. 그러자 복잡한 미로 같은 골목길을 지나서 마침내 소리를 들을 수 있었다. 남자의 고함과 여자의 비명이 뒤섞여 있다. 제기랄, 늦지 않아야 하는데!

"사비네? 사비네입니다! 오, 신이시여!"

으슥한 골목길 끝, 막다른 길에 도달하자 어떤 소년이 사비네를 보호하며 여러 남자와 대치하고 있었다. 소년의 어깨에서는 피가 흐르고 있었고 사비네는 공포에 떨며 엉엉 울고 있었다. 그리고 5명의 남자가 명백하게 사비네를 노리고 있었다.

빌어먹을, 여기서부터 슬럼 구역이다.

"이 개자식들! 내 동생에게 무슨 짓이냐!"

"오빠? 오빠! 도와줘요! 다니엘이! 다니엘이!"

남자들이 일제히 나와 한스에게로 시선을 돌렸다. 이놈들은 검을 들고 있었는데 단검보다 길고 아밍소드보다 짧은 숏소드가 분명했다. 수도에서 귀족이나 공무집행 중인 병사들 외에는 무기를 차는 것이 금지였는데. 슬럼이라 그런가?

누가 봐도 범죄자로 보이는 험악한 인상의 슬럼가 주민들은 내게 적의를 내비쳤다.

후우, 진정하자. 갑작스러운 실전이지만 일단 대화부터 시도했다.

"슬럼에서 소란을 피울 생각은 없다. 거기 두 아이를 데리고 나갈 테니 물러서라."

"어디의 귀족 도련님인지 모르겠지만 여긴 슬럼이다. 슬

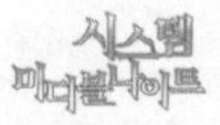

럼의 법칙을 따라야지?"

이놈들은 귀족에게도 겁을 먹지 않는다.

상식적으로 이해할 수 없는 행동이었지만 지금 그걸 따질 겨를이 없다.

"여긴 귀족이고 뭐고 없어. 하지만 우리도 당신과 싸우고 싶지 않아."

"단, 여자는 놔두고 가라. 그럼 못 본 척해 주지."

후우, 교섭 결렬인가? 난 재빨리 롱소드를 빼 들었다.

그리고 관리자 스카우터를 활성화하여 이들의 정체를 확인할 수 있었다.

이들은 [슐랑에]라는 슬럼 조직의 일원이었다.

아직 마이스터하우의 숙련도가 높은 것은 아니지만 여기선 싸울 수밖에 없다. 가신의 가족을 지키지 못하면 기사자격도 없지. 내가 가장 먼저 취한 자세는 검을 위로 뻗은 상단세, 폼탁이다. 저들은 나를 포위한 상태가 아니기에 차례대로 달려드는 적을 벨 생각이다.

상대는 갑옷조차 입지 않은 불한당들이지만 나도 갑옷을 입지 않았다.

무조건 일격에 죽여야 한다. 검을 섞는 순간 다른 검이 내 등 뒤를 노릴 수 있다.

“한스. 내가 놈들과 싸우고 있는 틈을 노려서 사비네와 어린 기사를 데리고 도망쳐라.”

“무슨 말씀입니까? 저도 싸우겠습니다!”

“네 동생을 네가 지켜야지! 명령이다!”

내가 저들을 상대하는 동안 한스가 사비네와 다니엘이라는 소년을 방패로 보호할 수 있을 것이다. 이런 상황에 인질을 잡히면 최악의 선택을 해야 할지도 모른다. 항복하는 것은 있을 수 없기에 결국 희생을 각오해야 한다.

한스를 뒤로 물러나게 한 이후 내 정신은 온통 불한당들에게 쏠려 있다. 불한당들은 서로에게 눈짓을 하더니 이내 한꺼번에 내게 달려들었다. 그러나 일직선으로 달려오는 덕분에 짧은 시간이지만 1:1의 상황이 이루어졌다.

내 폼탁 자세를 보고 달려든 불한당은 품으로 파고들어 찌르려고 했다.

그러나 놈이 간과한 것은 내 롱소드가 숏소드보다 길다는 것이다.

나는 정확하게 상대의 거리를 측정하고 있었고 사정거리로 들어온 순간 머리를 내리쳤다. 베인 얼굴에 피가 쏟아졌고 그 즉시 찌르기로 숨통을 끊어 버렸다. 적지 않은 피가 내게로 튀었다.

처음으로 사람을 죽였다.

그 충격은 적지 않았으나 기다릴 틈이 없었다.

샤이텔하우(Scheitelhau).

수직으로 상대의 머리를 빠르게 내려치는 기술. 그리고 찌르기를 응용했다. 내 롱소드에 꿰뚫려 있는 시체를 옆으로 베어 넘기듯 빼낸 뒤에 뒤이어 달려든 불한당을 상대했다. 분노에 눈이 뒤집힌 두 번째 불한당은 마구잡이로 검을 휘둘렀다.

검술에 검자도 모르는 놈들.

독일식 검술의 가장 중요한 것은 상대가 공격을 해와도 주도권을 잡는 것이다.

— 챙!

“크아악!”

옥스 가드로 순식간에 자세를 바꾼 후 내려치는 검을 밑으로 튕겨낸 순간 그대로 검 끝으로 상대의 목을 찔렀다. 쉴하우(Schielhau). 사팔뜨기 베기로 불리는, 검술을 모르는 자가 무작정 내려칠 때 튕겨내는 기술이며 찌르기로 상대를 죽인다. 나는 교본에 충실히 따랐다.

순식간에 두 명이 죽자 내 실력에 놀란 셋은 무작정 달려들지 못했다.

“빌어먹을! 넬츠와 마르코가!”

“너! 여기서 절대로 살아나지 못한다!”

“Scheisse! 포위해! 혼자서 덤비지 마!”

심장이 빠르게 뛰었다.

내 몸을 적신 뜨거운 피가 혈류처럼 몸을 달궜다.

사람을 죽인다는 의미를 모르진 않는다. 나름 각오를 했었지만, 심리적으로 타격을 받은 것은 사실이다. 그러나 후들거리는 다리를 진정시킨 건 내가 지켜야 할 사람들이 있기 때문이다. 입술이 바싹 마르고 있지만, 집중력을 잃지 않았다.

옥스 자세를 취한 나는 서서히 포위해 오는 불한당의 틈을 노렸다. 그것은 즉, 내 정면에 있는 자가 완전히 무방비 상태에 놓인 것을 의미한다. 셋이서 포위한 것은 좋지만 간격을 넓힌 것은 실수다. 놈들이 달려들기 전에 선수를 취한다.

그것이 독일식 검술의 기본. 옥스에서 폼탁으로 자세를 바꾸어 순식간에 치고 나온 나를 상대로 당황한 정면의 불한당은 무작정 내려치기를 시도했으나 검을 받아낸 후 붙인 상태로 돌려 상대의 목을 쳤다. 아주 깔끔하고 부드러운 연계 동작.

즈버크하우(Zwerchhau).

"사, 살려줘! 살려줘!"

목에서 피 분수가 터져 나왔다. 땅바닥에 쓰러져 고통에 몸부림친다.

고여 가는 피 웅덩이 속에 살고 싶다는 본능에 허우적거린 동료를 바라보는 나머지 두 놈의 얼굴이 공포심으로 가득 찼다. 하지만 나는 그들을 살려 보낼 생각이 없었다. 후환이 두려웠기 때문이다. 먼저 도망가기 좋은 위치에 있던 놈에게 달려들었다.

"으, 으아악!"

제대로 막지도 못하고 주춤거린 순간부터 이미 끝났다. 머리를 벤 순간 찌르기로 숨통을 끊었다. 심장의 고동치는 소리가 폭발할 것처럼 커졌다. 후우, 후우. 진정하자. 마지막 놈이 남았다. 마무리를 지어야지? 마지막으로 살아남은 불한당은 사비네와 소년을 지키고 있는 한스에게 시선을 돌렸다.

이제야 인질을 잡을 생각을 하는군.

하지만 한스가 굳게 방패를 들고 있어서 쉽게 뚫을 수 없다.

전문적인 방패 기술을 배운 것은 아니지만 적어도 공격을 막는 수준은 됐다.

그러나 이놈의 상대는 한스가 아니라 나다.

— 푹!

"끄륵!"

— 털썩

한눈을 팔고 있던 놈의 목을 찔러 죽이며 마무리를 지었다.

긴장이 풀려서 그런지 모르겠지만 하마터면 다리에 힘이 풀릴 뻔했다.

싸움이 끝났다고 쓰러진다면 진짜 꼴사나울 것 같다.

한스와 그 동생에게 기사의 위엄을 보여야지.

덜덜 떨리는 손을 진정시키며 검을 집어넣었다.

"한스, 무사하지?"

"네, 네! 볼프강 님, 어디 다치지 않으셨습니까? 피, 피가 이렇게 많이!"

"내 피가 아니니까, 호들갑 떨지 마."

현기증이 조금 왔지만 아무렇지 않은 척했다. 사비네에게 시선을 돌리니 여전히 공포에 덜덜 떨고 있다. 반면 사비네 곁에 있는 소년이 나를 보는 시선은 확연히 달랐다. 흠, 설마 저게 동경하는 시선인 건가? 갑자기 어깨가 으쓱해졌다.

이런, 우쭐한 것도 좋은 자세는 아닌데.

아무튼 나는 쉽게 흥분을 가라앉히지 못했다.

"한스. 일단 이곳을 나가자."

"이 시체들은 어떻게 하죠?"

"이 구역 경비대에게 알려야겠지. 일단 너는 사비네를 데리고 먼저 돌아가라."

"하, 하지만 볼프강 님은……."

한스가 망설였지만, 우선순위는 내가 아니라 사비네다.

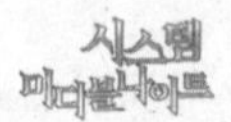

나는 바닥에 구르던 숏소드를 모아서 챙겼다.

이거라도 팔면 살림살이가 조금 더 좋아지겠지.

"난 내가 알아서 한다. 지금은 가족을 진정시켜줘야 하지 않겠나? 그리고 저 아이의 상처를 치료해줘야지."

소년의 팔에 자상이 있다. 아마도 사비네를 지키기 위해 필사적이었겠지.

소년기사의 귀감이군. 결국 한스는 내 명령에 마지못해 사비네와 소년을 데리고 먼저 돌아갔다. 나는 근처 경비대로 향했다. 피범벅인 상태로 돌아다니니 당연히 평민들은 기겁했고 내 근처에 얼씬도 하지 않았다. 경비병들은 나를 보고 눈이 동그래졌다.

"이봐! 당신, 그 피는?"

"볼프강 폰 슈트라이트다."

내 신원이 밝혀지자 경비병들은 어안이 벙벙했다.

갑자기 피투성이 귀족이 나타났으니 그들 입장에서는 날벼락인 셈이다.

"그런데 그 피는 어찌 된 일입니까?"

"슬럼의 범죄자 놈들이 내 시종의 동생을 습격했다. 핏자국을 따라가면 시체 다섯이 있을 거야. 가서 회수하고 조용히 처리해 줬으면 좋겠군. 정당방위니까."

"알겠습니다. 대기조를 보내!"

귀족이 평민을 죽이는 거야, 드문 일도 아니고 나는 시종의 가족을 보호한다는 명목으로 상대를 처단했기 때문에 불문에 부쳐졌다. 괜히 일이 커지는 것은 사양이다. 게다가 상대는 슬럼의 범죄자들이니 경비대는 조사조차 하지 않았고 내 입장을 우선시했다.

하지만 이 일로 슬럼의 범죄조직이 나설지 모른다는 생각이 들었다.

은혜를 갚기 위해 숙모의 집에서 일하는 것도 좋지만 일단 내가 거주하는 동북 구역이라면 슬럼 세력이 함부로 활개 치진 못할 것이다. 적어도 동북 구역은 순찰대가 있다.

"하아, 지쳤다. 피곤한 하루였어."

집으로 돌아온 나는 몸을 깨끗하게 씻었다.

옷을 갈아입고 침대에 누웠다.

푹신한 이불이 내 피곤한 몸을 달래줬다.

눕자마자 퀘스트가 완료되었다. 1,000포인트와 은화 10닢을 획득했지만 나는 사람을 죽였다는 충격에 한동안 정신을 차리지 못했다. 하마터면 가신의 앞에서 다리 힘이 풀릴 뻔했다. 그나저나 숙련도가 낮은 상태에서 잘도 이겼다.

아마도 상대는 검술의 검자도 모르는 것들이라 내가 쉽게 이긴 것인지도 모른다. 만약 상대가 나와 같이 검술을 정식으로 배운 기사였다면 결과는 어땠을까? 당연히 100% 졌겠지. 부족한 점이 여러모로 많이 느껴졌으나 어쨌든 나는 살아남았다.

그런데 5:1이 별 하나면 이거 난이도가 너무 빡센 거 아니야? 잘 풀렸으니 망정이지, 내가 판단을 조금이라도 잘못했다면? 아찔한 상상이긴 했지만 어쨌든 나는 이겼다. 이걸로 기사로서 최소한의 마음가짐이 잡혔다. 그것을 마음의 위안으로 삼았다.

"1,000포인트나 들어왔으니 모처럼 기분을 내야겠군."

내가 가장 좋아하는 건 소주와 막걸리. 안주는 파전.

그래, 오늘은 그냥 먹고 죽자.

그날 나는 소주 5병, 막걸리 3병을 마시고 완전히 뻗어버렸다.

그리고 다음 날, 숙취에 시달리며 머리를 부여잡았다.

어제는 내가 미쳤던 모양이다.

소주 5병에 막걸리 3병? 용케 죽지 않았네. 아이고, 머리야. 아침은 지끈거리는 머리를 부여잡고 해장국을 주문했다. 으으, 속이 좀 풀리네. 솔직히 말하자면 어제의 사건이 매우 충격적이긴 했다.

그런데도 견뎌낸 것은 내가 지켜야 하는 사람들이 있었기 때문이다.

그건 귀족으로서의 책임이었고 고용한 이상 끝까지 보호해야 하는 것이 의무다.

가신을 제대로 지키지 못한다면 그 가신이 과연 내게 충성할 수 있을까?

그것으로 귀족의 평판이 만들어지는 것이다.

나는 한스와 그의 동생을 책임지겠다고 계약했다.

한스는 나의 충실한 시종이자 병사가 되었고 나는 그들을 지키기 위해 싸웠다.

이는 정당한 계약의 이행이었다.

중세 봉건시대는 계약의 시대라 할 수 있다.

귀족이라는 계층은 영민을 지키기 위해 시작된 전사계급이다. 영민은 귀족에게 납세와 노역, 군역의 의무를 다했고 귀족은 평민을 지키기 위해 외부세력과 싸우는 것이 의무였다. 그것이 주종 간의 계약이며 지금에 이르러 당연한 사회적 질서가 된 것이다.

그러니 나는 어제의 사건으로 귀족으로서 한층 더 성장했다는 것을 실감할 수 있었다. 경황이 없었지만 F급 관리(관리력20%) 외에 F급 기사(무력20%, 용맹20%)를 획득했다.

무력과 용맹이 20% 상승하는 혜택이 붙어 있다.

아마도 다음 싸움에서 확인해 보면 알게 되겠지.

[독일식 검술 교본]

[2단계 수련 퀘스트]

[5가지 마이스터하우 연마(샤이텔하우—존하우—쉴하우—즈버크하우—크럼프하우)]

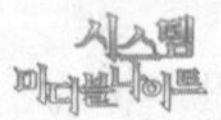

[기본자세 보정]
[숙련도 70/100]
[보상 — 1,000포인트, 은화 1닢]

놀라운 것은 마이스터하우의 숙련도가 35에서 70까지 올라갔다는 점이다. 단련만으로는 지겹게 오르지 않던 것이 단번에 상승했다. 실전을 치러야 성장에 큰 도움이 된다는 건가. 이것으로 확인할 수 있었다. 현재 상황을 점검하고 있을 때 이른 아침에 한스가 찾아왔다.

"사비네를 지켜주셔서 정말 감사합니다! 이 은혜를 어찌 갚아야 할지!"

"괜찮아. 넌 내 시종이고 나는 너와 네 가족을 지켜야 할 의무가 있으니까."

"그래도 정말 감사합니다! 저도 목숨을 걸고 슈트라이트 가문을 모시겠습니다!"

한스의 충성심이 이전과는 비교조차 할 수 없을 정도로 커진 것 같다. 안 그래도 높던 우호도가 100을 달성했다. 주인이 목숨을 걸고 불한당과 싸워 소중한 동생을 지켜준 것에 깊이 감동한 모양이다.

귀족이 고용인의 가문을 책임져주는 거야 당연했지만 그러지 않는 귀족도 더러 있는 것은 사실이다. 그리고 그것이 소문으로 퍼져 귀족에 대한 선입견이 만들어지는 것이다.

그런 의미에서 나는 올바른 귀족이라고 자부할 수 있다.

나 자신이 자랑스럽군.

"사비네를 데려왔어야 했지만 그게 사비네는 아직……."

"그런 일을 겪었으니 내가 좀 무섭겠지. 괜찮아. 하지만 이른 시일 내에 집을 정리하고 내게로 와라. 내가 너희들이 살게 될 집을 알아봐 주마."

"감사합니다!"

그 다섯이 단순한 하수인이었다면 문제될 게 없겠지만 혹여 슬럼 조직이 그것을 빌미로 움직일 수도 있다. 만약 그렇게 된다면 누가 표적이 될까? 해답은 이미 나와 있었다. 내가 살고 있는 지역은 북동지역이다.

이곳은 유복한 상인, 혹은 기사계급의 귀족과 일부 작위 귀족도 거주하는 지역이다. 그러나 키슬링대로(동부)와 가까울수록 신분이 낮은 계급의 주거지로 구분되었는데 내 집도 대로와 가까운 곳에 있었다. 그러나 치안은 나쁘지 않았고 슬럼 조직이 설칠 가능성은 없었다.

본래라면 남서 출신의 평민이 이주하는 것을 허락하지 않지만, 귀족인 내가 고용했다면 대우가 달라진다. 그래서 평민들은 귀족에게 고용되는 것을 거의 꿈의 직장쯤으로 여긴다.

"그 아이는 누구였지? 공주님을 지켰던 소년 기사님 말

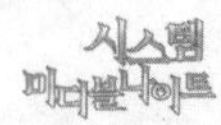

이다."

"다니엘입니다. 숙모님의 이웃집에 살고 있는 녀석인데 사비네와 친하게 지냈죠. 그런데 설마 둘이 그렇게 가까워져 있을 줄은 몰랐습니다."

"제법 용기가 있던데. 네가 생각하는 혼처와는 거리가 멀겠지?"

"하아, 그것 때문에 고민입니다. 부유한 집안이면 모를까. 주정뱅이 집안과는 좀. 아니, 다니엘이 좋은 녀석이라는 건 알고 있지만 그게 그렇게 쉬운 문제가 아니죠."

한스는 사비네의 혼처로는 매우 마음에 들지 않지만 다니엘은 좋게 보고 있는 것 같다. 그러나 나는 시녀로 고용한 아이를 주정뱅이 집안에 시집보낼 생각이 전혀 없다. 내 격이라는 것도 있고 책임지기로 한 아이가 주정뱅이 밑에서 고생하는 건 더더욱 용납할 수 없다.

그래서 한스에게 다니엘을 데려오라고 했다.

경황이 없었지만 제대로 평가해 볼 생각이다.

"다니엘 바우먼이라고 합니다."

"반갑구나, 다니엘. 사비네를 지켜줘서 고맙다."

"아, 아니에요. 당연히 넬은 제가 지켜야죠! 헤헤."

"……넬?"

이봐, 시스콘.

거기서 정색하지 마.

"어깨 상처는 괜찮고?"

"네. 치료를 잘 받았습니다."

평민이 병원을 이용하는 일은 거의 없다.

놀랍게도 대부분 평민은 공중목욕탕에서 목욕치료사에게 처방이나 외과수술을 받는다고 한다. 미용사도 마찬가지의 일을 했다. 교회가 흑사병의 원인 중 하나로 공중목욕탕을 지목한 이후 목욕탕 문화가 쇠퇴하기 시작했지만, 여전히 많은 평민이 목욕탕을 애용했다.

나는 한스에게 그 설명을 듣고 어처구니가 없어서 은화 2닢을 지불하여 다니엘을 병원에서 치료하게 했다. 다니엘은 살면서 처음으로 병원에 들어가 봤더니 매우 놀라워했다. 사비네를 지켜준 소년기사이니, 그 정도 지출은 아무것도 아니다.

"저도 슈트라이트 가문에서 일하고 싶습니다."

"사비네가 내 시녀로 채용되어서 따라오고 싶은 거냐?"

"사실 그런 것도 있지만 볼프강 님을 따르고 싶어서요."

은화 2닢이라는 큰돈을 기꺼이 지불하여 치료하게 해 준 것이 다니엘에게는 큰 감동이었던 모양이다. 그래서 사비네와 함께 나를 모시고 싶다는 것인데 3명 정도라면 충분히 감당할 수 있어서 허락했다. 내가 본 다니엘은 밝고 착한 녀석이었다. 나이도 13세였다.

관리자 스카우터에서도 사비네와 다니엘의 성향이 정직

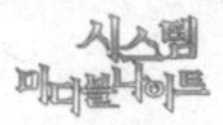

(선)이라고 알려 주었다. 나는 정직하고 착한 사람을 좋아한다. 충분히 이끌어줄 가치가 있었다.

플램 일가는 숙모에게서 자립했다.

물론 나는 플램 일가를 도와준 숙모에게 은화 2닢으로 보상했다. 그리고 앞으로도 옷감은 숙모가 시집간 직물 상인과 거래하기로 합의를 했다. 숙모 입장에서는 자신의 일족을 데려와 남편의 눈치를 많이 봤었는데 큰 보상으로 돌아오자 그제야 안심한 눈치였다.

아니, 오히려 입지가 크게 상승했다.

마지막 남은 친가 쪽 혈족이 귀족의 밑으로 들어갔으니까.

플램 일가가 머무는 곳은 내가 세를 주고 사는 집에 사용하지 않는 창고가 있는데 이곳을 빌려 두 사람이 생활할 수 있게끔 정리했다. 집주인 입장에서야 창고 방을 내주면서 수입이 증가한 셈이니 흔쾌히 허락했다. 집주인은 재정 관료로 일하고 있는 귀족이다.

나중에 돈을 많이 벌면 저택까지는 아니더라도 쾌적하게 거주할 수 있는 그런 집을 구입하는 것이 일차적인 목표가 됐다.

"제가 잘 해낼 수 있을지 모르겠지만 열심히 모시겠습니

다.”

“네 오빠처럼 성심을 다한다면 주인 된 자로서 끝까지 책임져 줄 것이야.”

“정말 감사합니다.”

사비네를 시녀로 채용한 이후 집안 살림이 몰라보게 좋아졌다. 일단 가사 부분에서는 합격이다. 그리고 눈치도 빠른 편이다. 일 잘하는 부하도 좋은 부하지만 일 잘하고 눈치도 빠른 부하는 금상첨화다. 그런 의미에서 사비네는 좋은 시녀였다.

아직 서투른 감이 없지는 않지만, 열심히 노력하려는 점이 기특했다.

나이가 12살이라고 했던가? 다니엘이 13살이니 잘 어울리기는 했다.

다니엘은 주정뱅이 아버지 밑에서 독립하여 내 집 거실 한쪽에서 지내게 했다. 거실이 제법 넓은 편이라 다니엘이 작은 침대를 놓고 지내기에는 부족하지 않았다. 그런데 다니엘을 데려오면서 그의 아버지가 내게 몸값을 달라고 요구했다.

그래서 동화 100닢을 주며 한 번만 더 눈에 띄면 가만 놔두지 않겠다고 경고했지만, 그자는 겨우 동화 100닢을 챙겼다며 희희낙락했다. 어떻게 저런 아버지 밑에 다니엘이 착하게 자란 것인가, 의문이 들 정도다.

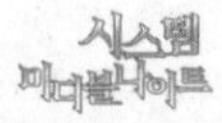

다니엘은 돌아가신 어머니의 영향을 많이 받았다고 해서 의문이 풀렸다. 아버지는 개차반이지만 올바른 어머니가 계셨기에 다니엘이 밝고 착하게 자랄 수 있었다. 다니엘이 새로 합류하면서 나는 한스에게 다니엘에게 체력단련을 시키라고 지시했다.

"한스, 이제 네가 선임이다. 후임이자 미래의 매제를 제대로 교육하라고."

"전 매제라고 인정하고 싶지 않습니다만 제가 단련시켜도 되는 거지요?"

"그래. 일단 체력과 근력만이라도 키워놔야지. 성장기니까 너무 무리하게 굴리지 말고."

"명심하겠습니다. 이리 와라, 다니엘. 단련의 시간이다!"

"혀, 형님?"

"누가 네 형님이야? 난 인정 못 해!"

후임에 대한 내리사랑은 어디든 똑같군. 참된 사랑이로다.

이로써 내가 책임져야 할 가신이 셋으로 늘어났다.

반복 퀘스트를 통해 포인트 외에도 꾸준히 동화를 벌어들이고 있어서 인건비나 유지비가 부족할 일은 없었다. 그저 열심히 저축해서 더 좋은 집으로 이사 갈 생각을 했다. 브라이스부르크에도 은행이 존재했는데 피렌체의 메디치 가문에서 운영한다.

메디치 가문의 영향력은 상당한 편이다.

그래도 은행 중에 신용이 가장 좋아서 자주 이용했다.

내가 맡긴 돈이 은화 35닢이다.

그러던 어느 날, 집주인이 내게 찾아와 도움을 요청했다.

집주인은 재정 관료귀족이자 징세관이기도 했다.

그리고 이 징세관은 엘스하이머 가문에게 통제를 받고 있었다.

"엘스하이머 궁중자작이 갑자기 죽어서 일시적으로 징세관 업무가 마비됐네."

"갑자기 죽었다고요? 왜요?"

"소문으로는 매춘거리를 뻔질나게 다니다가 병에 걸린 것이 원인이라는데, 나야 말단 관료귀족이니 자세한 내용은 몰라. 아무튼, 이러지도 저러지도 못하던 차에 결국 밀린 세금을 징수하라는 명령이 떨어져서 부랴부랴 움직이는 중이지."

기본적으로 징세관의 일은 평민들에게 결코 좋은 시선으로 보일 수 없다. 간혹 협박으로 세금을 갈취하는 자들도 나오는데 평민들은 어디 가서 하소연하기도 어려웠다. 물론 이를 감시하는 감찰관이 존재하지만 겨우 그런 일에 나서지 않는다.

"사법부에서 경비병을 항상 지원해 줬지만, 문제는 엘스하이머 궁중 자작이 타살 가능성이 있다며 매춘거리 조사를 지시하는 바람에 지원받을 경비병이 턱없이 부족해졌어."

"아, 그래서 임시로 저를 고용한다는 겁니까?"

"그렇지. 게다가 자네는 공국기사고 부하까지 있지 않은가."

집주인의 부탁을 거절하기도 난감해서 결국 도와주기로 했다. 물론 정식 근무수당을 받는다. 아무리 그래도 공짜로 일할 수는 없지. 그리고 이 또한 직업 퀘스트의 분류에 들어갔기 때문에 나는 포인트 벌이를 허투루 할 생각은 없었다.

[반복 퀘스트 직업]

[징세관 보좌]

[징세관을 도와 세금을 거둬라]

[보상 — 200포인트, 동화 200닢]

그래서 나는 집주인과 함께 움직였다.

집주인은 다른 징세관들과 협의하여 담당거리인 키슬링 대로(동부) 남쪽의 상점 구역을 집중적으로 돌았다. 집주인은 브란트라는 잡화 상인을 위협했다.

"브란트! 기한이 지났는데도 계속 납부를 미루면 강제집행을 할 수밖에 없어."

"아이고, 징세관님! 장사가 도통 되지 않아서 세금을 내고 싶어도 돈이 없어요! 제발, 기한을 조금 더 미뤄주시면 안 되겠습니까?"

"이제 더 이상 안 돼! 은화 1닢에 상응하는 현물을 가져가겠다!"

키슬링대로 상점가의 상인이 세금을 제대로 납부하지 않은 것 같다. 그는 지속해서 집주인에게 사정을 호소했다. 이야기를 들어 보니 집주인도 나름 납부할 수 있는 기한을 준 것 같은데? 그런데도 상인은 감정에 호소하고 있었다.

"한스, 저 상인을 붙잡아."

나는 한스에게 명령을 내려 상인을 집주인에게서 떼어 놨다.

집주인은 한숨을 내쉬며 상점 내부를 둘러보더니 은주전자 한 개를 집어 들었다.

은화 1닢의 가치가 있는 모양이다.

"이건 횡포요!"

"진짜 횡포가 뭔지 보여 줘?"

내가 지그시 노려보며 압박을 가하자 상인은 입을 다물었다. 잡화 상인에게서 강제 징수를 한 후 집주인을 따라 다른 상점으로 이동했다. 그렇게 다섯 군데를 돌아다니며 나는 징세관이라는 직업이 상당히 감정 소모가 심하다는 것을 알게 됐다.

그리고 집주인은 세금을 더 갈취해서 자기 주머니에 챙기지도 않았다.

나름대로 정직하게 일하는 관료 귀족이었던 셈이다. 성향도 정직(중립)이었다.

"나이를 먹으니 이젠 이 짓도 힘들군. 자네 부친이 살아 있었을 때 이런 식으로 도움을 많이 받았네. 그 시절이 그립구먼."

아버지와 집주인은 사이가 좋았던 모양이다.

그런 기억이 전혀 없으니 집주인과 우리 가문의 사이가 양호한 것도 알지 못했다. 이 공백기는 가끔 나를 당혹스럽게 만든다. 전혀 모르는 귀족이 찾아와서 내게 친절하게 안부 인사를 하거나 하급기사가 찾아와서 아버지와의 친분을 들먹이며 돈을 빌리려고 했다.

물론 그런 놈들은 당장 내쫓았다.

아무튼, 며칠 동안 나는 집주인과 함께 다니며 세금 징수를 도왔다.

대부분의 상인은 얌전히 납부하는 편인데 꼭 소수의 몇 명이 문제를 일으킨다.

그럴 때마다 나와 한스가 물리력을 행사에 현물을 빼앗는다.

세금을 내지 못하면 허가가 정지될 텐데 이놈들은 대체 무슨 배짱인지 모르겠다.

슬럼과 가까운 베이언대로(남부)의 상점가로 향했다.

이 상인은 잡화와 일부 농수산물을 취급하고 있었다.

나는 포인트를 어느 정도 모은 후 관리자 스카우터의 기능을 추가하는 것보다 수색자 스카우터를 구입하는 것을 선택했다. 그래서 지금 내가 보유한 스카우터는 관리자와 수색자, 이 두 가지다. 그리고 수색자의 기능 중 하나인 비밀 공간 탐색은 매우 유용했다.

혹시나 상인들이 무언가를 숨기는 것이 있을까 싶어서 방문할 때마다 꼼꼼히 스카우터로 살피곤 했다. 이 잡화 상인은 비교적 협조적이었다. 집주인이 요구하는 액수를 넘겨주며 어떻게든 우리를 내보내려고 했다.

딱히 문제가 없을 것으로 생각했는데 비밀 공간을 발견해버렸다.

그것도 지하에 있었고 입구는 가판대 아래에 숨겨져 있었다.

이거, 뭔가 냄새가 나는데? 다른 지방은 어떨지 모르겠지만 수도의 모든 건축물은 행정에서 관리한다. 건축물 증축이나 구조에 대해서 엄격하게 통제하는데 정해진 용도 이외에 증축하려면 세금을 내야 했다. 그리고 원칙적으로 지하실을 파는 건 금지였다.

당연하지만 평민에게만 적용되는 법이고 귀족에게 그런 허가 따윈 필요 없다.

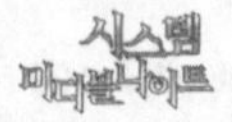

이걸 어떻게 아냐면 집주인과 대화하다가 알게 된 정보다.

집주인은 말 상대가 필요했는지 내가 모르는 것에 대해서 상세하게 알려 줬다.

순전히 자기 지식을 자랑하려는 행동이었지만 잠자코 들어준 보람이 있었다.

"징세관님. 이 밑에 지하실이 있는 모양인데요?"

"뭐? 지하실? 상점 건물에 지하실이라니. 이봐, 어떻게 된 거야?"

"무, 무슨 말씀입니까? 지하실 같은 건 없습니다!"

집주인이 상인에게 따지고 들자 당황한 상인은 모르쇠로 일관했다.

상인은 내가 가판대를 뒤집어 버리고 손잡이를 찾아내자 안색이 새파래졌다.

내가 지하실로 통하는 해치를 찾아내자 집주인은 황당했다.

"거긴 아무것도 없어! 아무것도 없다고!"

"한스, 입 닥치게 만들어."

"맡겨 주세요!"

"크아악!"

한스에게 두들겨 맞는 상인의 비명을 뒤로하고 집주인이 먼저 밑으로 내려갔다. 3평 남짓한 공간에 여러 상자와 물품이 차곡차곡 정리되어 있었다. 집주인은 할 말을 잃었는지 말을 잇지 못했다. 이거 한눈에 봐도 고가의 물품 같은데? 아무래도 장물인 것 같다.

"축하합니다, 징세관님. 건수 올리셨잖아요?"

"……축하를 받아야 할지, 재수가 없다고 해야 할지 모르겠군."

그게 무슨 소리야?

집주인은 나보고 상인을 지키게 했고 서둘러 관청으로 달려갔다.

아무래도 집주인의 눈치로 보건대 상당히 큰 사건인 것 같다.

그래서 상인을 기둥에 꽁꽁 묶어 놨다.

하도 시끄럽게 굴어서 입에 천을 재갈처럼 물렸다.

상인을 묶어 놓은 한스는 지하실을 보며 감탄했다.

"대체 이걸 어떻게 찾아냈습니까? 전, 상상도 못 했는데요."

"수상쩍은 냄새를 맡았지. 그래서 뒤져보니까, 발견한 거야."

"대단하세요. 그럼 이 상인은 어떻게 되는 건가요?"

"장물아비일 가능성이 제일 크지. 어쩌면 슬럼과 연관되어 있을지도?"

"또 슬럼입니까? 개자식들."

슬럼인지 아닌지 모르겠지만 나야 아무 상관없다. 공을

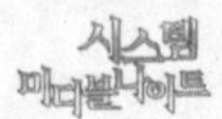

세웠으니 그에 상응하는 보상을 받으면 그만이다. 장물아비 처리야 경비대나 사법부가 알아서 수사하겠지. 그렇게 기다리고 있는데 3명의 경비병이 달려왔다.

"연락을 받고 왔습니다만 장물아비가 저 자입니까?"

"그렇긴 한데, 징세관님은?"

"지금 보고하는 중이십니다. 저자는 일단 저희가 연행하겠습니다."

경비병들이 상인을 끌고 갔다. 상인이 심하게 저항했지만, 경비병이 몇 번 두들겨 패자 축 늘어졌다. 한 15분 정도 더 기다리고 나서야 집주인이 달려왔다. 5명의 경비병와 함께.

"응? 그 상인은 어디로 갔나?"

"경비병들이 와서 데려가던데요?"

"그게 무슨 소린가? 지금 경비병들을 데려왔는데."

집주인과 나는 서로를 바라보며 어리둥절한 표정을 지었다.

그리고 나는 직감적으로 아까 그 경비병들이 가짜라는 것을 깨달았다.

제기랄, 관리자 스카우터로 먼저 확인했었어야 했는데.

아무래도 그놈들은 장물아비와 관련된 자들인 것 같다.

대담하게도 가짜 경비병 행세를 하고 상인을 끌고 가다니.

설마 내 눈앞에서 그런 일이 벌어질 줄은 상상도 못 했다.

[야만의 거리III]

[상인을 끌고 간 가짜 경비병 추적]

[보상 — 1,000포인트, 은화 10닢(위험수당)]

[위험등급 ★☆☆☆☆]

퀘스트가 생성됐다.

퀘스트명이 동일한 것으로 보아 사비네 퀘스트 때의 후속인 모양이다.

슬럼과 관계된 일인 것 같은데 저번에 사비네를 습격한 놈들도 슐랑에라는 조직의 하수인들이었다. 슬럼과 가까운 이 지역의 상점들은 대부분 슬럼과 연관될 가능성이 있었다.

“그 상인과 연결된 놈들이 관계가 탄로 날까 봐, 선수를 친 것 같습니다.”

“연결된 놈들이라니. 이 지역은 슬럼과 가까운데 혹시 슬럼 조직과 연관된 건가?”

“그럴지도 모르죠. 놈들을 추적할 생각인데 도와주시겠습니까?”

“어떻게 추적할 생각인가?”

다 방법이 있습니다.

수색자 스카우터로 사비네의 발자국을 찾아낸 것처럼

상인을 끌고 갔던 경비병들의 발자국을 찾아냈다. 수많은 발자국 가운데 그들의 발자국에만 빛이 났다. 그렇게 따라간 끝에 복잡한 골목길을 지나 공터에 도달했다.

공터로 돌입하기에 앞서 상황을 살폈다.

한 명이 망을 보고 있었고 나머지 두 명이 상인을 벽으로 밀쳐 위협을 가하고 있었다. 상인이 살려달라고 필사적으로 빌고 있었다.

"네놈이 쓸데없이 일을 키우는 바람에 탄로 났잖아!"

"그놈이 설마 지하실을 발견할 줄 몰랐단 말이네! 그, 그만! 찌르지 마!"

집주인은 상황을 보고 어안이 벙벙했다.

다른 경비병들도 마찬가지다.

"자네는 대체 어떻게 저들을 추적한 건가?"

"슈트라이트 가문만의 방식이 있습니다."

"그것참, 대단하군."

아무튼, 상황을 더 파악하려고 했지만, 가짜 경비병은 인내심이 크지 않은 모양이다. 덜덜 떠는 상인의 목에 칼을 들이밀려 으르렁거리듯이 말했다.

"감시하고 있었기에 망정이지, 하마터면 꼬리가 잡힐 뻔했군."

"어떡하지? 일단 목만 가지고 보스에게 갈까?"

"그게 좋겠어. 살려 봤자 후환거리야."

"히익! 사, 살려주시게! 살려줘!"

이런, 저 상인 놈이 죽으면 증인이 사라지는 거잖아?

어쩔 수 없다. 그래서 나는 경비병들을 먼저 내보냈다.

"베이언 경비대다! 무기를 버리고 항복해라!"

"뭣? 저놈들이 어떻게?"

상인을 위협하던 가짜 경비병들은 진짜 경비병이 나타나자 크게 당황했다.

게다가 경비병들의 숫자가 더 많았다. 나는 경비병들에게 시선을 빼앗긴 틈을 타서 롱소드를 뽑은 직후 전광석화같이 튀어 나가 급습했다. F급 기사의 혜택 덕분인가?

나는 두려움과 망설임없이 적을 공격할 수 있었다.

"뭐, 뭐야?"

— 챙!

"크악!"

놀란 망꾼이 검을 뽑아 반사적으로 내려쳤으나 튕겨내듯 옆으로 튕긴 다음 목을 찔렀다. 절명한 놈의 시체를 걷어차 떨어트린 후 당황해서 상인을 죽이지 못한 나머지 가짜 경비병에게 돌진했다.

"아까 그 귀족 놈이다!"

"제기랄, 여긴 어떻게 알고?!"

두 명을 동시에 상대하기 위해서는 빠른 판단력과 담력이 필요하다. 나는 왼쪽으로 방향을 틀어 한 명과 1:1상황을 만들었다. 다른 하나가 달려들기 전에 사선으로 내리치는 상대의 검을 다른 방향으로 튕겨 내면서 팔을 벴다.

두 번째 상대의 다리를 걸어 쓰러트린 후 마지막 상대가 내리치는 검을 붙여 회전하듯 돌리며 목과 가슴을 사선으로 벴다. 일명 바인딩과 와인딩의 자연스러운 연계 동작이다. 중요한 증인인 상인과 가짜 경비병 한 놈을 생포할 수 있었다.

2명을 죽였는데 전과 다르게 그다지 큰 거부감을 느끼지 못했다.

그리고 훨씬 더 수월했다. 역시 F급 기사(무력20% 용맹20%)의 덕분인 것 같다.

슬럼 조직원들과 처음 싸웠을 때와 비교하면 나는 확실히 강해졌다.

"기사님 실력이 정말 대단하시네요."

경비병들은 기습적으로 공격한 내 검술솜씨를 보고 감탄했다.

그것은 집주인도 마찬가지였던 모양이다. 한스의 코가 한껏 우쭐해졌다.

목숨을 부지한 상인과 가짜 경비병은 저항하지 못하고 얌전히 체포됐다.

"지하실을 발견할 때부터 대단하다고 생각했는데 추적술과 이만한 검술 실력이면 충분히 대성할 수 있겠어. 분명히 자네의 부친이 천국에서 기뻐하고 있을 거야."

"감사합니다. 징세관님."

"그나저나 이거 생각보다 일이 커지겠는데?"

사실 그럴 것 같다.

이 가짜 경비병을 관리자 스카우터로 확인해 봤더니 이 놈들은 [라펠]이라는 조직원이었다. 전에 사비네를 노렸던 슐랑에라는 놈들과 다른 놈들이다. 소문으로 듣기로는 이 라펠은 질이 매우 좋지 않은 놈들이다. 인신매매, 갈취, 공갈 등 손대지 않는 범죄가 없다.

그런데 이번 일로 난리가 나지 않을까?

아무튼, 이번 일로 집주인은 포상을 받았다며 내게 은화 1닢을 주었다.

슬럼 조직과 연관된 장물아비였으니 확실한 성과였다.

귀족에게 권모술수란?

8년 동안 직장 생활을 하면서 규칙적인 생활이 몸에 배긴 했으나 지금의 나와 비교하자면 그건 아무것도 아니다. 6시에 일어나 간단하게 아침 조깅을 하고 단련을 하면서 몸을 만드는 게 너무 재미있었다. 운동중독이라는 것 자체를 이해 못 했는데 직접 겪어보니 알겠다.

그리고 사비네와 다니엘을 고용한 이후 아침에 씻을 물을 길을 필요가 없어졌다.

내가 딱히 사비네에게 지시한 일은 아니지만 사비네는 내가 자주 씻는 것을 보고 아침, 점심, 저녁에 물을 길어와서 언제든지 내가 사용할 수 있게 준비를 해 준다. 그래서 사비네를 좋은 시녀라고 평가했다.

아마도 어린 나이에 숙모 집에서 눈칫밥을 먹으며 살아야 했던 것이 눈치를 빠르게 만들어 준 것 같다. 직접 물을 나르는 것은 다니엘이지만 사비네가 지시를 내린 건 사실이다. 마당 청소는 기본적으로 한스가 한다.

아침은 기본적으로 독일 요리를 먹는다.

입맛은 철저한 한식이었지만 일단 나는 독일인이다.

적어도 독일 요리에 대한 거부감을 줄이고자 노력했다.

사비네의 요리 실력도 괜찮았다.

바이에른에서 전파되어 대중적으로 퍼진 바이스부르스트는 아침에 먹기에 아주 좋은 독일 남부요리다. 사비네는 이 요리를 만들 줄 알았는데 직물 상인인 고모부가 고용한 요리사에게 배웠다고 한다. 제빵가게에서 사온 브레첼(롤빵)과 함께 아침을 먹는다.

물론 포인트로 끼니를 때우는 것이 대부분이라 가신들과 한 자리에서 식사를 하는 경우는 거의 없다. 그래서 나는 사비네가 만들어주는 요리를 한식에 곁들어서 먹게 됐다. 예를 들면 부르스트를 김치찌개에 넣어서 부대찌개처럼 만들어 먹든가, 하는 식으로.

그리고 일과 도중에 기도하는 시간도 생겼다.

한스와 사비네는 교회에 조금이라도 헌금을 할 정도로 독실한 신자였다.

특히 한스는 툭하면 기도해야 한다고 평상시에 입버릇처럼 중얼거렸다.

다니엘도 독실했지만 한스와는 비교조차 할 수 없다.

그러니 종소리가 울릴 때마다 기도하는 모습을 보게 되니 영 적응이 되지 않았다.

중세 시대는 귀족을 주축으로 하는 계약의 시대이자 교조주의의 절정이라고 할 수 있다. 평민들 사이에서 교회의 권위와 영향력은 절대적이었다. 다행히 교회와 귀족의 힘이 균형을 이루고 있는 시대라서 어느 한쪽으로 기울어지진 않았다.

교회가 만약 내 시스템 능력을 목격하게 된다면 어떻게 될까?

가끔 그런 가정을 상상할 때가 있는데 십중팔구 이단으로 몰려 불에 태워지는 것으로 귀결됐다. 그래서 나에 대한 가신들의 우호도가 모두 100이라 할지라도 숨기는 것이다.

심지어 방 청소도 정해진 시간이 있었다. 내가 허락하지 않으면 절대로 방에 들어올 수 없게끔 단단히 못을 박았다. 어리둥절했겠지만 주인의 명령이니 충실히 따를 수밖에 없을 것이다. 아무튼 그렇게 조심하며 생활하고 있다.

다만 물품에 관해서는 다른 핑계를 댔다.

사비네는 호기심이 왕성했다.

그래서 좀처럼 볼 수 없는 도구나 물품이 많은 내 집에서 이것저것을 사용해 보며 묻기도 했다. 특히 천에 관심이 많았다. 그녀가 관심을 보인 것은 내 속옷이다. 겉옷이야 튜닉과 쉬르코만으로 충분했지만, 속옷은 다른 문제였다. 그래서 상점에서 속옷 세트를 구입했었다.

"이 천은 어떤 천으로 만들어졌나요? 이렇게 부드럽고 튼튼한 천은 본 적이 없어요."

"그거 비싼 천으로 만든 거야. 동방에서 온 거라던데? 조심히 다뤄."

가끔 사비네가 내 속옷을 들고 만지작거릴 때는 좀 민망하긴 했지만, 그냥 멀리서 온 비싼 천으로 만든 거라고 얼버무렸다. 사비네가 오기 전까지 나는 일일이 손빨래를 했었다. 그래서 사비네가 빨래를 대신해 주자 이렇게 편해질 수가 없다.

나무에 잰 물을 여과시켜 만든 잿물(알칼리성 용액)로 동물성 기름과 이것저것 섞어 만든 저급 비누를 뜨거운 물에 녹여 빠는 것이 일반적이었는데 나는 여기에 저급 비누 대신 빨래비누를 공급해 줬다.

세제는 아무리 생각해도 이쪽 상식으로는 무리였고 고급비누라면 사비네를 납득시키기에 충분했다. 귀족님이 사용하는 엄청나게 좋은 비누. 뭐, 그런 식으로? 한스도 다를 바가 없었다. 향도 좋고 때도 잘 벗겨져서 방망이로 두드리는 사비네의 손길이 흥겨워 보였다.

이런 비싼 도구(내가 그렇게 얼버무렸지만)를 마음껏 사용하는 귀족가문에 고용되었다는 것은 미래에 대한 불안감을 없

애고 삶을 보장받을 수 있기 때문일 것이다. 게다가 나는 사비네를 지키기 위해 검까지 들었던 용감한 주인이다.

아무튼 사비네는 빨래의 스페셜리스트라고 자부했다.

저번에 핏물이 가득 묻은 내 옷을 보고 기절하긴 했었지만.

— 치익.

"성냥은 이렇게 사용하는 거야."

"와, 불이 이렇게 쉽게 붙어요? 어디서 이런 걸 살 수 있죠?"

"거리에서는 안 팔아. 나만 가지고 있으니까, 다 쓰면 내게 말해."

"이것도 동방에서 온 건가요? 신기해요."

그, 그렇지.

중세 사람들이야 동방에 대해 잘 아는 것이 없으니까, 얼버무리는 용도로 사용됐다.

부싯돌로 불을 붙이려고 끙끙거리며 씨름하는 것을 보고 안타까워 성냥개비 사용하는 법을 알려 준 것인데 내가 하도 동방에 대한 핑계를 대며 알려줘서 그런지 사비네에겐 동방에 대한 동경심이 생겨버렸다.

편리한 도구를 만드는 곳으로.

미안하다, 동방. 그래도 내 핑계가 되어줘야겠다.

사비네가 아는 것이 많지 않아서 다행이다.

그리고 단단히 교육했다. 우리 가문에서만 쓰는 물건들이라서 다른 곳에 알려지면 곤란하다는 식으로. 주인의 말이 곧 법으로 알고 있는 사비네와 한스는 별다른 의심 없이 받아들였다. 사비네는 제일 연하였지만 어엿한 우리 가문의 시녀장이었다.

"오빠, 청소 다 했어?"

"지금 다 끝냈어."

"그럼 빨리 장작을 만들어. 저녁에 쓸 게 부족해."

"이런, 벌써 다 썼나? 알았어."

"내 사랑, 넬. 나는 무슨 일을 할까?"

"널어놓은 빨래를 걷어와."

사비네는 능숙하게 한스와 다니엘을 부렸다. 두 사람은 사비네의 지시에 군말 없이 따랐다. 가끔 다니엘이 느끼한 멘트를 날릴 때 까르르 웃으며 둘이 시시덕거릴 때도 있지만 아무튼 자기 일은 꼼꼼히 잘한다. 달라진 일상을 관찰하는 소소한 재미가 있었다.

이제 나도 제법 귀족다워진 것 같다.

나는 2단계 마이스터하우 연마 숙련도의 끝을 보려고 노력하는 중이다. 현재 숙련도는 80이다. 얼마 전, 가짜 경비병들을 상대하면서 조금 오른 것이 전부였다. 그래서 약간 답답함을 느끼고 있었다. 뭔가 다른 조건이 있나?

"이보게, 볼프강!"

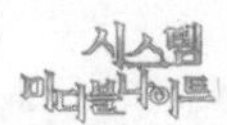

"무슨 일이십니까?"

검술 숙련도에 관해서 고민하고 있는데 갑자기 집주인이 내게 달려왔다. 이 시간이면 한창 근무하고 있을 양반인데? 허겁지겁 달려오는 모습을 보니 보통 일은 아닌 것 같다. 얼굴이 새빨개질 정도로 숨을 몰아쉬던 집주인이 절규하듯이 내게 외쳤다.

"재정대신 각하가 자네를 데려오라고 내게 직접 명령하셨어!"

"그게 대체 무슨 소립니까? 일단, 진정하세요. 숨 좀 고르시고."

"내가 진정하게 생겼나? 갑자기 각하의 부름을 받았는데!"

재정부의 톱이 재정대신인데 왜 뜬금없이 나를 찾는 건지 모르겠다. 집주인 아저씨에게는 날벼락이었을 것이다. 관료 귀족으로서는 톱을 만난다는 것은 영광이겠지만 동시에 엄청난 부담이기도 했다. 대기업 과장이 갑자기 회장님에게 불린 느낌일까?

흠, 생각만 해도 오금이 저린다.

나도 직장인 출신이라 그 기분을 알 것 같다.

"이유야 어찌 됐든, 자네는 무조건! 나와 재정대신관저로 가야 하네!"

그 정도 클래스의 권력을 가진 귀족이라면 오라 가라 하는 것도 이유 따윈 필요하지 않다. 사실 공왕을 제외하고 내게 명령할 수 있는 귀족은 없으나 세상일이라는 게 그렇다. 중추에 있는 대신의 부름을 거부한다는 건 나 같은 말단 기사에게는 있을 수 없는 일이다.

결국 나는 집주인의 손에 이끌려 재정관저로 향해야 했다.

수행원으로는 한스를 대동했다. 한스도 어안이 벙벙하기는 마찬가지.

나도 명색이 기사인데 수행원 없이 타 귀족가문에 방문한다는 것은 매우 창피한 일이다. 물론 빈민이었던 한스가 으리으리한 관저의 규모와 깔끔하고 고급스러운 차림으로 맞이하는 백작가 사람들에게 주눅 드는 거야 어쩔 수 없지만, 최소한 나는 쫄지 않으려고 노력했다.

남자는 배짱이고 기사도 배짱이다.

내 직속 상관(공왕)도 아닌 상대에게 겁먹을 필요는 없지.

"각하에게 절대로 실수하면 안 돼! 알겠는가?"

"같이 들어가는 거 아니었습니까?"

"큰일 날 소리! 나는 그냥 심부름꾼이야!"

집주인은 그대로 내뺐다.

아니, 아버지와 친구라며.

그렇게 도망가면 난 누굴 의지해?

나는 일단 재정대신에 대한 정보를 생각했다.

내 기억으로는 하인츠 폰 라인펠트 궁중 백작일 것이다.

미디블나이트를 플레이할 당시에 이 재정대신에게 몇

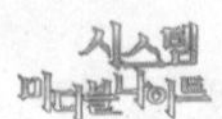

번의 퀘스트를 받은 적이 있었다. 내 기억으로는 너구리 대신이라고 불렸던 것 같다. 상대에게 자신이 원하는 답을 뱉어내게 만드는 화술의 달인이었다. 즉, 지금의 나로서는 상대하기 버거운 상급 귀족이다.

"반갑구먼, 슈트라이트 경. 앉게나."

게임상에서 봤던 그 모습 그대로 부드러운 노신사의 모습을 하고 있지만, 겉모습에 속으면 안 된다. 게임에서도 능구렁이 같은 대사가 많았고 문답만으로도 한참을 생각하게 했는데 실제로 마주하니 긴장하지 않을 수 없었다.

"뵙게 돼서 영광입니다, 각하."

"예의가 바른 젊은 기사로군."

첫인상은 합격인가?

나름대로 예를 갖췄는데 재정대신은 흡족한 모양이다.

"실적 있는 젊은 기사가 나타났으니 관심을 가지는 것은 당연한 법. 특히 경은 독특하지만 일 처리를 잘하는 기사로서 관료들 사이에 나름 알려져 있었네."

내가 그렇게 알려져 있었나?

당연하지만 그런 관료들 사이의 그런 평판을 내가 알 턱이 없다.

"비록 재주는 없으나 가신을 굶길 수 없어 노력했을 뿐입니다."

"그 가신을 굶기는 공국기사는 부지기수. 그런 의미에서 경은 충분히 평가받을 만하네. 우리 관료도 경에게 신세를 졌다는 보고를 받았지."

그건 집주인을 말하는 것 같다.

집주인이 대체 무슨 보고를 했기에 재정대신이라는 사람이 내게 관심을 두게 된 걸까. 재정과 연관된 일은 장물아비와 가짜 경비병 정도밖에 떠오르지 않았다. 겨우 그 정도 일에 재정대신이 관심을 가졌을 리가. 그렇게 한가한 자리가 아니다.

"과찬이십니다. 저는 그저 맡은 일에 충실했을 뿐입니다."

겸손하면서도 비굴하지 않다. 나는 그런 자세로 재무대신과 대화를 이어갔다. 칭찬과 겸손으로 이어지는 대화는 남들이 보기엔 주거니 받거니 사이좋아 보이겠지만 깊이가 있는 대화는 결코 아니었다. 서로 속내를 드러내지 않는 대화는 겉돌 뿐이다.

이런 대화는 상당히 피곤하게 만든다.

"경은 겸손하군. 혈기왕성한 젊은이들이라면 자기가 잘난 줄 알고 우쭐거린 것이 보통이겠지만 경은 그런 단순한 이들과 다른 부류야. 충분히 위로 향할 자격이 있네."

"아직 서훈도 받지 않은 말단 공국기사에 불과합니다."

"경의 부친은 프랑스 전쟁에서 활약한 기사로 공훈을 가지고 있지. 지금이라도 서훈을 요청하면 서임식을 받을 수 있을 텐데, 꾸물거리는 이유가 뭔가?"

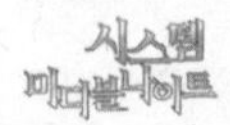

"경험이 부족하여 수행하는 중입니다."

"흠, 과연. 그래서 현장에서 실무를 먼저 배우고 성과를 내서 서훈을 받겠다는 겐가? 보면 볼수록 마음에 드는구먼. 내 아들도 경과 같은 마음가짐이었으면 좋겠는데 말이야."

대신이라는 자리는 왕이 임명하는 것이 아니라 가문 대대로 승계받는 자리다. 그래서 큰 실수를 저지르지 않는 이상 한 가문이 한자리를 오랫동안 독점했다. 그래서 대신 자리를 놓고 다른 상급 귀족들과 치열한 정쟁을 벌이면서 음모가 판을 치는 것이 아닐까?

"슈트라이트 경. 경이 말한 대로 경의 가문은 말단에 불과하네. 본래대로라면 경과 나의 접견은 불가능한 일. 부하들도 격에 맞지 않는 신분이라며 반대했지만 그런데도 전례를 깨고 경을 불러온 것은 경이 관료들 사이에서 평가가 좋은 유능한 자라고 여겼기 때문이네. 하급 관료들 대부분은 평민이라서 귀족을 칭찬하는 경우는 좀처럼 없었지."

"그렇습니까? 높이 평가해 주셔서 감사합니다."

별다른 감흥이 없어서 담담하게 대답했는데 그것이 오히려 재정대신에게 호감을 산 것 같다. 호감을 산 것은 다행이지만 재정대신이 내게 무슨 생각을 품고 있는지 알 수 없어서 불안했다. 최대한 불안한 기색을 죽이고 담담한 척 하려는 것도 어렵다.

"역시 경은 재미있는 젊은이로군. 유능한 자라고 평가해 주었는데도 들뜬 기색도 없고 침착함을 유지하는 태도라니. 일찍 발견했기에 망정이지, 조금이라도 늦었다면 행정부에 빼앗길 뻔했어. 운이 좋았지."

이거 혹시 날 지금 재정 쪽에서 스카우트할 생각인 건가? 관료들의 톱인 재정대신의 비호를 받을 수 있다면 개인으로는 승승장구할 수 있지 않을까? 합리적으로 생각해 보면 재정대신의 스카우트 제의를 받아들이는 것이 좋다.

이야기의 흐름으로 보면 재정대신은 나를 쓸 만한 루키 정도로 보는 것 같다.

높은 평가를 받은 건가? 하지만 그건 부담스러운 평가였다.

귀족사회에 적응하면서 여러 가지를 배울 수 있었는데 그중에 하나가 이것이다.

이유 없는 호의란 없다.

마치 격언처럼 전해져 내려오는 말이다.

분명히 재정대신은 내게 바라는 것이 있을 것이다.

"엘스하이머라는 가문이 있는데 들어 본 적이 있는가?"

"징세관을 통솔하는 귀족가문으로 알고 있습니다."

"그래, 그 가문은 오랫동안 세금을 징세하는 일을 맡아 왔지. 궂은일도 마다하지 않는 헌신적인 가문이라 나 또한 오랫동안 교류를 하고 있었네. 표면적으로 내 부하 관료지만 엘스하이머의 영향력은 무시할 수 없지. 경도 징세관과

일해 봐서 알고 있을 테지만 보통 힘든 일이 아니니까. 원망받는 일은 그런 것일세. 그것이 정당한 집행이라고 해도 말이야."

"현장을 겪어봤기에 알고 있습니다."

집주인에게 엘스하이머에 대한 정보를 듣긴 했지만 설마 여기서 언급하리라고는 생각지도 못했다. 그런데 왜 뜬금없이 언급하는 것인가? 게임상에서는 선택지가 있고 제한시간이 없는 만큼 충분히 생각할 시간이 있었다.

그래서 최선의 답을 쉽게 도출할 수 있는데 지금은 그게 불가능하다.

"엘스하이머 궁중 자작은 배포가 남다르고 사람을 이끄는 힘이 있어서 징세관들을 빈틈없이 통솔했네. 그의 지휘 덕분에 세금을 쉽게 거둘 수 있었지. 하지만 안타깝게도 그에게 큰 결점이 있었네."

매춘거리를 드나드는 거였나?

그것 때문에 병이 생겨서 죽었다는 소문을 집주인에게 들었다.

그러나 그건 추측일 뿐이고 실제로 어떻게 죽었는지 알지 못했다.

"천박한 여자에게 빠져 결국 신의 노여움을 사고 말았지. 안타까운지고. 결국 뒤를 이을 자식이 두 딸밖에 남아 있지 않아서 엘스하이머의 영향력이 급속도로 줄어들었네."

베렌 공국은 제국의 살리카 법을 따르고 있는데 왕위와 영지를 여성에게 상속하는 것을 금지하고 있다. 다만 예외적으로 적용한 것이 영지가 없는 궁중 혹은 공국귀족의 경우 작위를 여성이 승계받을 수 있다는 점이다.

"궁중 귀족이니 훌륭한 데릴사위를 받으면 되지 않겠습니까?"

"나도 그렇게 생각하네. 경의 생각은 어떤가?"

"……무슨 말씀이신지?"

나를 지그시 바라보는 재정대신의 시선이 몹시 부담스럽다.

설마 그 데릴사위가 나? 나보고 엘스하이머의 데릴사위로 들어가라는 거야?

귀족 사회에서의 결혼은 가장 강력한 결속 수단이다. 나도 결혼이라는 무기를 어떻게 활용할까 고민을 했었는데 설마 먼저 제시를 받게 될 줄은 몰랐다. 동맹을 맺는 가장 확실한 방법이었다. 그러나 데릴사위라니? 내 대에서 가문을 끊어내라는 소린가?

데릴사위로 들어갈 경우 내 자식들은 모두 엘스하이머의 성을 따르게 된다.

그래서 보통 데릴사위는 차남이나 그 이하 자식이 들어가는 경우가 대부분이다.

하지만 나는 슈트라이트 가문의 수장이었다.

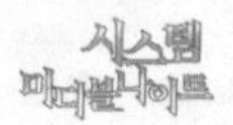

내 목표는 내 가문이 다스리는 땅의 영주가 되는 것이지, 엘스하이머 가문의 눈칫밥 먹는 데릴사위로 얽매이는 것이 아니다.

절대로 받아들일 수 없는 제안이었다.

어떻게 거절해야 할까?

말단 세습 기사 주제에 재정대신이 제안한 중매를 거절한다면 주제 파악 못하는 놈이라고 귀족들 사이에서 소문이 퍼질 것이다. 나도 어지간한 제안이 아니었다면 받아들였을 테지만 이건 결코 받아들일 수 없는 제안이다. 가문과 귀족생명을 포기하고 모계 결혼을 하라고?

게다가 모계 결혼을 하는 순간 나는 어떠한 계승권도 가질 수 없다.

영지를 하사받는 것도 불가능했고 하사받는다고 해도 상속은 모계로 넘어간다.

내 목표와 정면으로 충돌하는 제안이었다.

하지만 여기서 무턱대고 거절했다간 날 칭찬하고 띄워줬던 재정대신의 체면을 뭉개버리는 짓이다. 말단 기사 주제에 재정대신의 체면을 뭉개버린다는 게 말이나 되는 소린가? 재정대신이 넘어간다고 해도 재정파벌의 귀족들이 나를 가만두지 않을 것이다.

"고민되는가? 걱정하지 말게. 격의 문제가 있겠지만 내 추천이라면 엘스하이머도 받아들일 것이네. 차녀와 맺어지는 것이 합리적이겠군. 장녀를 제후에게 시집보낸다면 경도 제후와 혈연으로 이어지는 것이 아니겠는가?"

제후와의 혈연까지.

재정대신은 왜 내게 이런 제안을 하는 걸까?

침을 삼킨 나는 관리자 스카우터를 발동했다.

[하인츠 폰 라인펠트의 이력]

[나이: 53세][소속: 재정부—재정대신][주소: 린츠대로 북서구역 거주]

[하인츠 폰 라인펠트의 상태]

[건강: 양호][심리: 거짓—이용][성향: 기만(중립)][우호도: 10]

나를 향한 심리가 거짓과 이용이었다.

엘스하이머의 데릴사위 제안은 미끼인 것이 분명했다.

나를 데릴사위로 밀어 넣고 무엇을 원하는 걸까? 게다가 성향도 기만(중립)이다.

명백하게 믿을 수 없는 사람이라고 스카우터가 가르쳐

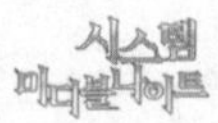

주고 있었다.

여유롭게 미소를 지으며 내 대답을 기다리는 재정대신에게 나는 무슨 말을 할 수 있을까? 그러던 그때, 마치 구원 줄처럼 퀘스트가 새롭게 생성됐다.

[협상의 귀재! 퀘스트]

[재정대신의 중매를 거절하라]

[외교관 스카우터 임시 지급]

[보상 — 500포인트, 동화 500닢]

[가문의 명성 50점 지급]

이 퀘스트에서 가장 눈에 띄는 것은 두 가지였다.

외교관 스카우터와 가문의 명성이다.

하지만 오래 생각할 시간은 없었다. 나는 제일 먼저 외교관 스카우터를 발동했다. 시스템의 설명에 따르면 이 외교관 스카우터는 협상목적과 협상명분을 검색할 수 있다.

협상의 목적을 볼 수 있다고?

내가 가장 궁금하게 여겼던 것이 재정대신의 목적이기 때문에 곧바로 발동했다. 잠시 시야가 일그러지면서 정상화됐다. 스카우터를 사용할 때 공통으로 겪는 현상이다.

[장남 아델베르트가 엘스하이머에 영향력을 확대하기 위해서 부하를 데릴사위로 추천. 장남의 재정부 영향력 증대를 경계한 재정대신은 볼프강을 엘스하이머의 데릴사위로 밀어 넣어 유용한 패로 이용하는 것이 목적]

내가 잘못 봤나? 장남을 견제해?

엘스하이머는 지금 재정부 내에서 뜨거운 감자였던 모양이다. 장남도 부하를 데릴사위로 밀어 넣는 중이고 재정대신은 아들의 계획을 막기 위해 나를 이용하는 것이다. 내게 온갖 미사여구와 칭찬을 남발한 것도 이유가 있었다.

단순한 립 서비스가 아니라 가난한 공국기사에게 은혜를 베풀어 유용한 패로 부리기 위한 고도의 모략이었다. 외교관 스카우터로 확인하지 못했다면 전혀 알지 못했을 것이다. 순전히 장남을 견제하기 위해서 엘스하이머와 나를 이용하다니.

보이지 않는 곳에서 부자끼리 권력 다툼을 벌이고 있었다.

이건 확실히 독이 든 성배다.

하지만 어떤 명분으로 거절할 것인가?

명분 검색을 발동했다.

[사용 가능한 명분 — 서훈, 공훈, 가문의 격, 유예]

일단 명분을 사용해서 어떻게든 말을 만들어 보자.

"고민할 필요가 있는 겐가? 말단 세습기사가 이만한 제안을 받는 경우는 거의 없네."

"재정대신님의 호의에 감사드립니다. 하지만 저는 세습[서훈]을 받지 않은 기사입니다. 리터 칭호도 없는 제가 어찌 명문가의 데릴사위로 들어갈 수 있겠습니까?"

일단 나는 재정대신과 논할 수 없는 하급 귀족의 신분이다.

심지어 서훈도 받지 않았는데 명문가 데릴사위로 들어갈 만한 자격은 없었다.

"서훈은 경의 부친이 세운 공훈으로 인정받을 수 있으니 문제 될 건 없네. 그 건에 관해서 내가 전하께 알려 편의를 받게 해 주지. 이 정도 호의는 좀처럼 없다는 걸 기억하게."

"그러나 그 [공훈]은 어디까지나 부친이 세운 공훈입니다. 저 자신의 공훈이 아니며 공훈도 세우지 못한 일개 세습기사가 엘스하이머의 데릴사위로 들어간다면 주변에서 우습게 여길 뿐만 아니라 재정대신님에게까지 영향이 갈까 두렵습니다."

"오호, 그런 생각을 하는 겐가? 기특한지고. 하지만 그건 경이 걱정할 일이 아니네. 뒷말이야 나오겠지만 주로 행정부나 군무부의 얼간이들 대부분이겠지."

"하지만 가문의 공훈보다 개인의 공훈으로서 당당한 기

사로 인정받고 싶은 바람입니다. 엘스하이머 가문과 재정대신님에게 누를 끼치지 않게끔 [가문의 격]을 올리고 싶습니다. 재정대신님께 대단히 죄송하오나 부디 [유예]의 기간을 주시지 않겠습니까?"

"가문이 아닌 개인의 공훈을 인정받고 싶다? 그래서 유예를 달라는 건가?"

나를 바라보는 재정대신의 눈빛이 굳어졌다.

직장 생활 당시 사장님과 면담했을 때와는 비교조차 되지 않는 압박감이 엄습해 왔다. 회사에서는 잘리면 그만이지만 여긴 목이 잘릴 수 있으니까. 하지만 내가 느끼기에는 표정이 좀 무섭긴 했지만 재정대신이 그렇게 크게 불쾌해한 것 같지는 않다.

중요한 순간에 외교관 스카우터를 받을 수 있어서 정말 다행이었다. 지그시 나를 바라보며 관찰하는 그 눈빛은 무서웠으나 관리자 스카우터를 통해 비친 재정대신의 심리를 읽을 수 있었기에 안도할 수 있었다. 어떻게든 내 명분이 통한 것 같다.

"거절은 아니고 유예인가? 경은 말을 제법 잘하는군. 잠깐의 유예라면 기다려주지. 기사라면 누구나 그런 야망쯤은 가지고 있다는 걸 모르지 않네. 하지만 슈트라이트 경, 충고하네만 단순한 시간 끌기는 모두를 불쾌하게 만들 뿐이네. 그걸 반드시 명심하게나."

"명심하겠습니다."

협상의 귀재I 퀘스트가 완료되었다는 문구를 보고 일단 안심했다.

보상을 비롯해 가문의 명성을 50점 획득했다.

가문의 명성이 높을수록 무언가 영향력이 발휘되는 걸까?

그리고 타이틀 하나를 획득했다.

"공훈이라. 마침 좋은 무대가 있네. 게다가 경과 무관하진 않지. 경이 찾아낸 일이니까."

……설마 그 장물아비?

내 기억으로는 그 장물아비와 연관된 조직은 라펠이다.

가짜 경비병의 소속이 라펠이라는 슬럼 조직이었으니까.

"내 아들이 그 사건을 조사하고 있네. 하지만 생각보다 진척이 없더군."

그건 범죄영역인데 보통 사법부가 맡는 것이 아닌가?

사법은 법과 정의를 수호하는 조직으로 재판과 치안을 담당하고 있을 텐데.

왜 그 사건을 재정이 조사하고 있지?

하지만 의문을 느끼기 전에 나는 받아들일 수밖에 없었다.

공훈을 세울 명분을 준다는데 그걸 거부한다는 것은 재정대신을 기만하는 것과 마찬가지였다. 어쩔 수 없다. 더 이상 내게 선택지도 거절할 명분도 없었다.

"……기회를 주셔서 감사합니다."

"관료들의 칭찬이 자자했던 경의 솜씨를 여과 없이 보여주게. 기대하고 있겠네."

역시 옭아매는 솜씨가 대단했다.

하지만 유예를 약속받았으니 시간은 충분히 번 셈이다.

집무실에서 나온 나는 긴장감이 풀렸는지 안도의 한숨이 나왔다.

다시 한번 느끼는 것이지만,

세상일이라는 게 뜻대로 흘러가지 않는다.

그것이 현실이든 게임 속 세상이든 간에.

장물아비를 적발하면서 나름대로 집주인의 일을 도왔다고 생각했다. 집주인도 이번 적발에 포상을 받았고 나도 은화 1닢을 받았다. 그리고 그것으로 끝인 줄 알았다. 이게 은화 1닢의 대가인가? 은화 1닢 돌려줄 테니까 없었던 일로 하면 안 될까?

가문의 명성 50점을 획득하면서 내가 보유한 명성을 확인할 수 있었는데 현재 슈트라이트 가문명성은 50점이었다. 그건 즉 처음부터 명성이 0이었다는 소리다. 설명에 따르면 100점이 되었을 때 혜택을 받을 수 있다는데 그게 정확히 어떤 혜택인지 모르겠다.

마지막으로 세 번째 F급 타이틀이다.

F급 협상가 타이틀에는 설득력 20% 증가라는 혜택이 붙어 있었다.

협상을 할 때 상대를 설득할 수 있는 확률이 20% 증가한다는 의미겠지?

높은 수치였지만 어떻게 설득이 된다는 건지 잘 모르겠다. 하지만 전에 얻었던 2가지 타이틀을 통해 관리자 일이 비교적 쉬워졌고 더욱 능숙하게 적을 상대할 수 있게 됐다. 설득력 증가도 분명히 체감할 수 있을 것이다.

"이쪽으로 오십시오."

재정대신과의 접견을 끝낸 나는 시종의 안내를 받게 됐다.

그가 나를 안내한 곳은 재정관저의 지하실이었다.

감옥? 고문 시설? 여기에 왜 이런 것이 있지? 여기 재정관저 아니었어? 내 의문 어린 시선을 느꼈음에도 시종은 대답하는 대신 어떤 방의 문을 열었다. 방 안에는 두 명의 남자가 있었다. 날카로운 인상의 남자와 온화한 인상의 남자.

온화한 인상의 남자가 상급자라는 것을 알 수 있었다.

옷차림이 굉장히 부티 났거든. 저건 아무나 입을 수 있는 튜닉이 아니다.

상급 귀족만 입을 수 있는 그런 등급의 고급 옷이다.

"무슨 일이지? 그자는 누군가?"

"이분은 슈트라이트 경입니다."

"슈트라이트? 아, 그럼 그가?"

온화한 인상의 남자가 흥미로운 시선으로 나를 관찰하듯이 바라봤다. 날카로운 인상의 남자는 그런 나를 못마땅하게 여기는 것 같다. 내 성을 듣자마자 두 사람의 반응이 극명하게 갈렸다. 그래서 나는 관리자 스카우터를 발동했다.

우선, 상급자로 보이는 온화한 남자는 아델베르트 폰 라인펠트다.

재정대신이 견제하는 장남이었고 감찰총감이라는 직책에 있다.

그리고 날카로운 인상의 다른 한 명은 안드레아스 폰 뤼디거다.

뤼디거는 재정부 감찰부총감이었다.

"볼프강 폰 슈트라이트라고 합니다. 조사에 합류하라는 지시를 받았습니다."

"앉게, 슈트라이트 경. 경이 가져온 사건 덕에 조용한 날이 없더군."

재정대신가의 도련님은 지금 이 상황이 매우 흥미로운 모양이다. 반면 내 맞은편에 앉은 남자의 눈빛에서 불똥이 튄 걸 똑똑히 목격했다. 그래, 그렇겠지. 어떤 조직이든 중간에 끼어든 자에 대해 좋게 보는 사람은 없다. 그것도 최종 책임자가 집어넣었으니까.

낙하산 혹은 감시라고 생각할 수 있다.

아델베르트는 맞은편에 앉아 있는 뤼디거를 번갈아 보며 재미있는 듯했다.

"미안하군. 뤼디거가 불편해하는 것을 이해해 주게. 자

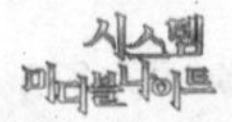

기 일에 누가 끼어드는 것을 아주 싫어하는 사람이라서. 이봐, 언제까지 꽁해 있을 거야? 아버지가 결정한 인사라고."

"……안드레아스 폰 뤼디거다."

인사는 그게 끝이다. 내가 대단히 마음에 들지 않았는지 나를 보는 시선이 매우 냉랭했다. 이쯤 되니 미안한 감정보다는 슬슬 화가 치밀었다. 내가 원해서 이렇게 된 줄 알아? 댁의 최종 책임자가 멋대로 나를 압박해서 집어넣은 걸 가지고 애먼 데다 화풀이야?

하지만 감정을 드러내진 않았다. 후계자 앞이기도 했으니까.

아델베르트는 나를 지그시 바라보며 물었다.

"아버지가 경에게 무엇을 제시했지?"

성질 같아서는 사실대로 말하고 싶다.

당신의 아버지가 당신을 견제하기 위해 엘스하이머의 데릴사위로 밀어 넣는 중이라고. 이렇게 대답하면 아델베르트는 어떤 반응을 보일까? 하지만 그것은 어디까지나 재정대신의 감춰진 속내였고 이것을 내 입에 담기엔 위험부담이 너무 컸다.

아무에게도 말하지 않았던 속내를 내가 알고 있다는 것을 재정대신이 알게 된다면 나를 가만히 놔두겠는가? 그리고 그건 아델베르트도 마찬가지다. 자고로 상급귀족이라는 존재들을 쉽게 믿어서는 안 된다. 내가 아무 말도 못 하고 있자 아델베르트는 손을 휘저었다.

"뭐, 됐다. 아버지의 의도야 뻔하지. 내 권한으로 경을 임시 감찰관으로 임명하겠다. 뤼디거의 보좌로 명령을 받으면 될 거야. 임시라는 걸 명심하게."

"예. 어디까지나 저는 외부인사일 뿐입니다."

"능력이 있다면 이 기회에 정식으로 재정부에 들어올 수 있겠지. 안 그런가, 뤼디거?"

"……."

높으신 양반들에게 품평을 받는 건 못 할 짓이다. 하지만 별수 없다. 나는 말단 세습기사에 불과했고 눈앞에 있는 재정대신가의 도련님은 상급 귀족이라 불리며 수도에 거주하는 하급 귀족들에게는 상전이나 다름없었다.

만약 내가 영주였다면 이런 식으로 대하지 못할 텐데.

역시 더러우면 출세하라는 말이 맞다.

내 목표가 영주인 것도 이런 이유가 있었다. 엘스하이머의 데릴사위로 들어간다면? 남들이 보기엔 엄청난 성공으로 보이겠지만 평생 재정대신 일가의 부하 노릇을 하며 산다는 것을 뜻했다. 난 절대 남 밑에 있고 싶지 않은 성격이다.

직장 생활에서야 어쩔 수 없는 현실에 수긍했을 뿐이지만 내가 귀족 세계에 이토록 빨리 적응한 것은 그러한 성향 때문이다. 내가 부리면 부렸지, 부림을 당하고 싶지 않은 것이다. 나는 오로지 부리면서 권력을 가진 자로 살고

싶다.

그래서 현실적으로 가능한 영주를 목표로 세운 것이다.

구국의 영웅 정도는 되어야 영지를 받겠지만 시스템과 능력만 있다면 불가능한 도전은 아니다. 반대로 작위를 받는 것은 내 대에서는 거의 불가능에 가깝다. 물론 불가능에 가깝다는 것이지 확률이 제로는 아니다.

작위귀족 중에 가장 낮은 등급인 남작도 영지를 가지고 있다면 공왕조차 함부로 대하지 못한다. 영지를 가진 작위귀족을 우리는 제후라고 부른다. 그리고 백작 이상이면 대제후로 분류된다. 영지의 유무가 귀족 권력을 결정하는 것이다.

공왕은 공국에 소속된 귀족을 대표하거나 대외적인 외교를 담당하며 제후의 분쟁을 조정하는 일을 한다. 그리고 제후들은 공왕과의 계약에 따라 45일~65일 동안 동원에 참여해야 하는 의무가 있다. 만약 내가 영주라면 내게도 적용되는 의무다.

소설에서는 주인공이 특별한 능력과 막강한 힘을 지녔으니 작위를 쉽게 얻을 수 있겠지만 나는 그것이 불가능했다. 검을 휘둘러 산이 박살나는 것도 아니고 이제 간신히 검술을 익히고 있는 애송이에 불과했다. 실전도 고작 슬럼 무리들이 전부였다.

"저는 어디까지나 끼어든 입장이기에 전적으로 두 분의

지시에 따르겠습니다."

"주제를 알고 있는 건가? 경은 제법 상황 파악을 할 줄 아는군."

결국 나는 일단 현실에 순응하여 꼬리를 내렸다.

내 이런 행동을 보고 나를 노려보던 뤼디거의 시선이 조금은 누그러졌다.

애초에 나는 공훈을 세울 생각이 전혀 없었다. 내가 세우고 싶은 공훈은 어디까지나 영주가 되기 위한 공훈이었을 뿐 재정부를 위한 공훈이 아니다. 내가 미쳤다고 내 발목에 족쇄를 달까. 어떻게든 유예를 받아 냈는데 도망칠 작전을 구상해야 했다.

냉랭하던 분위기가 조금은 풀렸다.

불청객이나 마찬가지인 입장이라 자리가 매우 불편했고 아군이라고 할 만한 사람도 없었지만 일단 적대적인 분위기가 아닌 것만으로도 다행이었다. 꼬리를 내린 것이 잘 먹힌 것 같다. 본의 아니게 낙하산 인사가 되었지만, 상급자의 권한을 무조건 인정하는 것이 좋다.

직장 생활의 노하우 중 하나였다.

뤼디거가 내게 말했다.

"내 지휘에 전적으로 따라준다니 고맙군. 솔직히 말하자면 피곤해지는 일은 피차 피하고 싶은 심정이다. 그러나 재정대신님이 경을 내게 배속한 이상 어느 정도 공훈을 양보해 주지. 그러니 잘해 보자고.”

굳이 양보해 주지 않아도 되는데.

물론 이런 말을 하면 나름 신경을 써준 뤼디거를 조롱하는 꼴이라 입 밖에 내지 않았다. 상급자가 있으면 눈에 띄는 짓을 하지 않는 것이 좋다. 생각해 보니 재정대신이 나를 타깃으로 삼은 이상 벗어나기 위해서라도 눈앞에 있는 상급자들에게 공훈을 몰아주는 것도 나쁜 생각이 아닌 것 같다.

공훈을 세우지 못한다면 재정대신이 내게서 관심을 거둬들일지도?

생각해 보니까 그럴듯한 명분인데? 능력이 부족하여 공훈을 세우지 못했다. 복잡하게 생각할 것 없이 단순한 전법이 먹히는 경우도 있다. 나를 엘스하이머의 데릴사위로 집어넣어 이용할 생각이지만 능력이 떨어진다면 다른 후보에게 관심을 돌리지 않을까?

굳이 내게 목을 맬 필요는 없으니까.

널리고 널린 것이 가난한 공국기사들이다.

그리고 나는 반복 퀘스트를 통해 은화를 50닢이나 쌓아놨다.

절대로 가난한 공국기사가 아닌 것이다.

“경이 찾아낸 이 사건의 핵심은 행정부와 연관되어 있다는 거다. 이 건을 잘 이용한다면 우리 입장에서는 행정을 누를 수 있는 좋은 패를 수중에 넣는 셈이지."

내가 발견한 장물아비가 행정과 연관되어 있다고?

그럼 행정부 입장에서는 내가 무척 껄끄러울 수도 있겠다. 어쩌면 적대적인 감정을 가지고 있을지도 모른다. 게다가 외부에서 보자면 난 명백한 재정부 소속이었다. 졸지에 재정파벌에 들어가게 된 것이다. 본의 아니게.

나는 왜 그때 스카우터를 발동하여 비밀공간을 찾아냈는가.

그때 그냥 모른 척을 했어야 했는데.

"뤼디거, 그쪽 일을 맡기는 게 어떤가?"

"베이언대로(남부)의 다리 쪽을 말입니까?"

베이언대로에서 작은 다리를 넘어가면 여성의 집이라고 불리는 밀집된 지역이 나오는데 이곳이 브라이스브루크의 대표적인 매춘거리였다. 다리만 넘어가면 완전히 다른 세상이라고 할 수 있다. 게다가 더 깊숙이 들어가면 슬럼과 연결된다.

"기본적으로 매춘거리 놈들은 관료의 냄새를 기가 막히게 잘 맡거든. 그게 생존의 수단이 되어서 이쪽에서 감찰이나 탈세로 잡아들이려고 해도 사전에 어떻게든 알아차

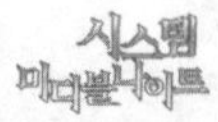

린단 말이지. 하지만 경은 외부에서 온 인선이니 조사가 한결 더 수월하지 않을까?"

"과연, 일리가 있는 의견입니다. 슈트라이트 경. 우리가 장물아비를 조사하는 과정에서 매춘거리가 주요 접선지역으로 추측하고 있네. 경이 그 지역을 조사하게."

그 위험한 곳을 실적도 영향력도 없는 내게 조사하라고 지시하는 시점에서 나는 이놈들을 절대로 믿어선 안 된다는 것을 깨달았다. 그 말대로 나는 외부 인선에 불과했다. 있어도 그만, 없어도 그만인 적당한 패.

제대로 조사하면 좋고 범죄조직에 걸려 죽는 것도 좋다는 거다.

조사과정에서 내가 죽는다고 해도 재정대신에게 순직했다고 보고하면 그만일 테니까. 너무 과민하게 반응하는 것인지 모르겠지만 귀족 세계의 권모술수는 상상을 초월한다.

아델베르트는 재정대신과 다르게 계산(중립)의 성향을 가지고 있었다. 이익이 된다면 어떤 쪽과도 손을 잡는다는 성향인가? 게다가 내게 흥미를 느끼고 있었다. 뤼디거는 명백하게 적대의 감정을 가지고 있으며 그의 성향은 충성(중립)이다.

아델베르트의 충실한 오른팔 납셨군.

이럴 때 외교관 스카우터라도 있었으면 이놈들의 목적을 분석해서 내가 더 유리하게 이용했을 텐데. 어쩔 수 없군. 조사를 팍팍 해서 공훈을 잔뜩 안겨줘야지.

뭐디거라고 했던가?

나 대신에 엘스하이머의 데릴사위로 들어가라.

그리고 눈칫밥 데릴사위로 쥐어 짜여.

“매춘거리 조사는 제가 하겠습니다.”

“좋아. 경이 맡아주겠다니 든든하군. 명심할 것은 접선 책을 찾아내는 것이지, 불필요하게 들쑤셨다가는 경이 위험해질 수 있다. 그리고 매춘길드는 지금으로서는 전혀 도움이 안 돼. 중요한 일이니 꼭 명심하게.”

누가 보면 부하를 걱정하는 인간적인 상관의 모습처럼 보이겠지만 나는 속지 않았다. 접선 책까지만 알아내고 쓸데없이 나서지 말라는 뜻이겠지. 아니면 내가 일부러 들쑤시기를 기다리려는 것일지도 모른다. 매춘거리를 관리하는 길드는 어떤 입장일지 알 수 없다.

그렇게 나는 전혀 필요 없는 임시 감찰관이라는 직함을 얻었다.그런데 나 혼자 그 넓은 거리를 조사하라는 건 아니겠지?

내게 매춘거리 조사를 맡기려면 인력이라도 붙여줘야 하지 않을까?

“조사는 별개로 치고 슈트라이트 경을 지켜줄 병사가 있어야 하지 않겠나?”

“은밀히 조사를 진행해야 하니 2명이면 적당하지 않겠

습니까? 그 이상은 눈에 띕니다."

"적당하군. 경에게 감찰부대 병사를 붙여줄 테니, 그들을 잘 지휘해 봐."

2명 가지고 대체 뭘 하라고?

한스까지 합치면 3명이지만 한스는 머리 쓰는 것과 영 인연이 없다.

이 인원 가지고 할 수 있는 일은 많지 않다. 위험한 구역의 조사는 조사대로 진행하고 안전의 보장을 받을 수 없다는 것인데. 게다가 이 병사들이 내 감시역일 수도 있다. 아니, 확실하겠지. 관리자 스카우터로 확인해 보면 될 것이다.

아델베르트와의 접견을 끝내고 나는 한스와 합류했다.

한스는 대기실에서 줄곧 나를 기다리고 있었다.

"네? 임시 감찰관이요? 그럼 혹시 출세하신 겁니까?"

"네가 보기엔 내가 출세한 것처럼 보이냐?"

"당연하지 않습니까? 감찰관이면 엄청 높은 직위 아닌가요?"

재정부에서는 높은 직위긴 하다. 감찰관은 횡령, 탈세 등 자금흐름을 감시하여 합법적으로 조사할 수 있는 강력한 권한을 가지고 있으니까. 게다가 다른 조직을 합법적으로 조질 수 있는 수단이기도 했다.

임시긴 해도 나를 감찰관에 임명했으니,

행정과 군무에게 밉보일 수도 있겠다.

"오오, 감찰관이 되셨을 줄이야! 가슴이 뿌듯합니다."

"임시라고 임시. 정식 감찰관은 아니라고."

"볼프강 님을 모실 수 있었던 것은 제 일생의 행운입니다!"

너, 내 말이 안 들리냐?

한스의 눈에는 그저 주인이 높으신 분이 되었다는 것만 보이는 모양이다.

엘스하이머의 데릴사위 얘기를 들으면 까무러치겠다.

역시 남들에게는 엄청난 기회이자 성공으로 보이는 모양이다.

현실적으로 말단 세습기사가 가난에 시달리고 실적에 목을 매는 것은 오로지 출세하기 위함이다. 기사연금이 연간 은화 15닢이었지만 유지비라는 것에 허덕인다. 그래서 남들이 보기에 내가 받은 제안은 엄청난 행운이라고 여길 수 있다. 그게_데릴사위라고 할지라도.

속사정을 모르니까, 그렇게 보이겠지.

도망칠 궁리만 하는 내가 미친놈이고.

"사비네나 다니엘에게는 비밀로 해."

"예? 왜요? 당연히 알려야죠!"

"조사가 마무리되면 그때 자랑해. 지금은 아니야."

한스는 전혀 이해하지 못하는 표정이었지만 일단 나는 비밀로 하라고 단단히 주의를 주었다. 나중에 이용당했다

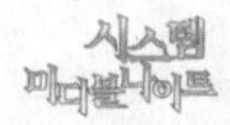

는 진실을 알게 되면 크게 상심할 수 있기 때문이다.

후우, 지쳤다.

"고생하셨어요, 주인님."

"볼프강 님, 목욕물을 준비해놨습니다!"

집에 돌아온 나는 사비네가 차려준 저녁과 포인트로 결제한 따뜻한 김치찌개 백반을 먹으며 피곤함을 풀었다. 다니엘이 준비해 준 뜨거운 물에 몸을 담그며 몰래 쓰는 바디워셔와 샴푸로 몸을 닦아낸 후 부드러운 침대에 몸을 누이며 노곤함을 푸는 것으로 숨을 돌릴 수 있었다. 아아, 시종과 시녀가 있어서 이런 호사를 누린다.

오늘 처음 사용해 본 외교관 스카우터에 대해 생각해 보았다.

재정대신과의 접견에서 처음 지급받은 스카우터로 아직 기능에 대해 완벽하게 이해한 것은 아니지만 대략적으로 대상의 목적과 협상에 필요한 명분을 검색해 주는 기능이라는 것을 알게 됐다. 확실히 상대의 목적을 먼저 알 수 있다는 것은 대단한 강점이다.

관리자 스카우터에서 볼 수 있는 심리나 성향만으로는 정확하게 무슨 의도나 목적을 가졌는지 알 수 없다. 그리고 여기에 외교관 스카우터는 더 자세한 대상의 목적을 확인하게 해 준다. 5,000포인트를 모으는 대로 외교관 스카우터를 구입하는 게 좋을까?

지금으로서는 상대의 목적을 확인할 수 있는 것이 가장 큰 도움이 될 것 같다. 지금같이 모략으로 서로에게 올가미를 씌우려고 하는 때에 당하지 않기 위해서라도. 영주라면 이 외교관 스카우터는 필수적인 도구이지 않을까?

영주는 책임져야 할 영민들을 위해 싸우고 세속적이지만 생활을 위한 벌이를 위해 싸우며 귀족의 정치 속에 이득을 위해 싸운다. 전부 다 겪어보니 귀족이라는 입장에 터무니없게 복잡하고 어렵다는 것을 실감할 수 있다. 무조건 군림하고 지배하는 것만이 아니다.

오히려 지키기 위해 싸우는 것이 가장 귀족적인 싸움이라고 본다.

이를 위해 외교관 스카우터는 상당한 도움이 되는 도구였다.

다음 날, 뤼디거가 내게 병사 둘을 지원 보냈다.

테드 마이어(16)와 오스카 그라이프스(16)

감찰부대 소속으로 훈련소를 졸업하여 처음 배치된 신입 병사들이라고 한다. 나는 관리자 스카우터를 통해 이들의 상태를 확인할 수 있었다. 긴장과 감시. 이것만으로도 이들이 어떤 역할을 맡고 있는지 알 수 있었다. 두 병사의 성향은 정직(선)이었다.

정직(선)이라는 것은 착한 마음씨를 지녔지만 명령에 충실하다는 의미이기도 했다. 그러니 그들은 상관이 내린 명령에 최선을 다할 것이다. 뤼디거가 인사에 상당히 신경을 쓴 것이 틀림없다. 조금이라도 타협하려는 놈들을 배치하진 않겠지.

이런 식으로 견제와 감시를 동시에 당하는 것이다. 실전 경험도 없는 신참을 붙여놓고는 위험한 매춘거리를 조사하라니. 그러면 그렇지. 사실 기대도 하지 않았다. 아무튼, 무장병력을 붙여준 것은 사실이기 때문에 불만을 토로할 수는 없다.

어떤 식으로 당근을 제시했을지 안 봐도 뻔했다.

젊은 녀석들을 불러 앉혀놓고 나에 대한 감시를 잘해서 보고해 준다면 포상이나 지위 상승 등을 약속했을 것이다. 그 자리가 위험한 자리라는 것을 설명도 안 해 줬겠지. 하지만 스카우터를 통해 의도를 알게 된 이상 나도 이들을 이용하면 된다. 역정보라는 것이 있으니까.

"볼프강 폰 슈트라이트다. 나에 대한 얘기는 다 들었겠지?"

"예. 임시지만 슈트라이트 님에게 배속된 오스카 그라이프스입니다."

"테드 마이어입니다. 무엇이든 명령을 내려주십시오."

첫 임무라서 그런지 기합이 단단히 들어가 있는 것 같다.

복합적인 임무겠지만 뭐, 첫인상은 나쁘지 않다.

정직(선)답게 예의가 바르고 인성도 괜찮다.

"너희들은 실전을 치러본 적 있어?"

테드와 오스카는 눈만 껌뻑거렸다.

"아직 실전을 치러본 적이 없습니다."

"혹시 감찰관님은 사람을 죽여본 적이 있습니까?"

당돌한 질문이군. 사람을 죽였던 감각이 아직 남아 있다.

그런 감각을 발휘해 눈앞에 있는 애송이들을 지그시 노려봤다.

"난 7명이나 죽여 봤다. 충분하지?"

내가 씩 웃으며 살벌하게 대답하자 두 소년 병사들이 그대로 굳어버렸다. 이 정도면 기선제압이 제대로 먹힌 것 같다. 사비네가 아침 준비가 다 되었다고 하자 두 소년 병사에게 물었다. 배에서 나는 꼬르륵 소리를 들었거든.

"밥은 먹고 왔냐?"

"아, 아니요. 급하게 오느라고 배급도 받지 못했습니다."

"저런. 임시긴 해도 일단 내 부하들로 배정됐으니 밥은 먹여주마."

사비네에게 추가 2인분을 내어오게 했다.

두 소년은 사비네를 바라보며 시선을 떼지 못했다. 우리 시녀장이 예쁘장하지. 12살이지만 분명히 미인으로 성장할 거다. 잘 먹이고 잘 재워서 영양 상태가 좋아진 영향이 크다. 다니엘은 다른 남자들이 사비네의 아름다움에 눈독을 들이면 어쩌나 걱정하고 있을 정도다.

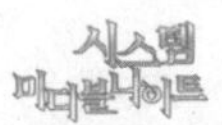

"프로이라인, 저는 오스카 그라이프스라고 합니다. 이름을 알 수 있을까요?"

"사비네 플램이라고 합니다. 반가워요."

"저, 전! 테드 마이어입니다! 프로이라인, 저도 기억해 주세요."

사비네가 두 녀석의 이름을 기억하려나 모르겠다. 아무튼 소녀에게 잘 보이고 싶은 게 소년의 심리인지라 수작을 부린 것도 아니기에 말리진 않았다. 다만 다니엘을 생각해서 사비네를 안쪽으로 들여보냈다. 사비네의 짝은 다니엘이었으니까.

아쉬워하는 소년들의 불만 어린 시선이 느껴졌지만, 콧방귀로 되돌려 줬다.

"한스, 뭐하냐?"

"저는 무척 자랑스럽습니다."

저 녀석은 어제부터 광대와 콧대가 내려올 생각을 못 하는 모양이다. 사비네가 갑자기 징그럽게 왜 그러냐고 물어도 한스는 희희낙락하기만 했다. 난 재수 없게 휘말렸다고 생각했는데 앞뒤 사정을 알지 못한 한스는 감동의 물결에서 헤어 나오지 못했다.

비밀로 하려고 했는데 저 꼴을 보니 일주일도 못 갈 것 같다.

"병사를 두 명이나 파견하다니. 역시, 높으신 분들의 신임을 받고 계시는군요. 슈트라이트 가문의 첫 번째 가신으로서 이보다 자랑스러운 일이 있겠습니까?"

"……그렇긴 한데 너무 좋아하는 거 아니냐?

"제 주인이 높으신 분이 된다면 저도 높으신 분의 가신이 되는 게 아니겠습니까?"

그래, 마음껏 자랑스러워하고 좋아해라. 모르는 게 약이니라. 빈민 출신인 한스 입장에서야 주인이 출세하면 자신도 출세하는 것이다. 이해 못할 것도 없다. 대우 자체가 달라질 테니까. 사비네와 다니엘도 표정이 한층 더 밝아진 게 눈에 보인다.

가끔 둘이 웃고 떠들며 애정표현을 하는 걸 보면 괜히 내 마음이 흐뭇해진다. 아저씨 감성이라서 그런 것 같다. 한스는 여전히 사비네를 좋은 곳으로 시집보내고 싶은 눈치였지만 사비네의 가사 솜씨를 본다면 시집보내는 건 여러모로 손해라고 생각한다.

슈트라이트 가문의 시녀장 감이었으니까. 그리고 다니엘도 충분히 훌륭하게 성장할 잠재력이 있었다. 사비네가 시녀장이고 다니엘이 집사라면 오랫동안 슈트라이트 가문에 헌신하지 않을까? 아무것도 없는 슈트라이트 가문이었으니, 저 아이들이 역사가 되어줄 것이다.

식사를 마치고 한스와 병사들을 데리고 베이언대로(남부)로 향했다. 사실 다리 건너편의 매춘거리를 한 번도 가본

적이 없어서 지리를 잘 알지 못했다. 한스는 매춘거리 자체에 대해 거부감이 있었다. 그는 신실한 독자라서 이를 죄악으로 여겼기 때문이다.

흑사병 이후 공중목욕탕과 함께 몰락의 길로 접어들 뻔했지만, 여전히 매춘거리에는 많은 사람이 있었다. 다리를 건너면 완전히 다른 세계가 펼쳐진다. 매춘부의 대부분은 시에서 정해진 노란 두건과 리본을 달아야 한다. 그래서 이곳은 노란색 물결 천지다.

한스는 매춘부들의 옷과 닿는 것조차 조심했지만, 오스카와 테드는 이런 곳에 처음 왔는지 신기하게 둘러보면서 내 뒤를 따랐다. 공중목욕탕이 박대를 받는 것과 다르게 이 매춘거리는 시에서 허가를 받은 매춘길드가 관리하고 있고 교회는 필요악이라고 인정했다.

집주인에게 듣기로는 여기서 쏟아지는 세금이 어마어마하다고 한다. 그리고 그중 50%를 수도사와 도제가 양분한다고 하니, 매춘은 불경한 행위라며 조심하는 한스가 참 딱하게 보였다. 네가 그렇게 존경하는 수도사들이 이 거리의 큰손 중 하나라던데.

그리고 나머지 50%는 관리와 귀족, 평민으로 나누어진다.

평민들도 쉽게 접근할 수 있는 건 화대가 저렴하기 때문이다. 음흉한 집주인이 단골로 다니는 곳을 소개한 적이 있는데 [룸펜의 관]이라는 곳이다. 피임이라는 개념도 없는 시대에 매춘부와 그 짓을 해서 애라도 생기는 건 사양이다. 병에 걸릴 확률도 컸고.

“그런데 볼프강 님. 우린 무슨 조사를 하는 건가요?”

“일단 매춘거리에 관심 있는 젊은 도련님과 수행원 흉내를 내면서 돌아다니자고.”

사실대로 말하자면 나도 어디서부터 조사해야 하는지 모르겠다. 접선 장소를 찾아내라고 하는데 그게 말이 쉽지, 매춘거리에 대해 쥐뿔도 모르는 내가 그걸 손쉽게 알아내면 직장인 출신이 아니라 국정원 출신이겠지.

재정대신의 접견부터 시작해 엘스하이머 가문의 데릴사위 제안, 장물아비 사건을 맡게 되면서 감찰총감 아델베르트와 감찰부총감 뤼디거의 견제를 받게 됐으니 상황은 충분히 복잡했다. 그리고 그들이 내게 신참을 감시로 붙여준 건 일종의 메시지였다.

함부로 나대지 말라는 것이다. 신참들 데리고 위험한 곳을 조사했다가 죽기 딱 좋으니까. 그래서 나는 이 매춘거리를 조사하면서 뤼디거에게 공을 다 몰아줄 생각이다. 나대지 말라고 했으니까, 더욱 나대서 공을 몰아줘야지.

그것도 아델베르트에게는 아무것도 주지 않고 오로지 뤼디거에게만.

그럼 공을 탐내는 두 놈이 분열되거나 싸우지 않을까?

내 생각대로 될지 모르겠지만 일단 서로에게 의심의 싹

을 틔우는 것만으로도 성공이라고 본다. 뤼디거는 내가 재정대신에게 빌붙어 공훈을 탐내는 놈 정도로 보고 있겠지만 내가 자기에게 공을 몰아줘서 후계자와 다투게 되는 상황을 맞이하리라고는 상상도 못 하겠지.

선물을 받았으면 10배로 돌려주는 게 인지상정 아닌가.

아무튼, 매춘거리에 대한 분위기와 지리 등을 파악하는 것이 먼저다. 이곳에 대해 아는 것이 없으니 직접 겪어봐야 깨닫게 되는 부분도 많지 않을까? 그렇다고 여자를 사겠다는 건 아니다. 어쩌면 이렇게 돌아다니다 누군가가 내게 접근해 올 수도 있다.

그리고 진짜로 내게 접근해 왔다.

사비네보다 더 어려 보이는 남자아이였다.

"나리! 끝내주게 예쁜 누나들을 알고 있는데 안내해드릴까요?"

이런 어린아이가 매춘거리에 있어도 되는 건가?

의외로 이 매춘거리에 방치된 아이들이 많다.

아이를 버리는 부모는 생각보다 많았다. 보통 사람들은 자식을 버릴 때 주로 교회를 이용했지만, 교회도 이미 포화상태이기 때문에 받아주지 못하는 경우가 많다. 그럴 경우 대부분 이렇게 거리에 버려져 부랑아로 전락하거나 거지가 돼서 구걸한다.

무사히 살아남아 성장한 아이들은 대부분 슬럼으로 들

어가 그곳 주민이 되는데 정말 끊어지지 않는 악순환의 연속이라고 할 수 있다. 해맑게 웃으며 예쁜 누나들을 소개해 준다는 이 꼬마도 그런 케이스일 것이다. 여자애들은 당연히 매춘부 코스 일직선이었다.

사회의 더러운 어둠을 본 것 같아 씁쓸했다.

이 아이가 가엾게 보이겠지만 이 아이들이 배운 것은 대부분이 범죄다. 그러니 동정심으로 어설프게 접근했다가는 아픈 꼴을 당할 수 있다. 거리의 부랑아들에게 당한 것이 많은 한스가 화를 내며 쫓아내려고 했다. 빈민 출신인 한스도 부랑아를 싫어하는 것이다.

"썩 꺼지지 못해? 도련님, 이놈들은 상대도 하지 마십시오! 소매치기들입니다."

"그냥 안내해드리려고 하는데 그렇게 화낼 건 없잖아요? 내가 뭐, 돈을 훔쳤나?"

"뭐야? 이놈이 맞아봐야 정신을 차리겠구나!"

"나는 잘못한 게 없는데 왜 때리려고 해요? 우리 엄마는 죄가 없으면 만인의 앞에 당당해지라고 했어요! 동화 몇 닢 벌려고 안내하는 게 그렇게 잘못인가요?"

"너, 거기 안 서!"

생각보다 말을 잘한다? 꼬마는 그렇게 말하고는 냉큼 도망쳤다. 화가 난 한스가 뒤를 쫓으려고 했지만 복잡한 미로 같은 골목길에서 살아온 꼬마를 무슨 수로 쫓아갈까?

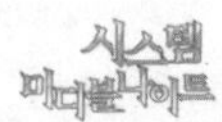

건물의 개구멍으로 도망치는 솜씨가 보통이 아니다.

나는 오히려 꼬마에게 흥미가 생겼다.

엄마가 있는 것으로 보아 흔히 버려진 부랑아는 아닌 것 같다.

그렇게 더럽지도 않고 옷도 제대로 입고 있었으니까.

이것도 인연인데 저 녀석을 한 번 이용해 볼까?

이 거리에서 태어나 자랐다면 아는 것이 훨씬 많을 것이다.

게다가 말솜씨도 괜찮았고 일반적인 부랑아들과 달랐다.

꼬마가 도망치기 전에 나는 이미 관리자 스카우터로 꼬마의 신원을 확인했다. 꼬마의 이름은 보도 베르너였고 나이는 10살이었다. 공교롭게도 집주인의 단골집인 룸펜의 관이 집이었다. 주목할 점은 성향이 영악(선)이라는 것이다. 영악하면서도 착하다? 흥미로운 성향이군.

매춘거리에서 자랐으면서도 선에 머무는 경우는 거의 없는데 상당히 이례적인 꼬마다. 그래서 관심이 생겼다. 수색자 스카우터를 발동하여 보도라는 꼬마의 발자국을 발견할 수 있었다. 개구멍을 통해 건물 반대편으로 도망쳤다.

그 짧은 시간에 저만큼 도망친 건가?

"따라와! 꼬마를 쫓아간다."

한스와 병사들을 데리고 뒤를 쫓아갔다. 굽이지는 골목길로 향하는 발자국이 마치 제집인 양 거침없이 찢어지고 합쳐졌다. 그리고 보도를 찾아냈다. 보도는 아저씨들과 대화를 하던 중이었는데 평소 알고 지낸 사이였는지 사이가 좋아 보였다.

그들에게 접근하자 보도는 나를 보고 화들짝 놀랐다.

그리고 아저씨들을 붙잡고 내게 손가락질했다.

"절 쫓아다니는 미친 조도미(Sodomie)에요!"

"뭐? 조도미? 그런 어려운 말도 아냐?"

"취향이 독특한 양반이구먼! 크하하!"

"웃지만 말고 막아줘요!"

그리고 보도는 다시 도망쳤다.

뭐? 조도미? 동성애를 뜻하는 독일어다. 너무 어처구니가 없어서 할 말을 잃었다. 내게 필요한 인재일지 모르겠지만 일단 잡히면 괘씸해서라도 볼기짝부터 두들겨야겠다. 보도를 보낸 후 험악한 인상의 아저씨들이 씩 웃으며 막아섰다.

"거기, 도련님. 취향은 존중해 주고 싶지만, 이곳에서는 여자를 찾으시게."

"널린 게 여자들인데 왜 꼬맹이를 찾아? 우리 마누라라도 소개해줘?"

"교회에 신고하기 전에 얌전히 꺼지쇼. 아니면 바싹 구워질걸? 크하하!"

뭐가 어째?

노골적인 조롱에 한스가 격분했다.

"감히, 내 주인을 모욕하다니! 박살 내주겠다!"

"크하하! 덤벼! 덤비라고!"

"주먹맛 좀 보자! 하악!"

격노한 한스와 아저씨들 사이에 주먹다짐이 벌어졌다.

테드와 오스카도 당황해서 엉거주춤했다.

"뭐해? 안 싸울 거야?"

"예? 아, 알겠습니다."

"검은 쓰지 마. 무기를 들진 않았잖아."

이참에 병사들의 주먹질이 얼마나 강한지 확인해야겠다.

보도가 도망갔지만 이미 나는 수색자 스카우터로 동선을 다 파악했기 때문에 굳이 급하게 쫓아갈 필요는 없었다. 그리고 우리를 가로막은 상대가 무기를 들었다면 이쪽도 무기를 들었을 것이다. 비무장으로 싸우는데 굳이 피를 볼 필요는 없다.

한스는 덩치가 크고 힘도 좋았기에 거친 아저씨들 상대로 치고박고 싸우면서 우세를 점했다. 게다가 레슬링을 배운 덕분에 몸싸움에서 우위를 점했다. 태클을 받고 쓰러진 수염 아저씨의 얼굴에 미친 듯이 주먹을 날렸지만 다른 아저씨들에게 양쪽 팔을 붙잡혔다.

"으헉! 비겁하게 쪽수로! 이거 놔! 악! 그만 때려!"

"젊은 놈이 힘은 더럽게 세구나! 꽉 잡아!"

그러나 테드와 오스카도 달려들면서 한스를 붙잡고 있던 놈들과 뒤엉켰다. 그들도 레슬링을 배웠는지 중심을 무너트리고 능숙하게 쓰러트렸다. 풀려난 한스는 고삐가 풀린 망아지처럼 날뛰었다. 자신을 마구 때리던 수염 아저씨에게 달려들면서 엉망으로 뒤섞였다.

5:3의 패싸움은 결과적으로 부하들이 이겼다.

역시 불구경 다음으로 싸움 구경이 재미있네. 잘 구경했다.

"한스, 괜찮아?"

"저, 멀쩡합니다! 노인네들이 쪽수로 달려들어도 가뿐하죠!"

"너, 지금 코피 나고 있어."

"제길, 코가 좀 얼얼하네요. 크흥! 입안도 터진 것 같고, 퉷."

피를 뱉어내던 한스는 분이 풀리지 않은 듯 씩씩거렸다.

테드와 오스카의 얼굴도 시퍼렇게 멍이 든 부분이 있었다.

방해하던 아저씨들을 죄다 때려눕혔으니 이제 보도를 찾아야 한다.

스카우터에 비춰진 보도의 발자국을 추적했다. 진짜 원숭이처럼 빠르네. 미로 같은 골목길을 제집 안방인 양 종횡무진 누비고 있다. 덕분에 매춘거리를 구석구석 뒤지고 다닌 것 같다. 그리고 보도가 아지트로 삼은 곳을 찾아냈다.

"그런데 볼프강 님, 길을 왜 이렇게 잘 알고 계십니까?"

"모르는 길이야. 오늘 처음 오는 곳인데?"

"하지만 길을 이렇게 잘 아시는 건……."

한스는 내가 너무 쉽게 길을 찾아내는 것을 보고 의심하기 시작했다.

이 거리에 처음 왔다는 말은 거짓말이고 여기 자주 왔죠?!

한스의 눈빛이 그렇게 묻고 있었다.

"숨을 만한 곳을 추측했으니까."

"아니, 추측한다고 찾아낼 수 있는 겁니까?"

"넌 설명해줘도 이해 못 하니까 잠자코 따라오기나 해."

수색자 스카우터를 통해서 추적하고 있는 건데 이걸 어떻게 말로 설명해줘? 결국 한스의 시선을 무시하고 나는 막다른 골목의 작은 개구멍 속에 숨어 있던 보도를 찾아냈다. 경악한 보도의 표정이 일품이다. 대체 어떻게 내가 여기에 있는 걸 알았냐는 눈빛이다.

"뭐예요? 내가 여기에 있는지 어떻게 알아요?"

"위치추적이 내 특기거든. 그리고 꼬마야, 난 조도미가 아니란다."

"저를 죽일 건가요? 전 그냥 삐끼로 먹고사는 꼬마일 뿐인데요?"

도망치기에는 글렀으니 눈알을 데굴데굴 굴리며 동정심을 자극한다.

이 녀석의 성향은 영악(선)이다. 영악하지 않았으면 이 거친 거리에서 어떻게 살아갈 수 있을까. 내가 아무런 반응을 보이지 않자 보도는 기가 죽었는지 축 늘어졌다.

"너, 돈 좀 벌고 싶지 않아?"

"돈이요? 당연히 벌고 싶죠. 그런데 왜요? 설마 절 꼬드겨서 노예로 팔아치우려고?"

"꼬마를 팔아 봤자 몇 푼이나 받겠냐? 그것보다는 너, 이 거리의 지리에 매우 밝던데."

"태어나고 자란 거리니까요! 그런데 저보다 더 잘 아는 것 같은데요?"

그야 눈깔에 장착된 스카우터 덕분이지. 나는 이 보도라는 꼬마를 이용해 접선 장소를 조사할 생각이다. 알지도 못하는 이 거리에서 슬럼 조직의 접선 장소를 나보고 찾아내라는 건 불가능에 가깝다. 거리를 파악하는 것만으로도 시간이 상당히 걸릴 것이다.

그럴 바에는 현지인에게 적당한 대가를 줘서 대신 조사하게 만드는 것이 더 효율적이지 않을까? 물론 그 현지인을 잘 선정해야 한다는 것이 가장 중요했다. 그런 의미에서 이 보도의 성향이 영악(선)이라는 것에 주목할 필요가 있다.

영악하다는 것은 이해가 빠르면서 약삭빠르다는 의미이며 선에 머무른 것은 이런 환경 속에 살고 있어도 착한 마음씨를 가지고 있다는 뜻이다. 큰 대가를 제시하면 보도는 도망치는 것보다 내게 적극적으로 협력하는 것이 더 이득이라는 것을 깨달을 것이다.

"수상쩍은 자들이 접선하는 장소를 찾아줬으면 해."

"제가 보기에 제일 수상쩍은 건 기사님인데요?"

"그럼 나보다 더 수상쩍은 놈들을 찾아줘. 예를 슬면 슬럼과 접선하는 귀족이라든가."

"슬럼과 귀족이요? 음, 가능할지도? 그런데 설마 공짜로 해달라는 건 아니겠죠?"

그럴 리가.

계약금으로 은화 1닢을 줬다.

꼬마의 눈이 휘둥그레졌다.

"혹시, 미친 거 아니죠? 이거 진짜 주는 건가요?"

"계약금이다. 내가 원하는 정보를 찾아주면 은화 1닢을 더 주마. 동화 몇 닢 벌려고 삐끼질 하는 것보다는 이런 일이 훨씬 낫겠지?"

"당연하죠. 그런데 제가 도망치면 어쩌게요?"

"내가 널 못 찾을 것 같니?"

보도는 수긍했는지 고개를 끄덕였다.

숨바꼭질했지만 내가 모조리 찾아냈기 때문이다.

교활하지만 그만큼 똑똑한 녀석이었다.

"그런데 어떻게 알려줘요?"

"사람을 보낼 테니까, 네가 편한 장소를 정해."

"그럼 룸펜의 관으로 오세요. 거기가 제집이거든요."

스카우터를 통해 이미 알고 있었지만, 다행히 보도는 내게 거짓말을 하지 않았다.

"그렇게 쉽게 알려줘도 되는 거냐?"

"온 김에 돈 좀 쓰고 가라는 거죠!"

영업도 잘한다.

누구를 보낼까, 잠시 고민했다.

한스는 이 매춘거리에 오래 있고 싶지 않은 눈치였고 테드는 한스와 성향이 비슷하지만 다른 의미로 방앗간을 지나치지 못하는 타입 같다. 그렇다면 비교적 점잖은 오스카를 보내는 것이 합리적이라고 생각했다. 그리고 뤄디거에게 정보가 넘어가길 기대했다.

일부러 보도에게 장소를 정하라고 한 것은 오스카가 뤄디거에게 보고하기 쉽게끔 하게 만들기 위해서다. 보도의 정보를 듣고 뤄디거가 바로 행동에 들어간다면 나야 손 안 대고 코를 푼 격이다. 잘 될지 모르겠지만 일단 조처를 한 것이니 기다릴 수밖에.

"볼프강 님, 잠시 키슬링 교구에 다녀와도 될까요?"

"불경한 곳에 있었으니 신께 죄를 구하려고?"

"어떻게 아셨습니까?"

눈이 휘둥그레진 한스를 바라보며 피식 웃었다.

네가 그럴 거라고 생각했으니까.

집으로 돌아온 나는 이 두 병사를 어디에 재워야 할지 잠시 고민했는데 결국 다니엘과 함께 당분간 거실 생활을 하게 됐다. 거실이 넓어서 다행이지, 하마터면 주방에서 재울 뻔했다. 다니엘은 엄청 불만인 것 같지만 별수 없다.

그리고 사비네가 보일 때마다 테드와 오스카가 열과 성을 다해 일을 도왔다. 사비네는 새로운 일꾼이 생겼다며 기뻐하는 것 같지만 다니엘은 다르게 받아들여 열심히 견제하는 구도가 됐다. 그리고 누가 더 사비네의 지시를 잘 따르는지 경쟁까지 했다.

꼭 주인의 애정을 독차지하려는 세 마리의 대형견 같다.

어떻게 밤을 보냈는지 모르겠지만 아침에 보니,

세 사람 모두 눈이 밤탱이가 되어 있더라.

그래, 그렇게 서로 견제하고 감시하다 보면 언젠가 사이가 좋아지겠지.

아무튼, 3일 동안 오스카를 룸펜의 관으로 보내 보도의 정보를 받아오게 했다. 그리고 한스와 테드를 데리고 매춘거리 외곽지역을 돌며 조사하는 시늉을 했다. 웃기는 건 나름대로 정보가 모였다는 것이다. 사비네를 습격했던 슐랑에 놈들에 관한 것이다.

매춘길드가 관청의 허가로 거리를 관리하고 있지만 동시에 슐랑에라는 슬럼 조직과 동업을 하고 있는데 슐랑에의 역할은 행패를 부리는 놈들을 내쫓는 일종의 파수꾼이라고 한다. 각종 사건사고가 매일같이 터지기에 포주는 매춘부들을 지킬 필요가 있었다.

그래서 슐랑에가 인력을 파견해 마치 경호원처럼 보호한다.

이거 어디서 본 것 같은 구도 같은데? 이게 경호깡패랑 뭐가 달라?

그리고 일부러 테드에게는 뤼디거를 언급했다.

뤼디거 감찰부총감보다 공훈을 먼저 세워야 한다는 식으로 혼잣말로 떠들었다. 한스는 대체 내가 무슨 얘기를 하는지 이해하지 못했지만 테드는 열심히 귀담아들었다. 심지어 빨리 보고하고 싶어서 어깨가 들썩거렸다. 이것도 나름대로의 공작이었다.

마침내 오스카가 보도에게서 정보를 받아왔다.

"[닉센]이라는 곳에 귀족으로 보이는 자와 슬럼 조직원이 접선을 했다고?"

"네. 확실합니다. 이미 동선을 파악해뒀습니다."

"부총감보다 먼저 공훈을 차지할 기회다. 오늘 밤 덮친

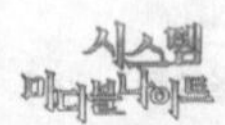

다."

테드와 오스카 앞에서 과장되게 언급했다. 내가 공훈을 탐낸다는 인상을 심어주면 충분하지. 그리고 오스카는 정보를 얻자마자 나보다 먼저 뤼디거에게 알렸을 것이다. 일부러 그렇게 하라고 오스카를 보냈으니까.

뤼디거가 대신에 잘 해줘야 할 텐데. 그놈이 공을 독식해서 나에 대한 재정대신의 관심이 멀어졌으면 좋겠지만 솔직히 말하자면 확률은 반반이다. 그저 내가 엘스하이머의 데릴사위로 들이기에는 능력이 떨어진다는 것 정도면 충분했다.

데릴사위만 아니었어도 적극적으로 협력했을 텐데.

남의 가문 밑으로 들어간 데릴사위의 말로는 소문으로 들어도 끔찍했다. 일단 모계결혼이기 때문에 모든 상속은 모계로 귀속된다. 남편은 아내의 결정에 반대할 수 없고 심지어 그쪽 가문의 가신들에게조차 제대로 된 존중을 받지 못한다.

기본적으로 남성 중심사회의 베렌 공국 내에서는 이 데릴사위를 같은 남자로 취급하지 않는다. 여자에게 의지해 출세한 남자라며 비하하기 일쑤인데 그런데도 데릴사위를 받아들이는 것은 부유한 삶을 누릴 수 있기 때문이다. 새장 속의 새 신세겠지만.

그러니 데릴사위로 들어가는 귀족은 대부분 차남 이하

의 비상속자들이다.

어차피 장남이 모든 것을 다 상속받으며 가져가는데 쥐뿔도 없는 비상속자들이 유력 가문의 데릴사위라도 들어가서 풍족하게 살고 싶은 이유이기도 했다. 그러니 재정대신은 가난한 공국기사로 보이는 내가 데릴사위 제안을 받아들일 거라고 생각한 것이다.

나는 표면상으로는 가난한 공국기사이며 하급귀족에 서열도 가장 낮다. 그런 내가 엘스하이머의 데릴사위로 들어간다면 아내와 가신들에게 치일 것이고 그것뿐만 아니라 재정대신에게까지 간섭을 받게 된다. 풍족한 삶을 누릴 수 있겠지만 전혀 매력적인 조건이 아니다.

반복 퀘스트를 통해 포인트와 더불어 동화를 꾸준히 벌고 있어서 가신을 3명이나 늘려도 전혀 부담이 가지 않는 수준까지 올라갔다. 나는 더 이상 가난한 공국기사가 아니다. 그리고 영주가 되겠다는 분명한 목표가 있으며 [위대한 영웅]이라는 엔딩을 봐야 했다.

하지만 지금의 나는 절대 재정대신에게 대항할 수 없다.

그래서 궁리한 것이 뤼디거 감찰부총감을 밀어주는 것이다.

내가 거절해서 찍히는 것보다 필요하지 않은 인간으로 취급받는 것이 훨씬 낫다.

"감찰관님? 오늘 밤에 매춘거리로 가시는 거 아니었습

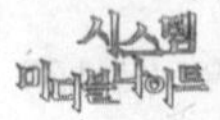

니까?"

"생각해 보니까, 내일 출동해도 되겠더라고."

"네? 그, 그게 무슨?"

"접선장소를 알아냈는데 굳이 밤에 갈 필요는 없잖아? 내일 가도 돼."

얼마나 어처구니없는 대답이었는지 두 병사의 입이 크게 벌어졌다. 턱 빠지겠네. 저 반응으로 보건대 뤄디거는 틀림없이 닉센을 강제수색하고 있을 것이다. 보도의 조사가 정확하다면 뤄디거가 공훈을 세우는 것이고 아니더라도 다시 조사하면 그만이니까.

그런데 일은 내가 예상했던 것과 다르게 흘러갔다.

"뭐야? 왜 이렇게 어수선해?"

아침 일찍 부하들을 데리고 매춘거리로 향했을 때 매우 어수선했고 무장한 병사들이 들락날락했다. 테드와 오스카를 보내 알아보게 했는데 안색이 창백해진 그들이 내게 전해온 소식은 뜻밖이었다.

"뭐? 누가 죽어?"

"부총감님이 어제 닉센을 조사하는 과정에서 습격을 받아 전사하셨답니다!"

"사상자가 수십 명이나 나왔고 그것 때문에 지금 매춘거리를 봉쇄한다고 합니다!"

습격을 받고 죽어? 사상자가 수십 명? 이게 대체 무슨 일이야? 너무 어처구니가 없어서 말이 안 나왔다. 그리고 머릿속에 문뜩 든 생각은 보도가 내게 잘못된 정보를 넘겼을지도 모른다는 것이다. 영악하지만 성향이 선에 머물고 있는 녀석이 나를 속였다고?

그럴 리가. 나는 분명 무슨 사정이 있을 것이라 생각했다.

보도를 믿지만, 그것보다 보도의 성향을 파악한 관리자 스카우터를 더 신뢰했다.

그리고 지금 이 상황을 어떻게 이용해야 할지 고민했다.

"꼼짝없이 의심을 받게 생겼네."

"어쩌죠?"

"일단 재정관저에 가봐야지."

별수 없이 재정관저로 향했다. 당연하게도 감찰총감의 접견요청은 단번에 수락됐다. 저번에 봤던 지하실이 아닌 제대로 된 집무실에서 아델베르트는 의자에 앉아 머리를 싸매고 있었다. 뤼디거가 갑자기 죽었으니 큰일이겠지. 나도 큰일이다.

공훈을 몰아주려고 했던 사람이 너무 빨리 죽어서 당황스럽다.

"슈트라이트 감찰관. 소식은 들었겠지?"

"예. 저도 이게 대체 무슨 일인지 당황스럽습니다."

"그렇겠지. 설마 뤼디거가 함정에 빠져 죽을 줄은 몰랐으니까."

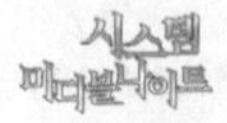

흠, 이건 떠보기 위함인가?

관리자 스카우터로 아델베르트의 심리를 확인했더니 나에 대한 명백한 의심을 품고 있었다. 그러나 증거는 없다. 어쩔 수 없이 나는 시치미를 뗐다. 나는 뤼디거를 죽일 생각이 없었다. 공훈을 몰아주려고 했는데 일이 생각지도 못하게 흘러가서 꼬여버린 것이지.

대체 무슨 일이 벌어진 것인지 아직 파악하지도 못했다.

"경은 이대로 뤼디거를 습격한 자들에 대해 조사해라. 시체가 가지고 있던 표식을 보자면 트레펜일 가능성이 커."

트레펜?

"슬럼의 3대 조직 중 하나지. 그들을 조사하다 보면 연결점이 나올 거다."

"……알겠습니다."

위험한 일에 나를 투입하겠다는 의미로 받아들여야겠지? 아델베르트는 지금 나를 의심하고 있었고 내가 모략을 써서 뤼디거를 제거했다고 믿고 있다. 매우 억울했지만, 정황상 내가 공훈을 독식하려고 뤼디거를 모살했다고 보일 수 있었다. 그건 인정해야지.

물론 증거는 없다. 그러니 아델베르트가 내게 대놓고 네가 죽였냐고 물어보지 못하는 것이겠지. 모살은커녕 뤼디거에게 공훈을 쥐여주려고 했었는데. 어설프게 머리를 굴려서 생각지도 못한 나비효과를 일으킨 것 같다.

뤼디거가 갑자기 죽으면서 곤란해진 녀석들이 있다.

끈 떨어진 연 신세가 된 테드와 오스카는 지금 자신들의 출셋길이 막힌 것 같아 매우 막막한 심정일 것이다. 왜냐하면 아델베르트는 뤼디거가 죽은 것에 대한 원인으로 감시로 붙였던 병사들까지 포함했을 가능성이 컸다. 물론 가장 큰 원인은 나였다.

아마도 내게 회유됐다고 생각할걸?

그래서 재정관저에 다녀온 이후 안절부절못하는 놈들을 불러 앉혔다.

"너희들, 그날 부총감에게 보고했던 내용을 내게 빠짐없이 말해."

"무, 무슨 말씀이신지? 저희는 부총감님에게 보고한 적이 없습니다."

"되지도 않는 거짓말은 집어치워. 지금 너희들의 입장이 좆 됐다는 걸 모르는 거냐?"

나보다 더 심한 취급을 받을 수 있다.

적어도 나는 말단이긴 해도 일단 세습기사 귀족이다.

재정대신의 후계자를 상대하더라도 어느 정도 대응이 가능했지만, 이놈들은 평민이라서 해고되면 그걸로 끝이다. 평민의 취직이 쉬운 것도 아니고 더구나 재정대신의

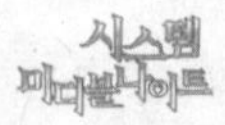

후계자에게 찍혀서 잘렸다는 소문이라도 돌면 일용직을 전전하는 것 외엔 일자리도 없을 것이다.

"난 너희들에게 기회를 주려는 거야. 아니면 잘리고 난 후에 어떻게 먹고살 건데?"

"하아, 그럼 감찰관님이 저희를 받아주시겠습니까?"

"물론 나는 너희들을 고용할 여유는 있지. 하지만 그러기 위해서는 내게 신뢰를 보여야 하는 것이 순서가 아닐까?"

관리자 스카우터에 비춰진 이들의 심리는 불안—걱정이다.

기본적으로 성향은 정직(선)에 머물고 있으니 내가 스카우트 제안을 하는 것이다. 만약 성향이 조금이라도 미달이었다면 나도 주저 없이 내쳤을 것이다.

"그 보도라는 꼬마에게 닉센에 관한 정보를 듣고 감찰관님에게 알리기 전에 먼저 부총관님에게 보고했습니다."

망설이던 오스카는 어차피 일이 이렇게 되었으니 내게 솔직하게 말하는 것을 선택했다. 결국 테드도 오스카를 따라 내게 상세하게 설명했다. 닉센에 관한 정보와 내가 공훈을 탐낸다는 것까지 보고했는데 뤼디거의 반응은 냉담했다고 한다. 그야 그렇겠지.

"그런데 모르트 감찰관님이 와서 귓속말했는데 갑자기 부총감님이 병력을 소집했습니다."

"그리고 감찰관님이 닉센으로 오지 못하게끔 저희보고

시간을 끌라고 명령했습니다. 그런데 정작 감찰관님은 다음 날 출동하겠다고 하셔서 그때 정말 당황했습니다."

흠, 처음에는 믿지 않았지만 모르트 감찰관이 귓속말하자마자 곧바로 출동했다는 것은 다른 루트로 들어온 정보와 내 정보가 일치했기 때문에 의심에서 확신으로 바뀌었다는 건가? 그런데 문제는 엉뚱하게 닉센에서 기다리고 있던 건 무장한 조직원이었다.

그럼 그 조직원들은 어떤 놈들인가? 오스카는 보도에게 입수한 정보 중에 어떤 조직이었는지는 알 수 없었다고 한다. 보도가 일부로 숨긴 것인가? 생각보다 변수가 많다. 닉센은 매춘거리에서 북쪽에 있기 때문에 이미 그곳은 봉쇄됐다.

무려 감찰부총감이 죽은 사건이다.

그것 때문에 재정과 사법이 발칵 뒤집혔다.

수십 명의 사상자가 발생했고 뒷수습을 위해 통행 금지조치와 강도 높은 단속이 벌어지고 있었다. 다행히 남쪽은 봉쇄되진 않았으나 그 난리가 있었으니 매우 한산해졌다. 나는 일단 한스와 병사들을 대동하고 룸펜의 관으로 향했다.

현재로선 보도를 찾아내는 것 외엔 별다른 방법이 없었다.

나는 보도가 배신했다고 생각하지 않는다.

스카우터의 판정은 내게 거짓을 고한 적이 없다.

한산한 거리를 걸으며 룸펜의 관으로 향하는 길에 보았

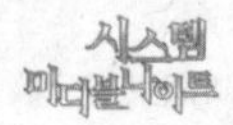

던 노란 리본과 두건을 쓴 매춘부들이 거짓말처럼 사라졌다. 어디든 존재했던 거지들까지 없다. 을씨년스러운 쌀쌀한 날씨와 떠돌이 개들의 짖는 소리가 이 거리의 유일한 대화였던 것 같다.

룸펜의 관에 도착했다.

한스가 먼저 문을 두들겼다.

— 텅! 텅! 텅!

"아무도 없는 것 같은데요?"

"잠깐, 한스. 피 냄새가 난다."

안쪽에서 기분 나쁘게 피어오르는 혈향이 내 오감을 자극했다. 익숙하면서도 익숙해질 수 없는 비릿한 냄새가 긴장감을 끌어올렸다. 롱소드를 빼 들자 한스와 병사들도 아밍소드를 빼 들고 방패를 들었다. 한스는 이것을 휘두를 날이 왔다며 마른 침을 삼켰다.

나는 일단 테드에게 선두를 서라고 지시했다.

테드는 문 앞에 섰고 내 신호에 문을 발로 찼다.

— 쾅!

문이 열리면서 돌입했다. 피 냄새가 가득한 내부는 난장판이었다. 여기저기 부서져 있었고 검상을 입은 여자들의 시체와 남자들의 시체가 뒤엉켜 있었다. 이 참상에 한스는 할 말을 잃었고 테드와 오스카는 구토를 참지 못했다.

이렇게까지 난리가 났는데 신고조차 없었다는 것이 이

상했다.

대체 누가? 왜 룸펜의 관을 습격했을까?

“세상에 대체 이게 무슨……. 오, 주여.”

망연자실한 한스가 성호를 그리며 기도했다.

지금은 기도할 때가 아니다.

핏물과 검게 뒤엉킨 발자국을 발견할 수 있었다. 한둘이 아니다. 그리고 이 발자국은 뒷문으로 향해있었다. 뒷문으로 나가자 피 묻은 담장을 발견할 수 있었다. 누군가가 이곳을 넘어간 것이다. 나는 수색자 스카우터를 발동했다.

잠시 일그러진 시야가 정상으로 돌아오며 내 눈에 보도의 작은 발자국이 표시됐다. 다행히 보도는 이곳에서 죽지 않았다. 담장을 넘어간 것은 보도였는데 아마도 필사의 도주가 있었던 것 같다. 보도를 만나 사실관계를 확인하려고 했을 뿐인데 이런 일이 벌어지다니.

일단 보도를 찾는 것이 급선무다.

습격이 있었으니 한시가 급했다.

“넋 놓지 말고 날 따라와! 보도가 아직 살아 있다.”

호통을 친 후 담을 넘어 좁은 골목길로 달렸다. 정신을 차린 부하들도 내 뒤를 따라왔다. 발자국의 방향과 위치, 그리고 개구멍을 지난 경로로 추측해 보건대 보도는 어떻게든 살아남기 위해 좁은 곳을 골라 도망쳤다. 그러니 잡히지 않았을 것이다.

슬럼과 매춘거리의 경계 지점에서 나는 보도가 숨은 장소를 찾아낼 수 있었다.

아무것도 없는 골목길의 막다른 길이지만 금이 간 벽 안쪽에 숨을 공간이 있다는 것을 스카우터를 통해 알아차렸다. 헐거워진 벽을 뜯어내자 그 안에 있던 보도가 단검을 들고 뛰쳐나왔다. 괴성을 지르며 단검으로 나를 찌르려고 했다.

"으아아! 죽어! 죽어!"

"보도! 나다! 진정해!"

손목을 붙잡고 바닥에 깔아뭉갰다. 발버둥을 치던 보도의 저항이 잠잠해졌다. 숨을 거칠게 몰아쉬며 나를 올려다본 보도의 몰골은 엉망이었다. 조심스럽게 풀어주자 보도는 진정이 되었는지 얌전해졌다. 내가 조심스럽게 안아주자 서럽게 울기 시작했다.

한참을 오열하던 보도가 목이 메어 더 이상 울지 못하게 됐다.

"보도, 대체 이게 무슨 일이냐?"

"우리 가족을 전부 죽였어요! 지옥에 떨어질 놈! 개새끼!"

"진정하고 천천히 말해 봐. 네가 오스카에게 닉센가를 접선장소로 알려 줬잖아?"

"접선장소는 닉센이 맞아요! 그런데 이렇게 될 줄은 몰랐죠! 제기랄!"

보도는 그날 있었던 일에 대해 상세하게 알려 줬다. 보도는 마당발이라서 매춘거리 내에 아는 사람이 많았다. 그래서 아는 사람들을 통해 소문을 모았고 매춘거리의 주민과 다른 냄새가 나는 슬럼가 사람들을 집중적으로 감시했다.

닉센을 발견한 것은 순전히 우연이었다고.

남다른 촉을 가진 보도는 슐랑에의 아는 조직원을 우연히 발견했다.

슬럼 조직의 특성상 표면적으로 모습을 드러내지 않지만, 보도는 이 조직원 중 한 명을 알고 있었는데 엄마의 단골손님이었다고 한다. 그래서 우연히 발견한 그의 뒤를 미행한 끝에 닉센이 나온 것이다.

온종일 관찰한 끝에 슐랑에의 조직원과 귀족으로 의심되는 자들의 접선을 포착할 수 있었고 보도는 그 길로 빠져나왔다. 룸펜의 관에서 오스카에게 정보를 넘기면서 보도는 굳이 그 조직이 슐랑에 조직원이라는 것까지는 알려주지 않았다.

나중에 그 정보를 내게 돈 받고 팔려고 했다.

교활한 녀석 같으니. 그런데 그날 밤 북쪽 거리에 시가전에 가까운 싸움이 벌어지자 무언가 잘못되었다는 것을 느꼈다고 한다. 그래서 오스카와 다시 접선하려고 기다렸는데 슐랑에의 조직원들이 들이닥쳤다.

그리고 일방적인 학살이 벌어졌다.

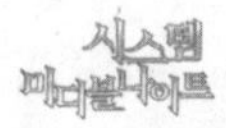

보도는 엄마의 도움으로 도망칠 수 있었지만…….

"엄마가 죽었다고요! 제기랄! 이게 다 당신 때문이야! 그때 왜 날 붙잡아서!"

보도가 나를 원망하는 것도 무리는 아니다.

이곳 사정에 어두운 나를 대신에 조사를 의뢰했더니 그 결과 사랑하는 엄마와 가족들이 죽었다. 결과적으로 내가 죽인 것이나 다름없었다. 이게 무슨 나비효과도 아니고 뤼디거가 죽은 거야, 그렇다 쳐도 보도의 가족까지 몰살당하다니.

그 슐랑에라는 놈들이 보도가 미행하는 것을 알고 있었을 가능성이 컸다.

최근 장물아비 사건으로 재정이건 어디건 조사가 이루어지고 있었기 때문에 보도의 정보를 역이용해서 조사원(나)을 닉센으로 끌어들여 제거할 계획이었을 것이다. 그렇게 조직원들을 대기시켜놨더니 나타난 것은 뤼디거와 감찰부대였다.

그 결과가 수십 명의 사망자와 사상자가 일어난 야밤의 시가전이다.

내 추측이 맞는다면 보도는 슐랑에에게 보복을 당한 것이다. 그런데 아델베르트는 어째서 트레펜으로 추정했을까? 어쩌면 슐랑에가 트레펜에게 뒤집어씌우려고 고의로 위장했을 가능성도 있다. 후우, 복잡하게 흘러가는구먼.

하지만 여전히 의문점이 남아 있었다.

슐랑에가 왜 굳이 나를 끌어들여 제거하려고 한 것인가. 귀족과 관료를 건드려서 좋을 건 아무것도 없는데. 감찰부 총감이 죽으면서 이를 계기로 슬럼 조직에 대한 대대적인 소탕전이 일어날 수 있다. 그런 위험을 감수하고 공격을 감행한 건 무슨 이유일까?

나는 침울한 보도와 시선을 맞췄다.

"보도, 나와 함께 가자. 내가 네 인생을 책임져주마."

"기사님이 저를요? 왜요?"

보도의 눈에 불신감이 가득했지만 나는 도의적인 책임을 다하고 싶었다. 병 주고 약 주는 꼴이었지만 나 때문에 인생이 붕괴된 것이나 다름없었으니 이 아이를 이 거리에서 데리고 나가기로 했다. 일종의 측은지심이고 오지랖에 불과했지만.

습격당할 뻔했지만 일이 이렇게 될 줄은 누구도 예상하지 못했다.

보도를 데리고 거리를 빠져나가려는데 수상한 자들이 우리 뒤를 쫓아왔다. 보도가 슐랑에 조직원 같다고 알려주자 한스의 큰 몸집을 이용해 보도를 가렸다. 그러나 어느 골목길에 접어들었을 때 십여 명의 남자들이 앞뒤로 포위하면서 접근해 왔다.

테드와 오스카는 등 뒤를 경계했다.

이들을 이끄는 남자의 눈은 흡사 독사처럼 번들거렸다.

슐랑에는 뱀이라는 뜻이다.

교활하고 잔인한 뱀 같은 자들.

그들이 앞뒤로 포위하며 보도를 노리고 있었다.

"안녕하시오, 귀족 나리. 혹시 작은 쥐새끼를 보지 못했습니까?"

"글쎄? 작은 쥐새끼야 이 거리에 흔하지 않나?"

"하하, 나리. 우리가 찾는 쥐새끼는 이름을 가지고 있습니다. 후른손이라고 하죠."

"내가 아는 이름과는 좀 다른데? 네놈이야말로 후른손이 아닌가?"

후른손은 창녀의 아들이라는 욕이다.

이 독사 같은 놈. 조롱하려고 일부러 묻는 것이다.

하지만 나는 감정을 억눌렀다. 보도를 제외하고 싸울 수 있는 인원은 4명이지만 저쪽은 10명이 넘는 것 같다. 나 혼자였다면 어떻게든 도망치면서 상대했겠지만, 보도를 지켜야 하므로 물러설 수 없었다. 관리자 스카우터를 발동했다.

놈의 이름은 로이드 폰 프로스트.

무려 귀족 출신이었다. 왜 귀족 출신이 저급한 슬럼 간부 행세를 하는 거지? 조롱하기 위해서? 저놈은 귀족 출신이라는 것을 숨기고 있었던 게 틀림없다. 슐랑에의 행동대장이라는 직책이 그가 맡은 역할이 어떤 것인지 알게 해줬다.

"나리는 작은 쥐새끼를 키우는 게 취미인가 봅니다. 덕분에 닉센에서 선물을 잘 받았습니다. 우리도 이용당할 줄은 상상도 못 했지만요."

이용당했다고?

저건 또 무슨 소리야?

"나로서는 본의 아닌 일이다만 어차피 네놈들은 듣지도 않겠지."

"역시 귀족나리들의 수법은 악랄하기 그지없습니다. 그러니 10배로 돌려드리지요."

네놈도 귀족이면서!

독사가 웃으며 부하들에게 눈짓하자 아밍소드와 비슷한 길이의 한 손 검을 뽑았다. 나도 롱소드를 빼 들며 골목길의 폭을 재빨리 쟀다. 좁은 골목길이지만 롱소드를 휘둘러도 될 정도의 여유는 있었다. 전방에 있는 숫자는 7명, 후방에 있는 숫자는 5명.

12명이나 끌고 오다니.

슐랑에는 나와 보도를 확실하게 끝장내려는 것 같다.

[야만의 거리III 퀘스트]

[독사의 숨결에서 살아남아라]

[보상 — 2,000포인트, 은화 20닢(위험수당)]

[가문의 명성 50상승]

[위험등급 ★★☆☆☆]

별 2개의 위험등급인가.

하지만 나는 F급 기사(무력20% 용맹20%)를 믿고 있다.

절대로 쉽게 당하지 않을 것이다.

"테드, 오스카! 너희들에게 내 등을 맡기겠다. 잘 막아낸다면 너희들을 슈트라이트 가문의 병사들로 고용해 주마. 죽지 말고 최대한 버텨."

"고용보장을 약속하신 건 고맙지만 쉽진 않을 것 같군요."

테드와 오스카는 방패와 아밍소드를 갖춘 병사들로 재정부 직속 감찰부대 소속이다. 신참이긴 해도 훈련된 병사들이기 때문에 아무리 숫자가 많더라도 슬럼 조직원들에게 밀리진 않을 것이다. 후방이 단단하다면 어떻게든 이길 수 있다.

"한스, 내게 떠밀리거나 쓰러지는 놈이 있으면 네가 마무리를 해."

"제게 맡겨 주세요! 도움이 되겠습니다!"

한스가 씩씩하게 대답했지만, 긴장 때문에 음성이 떨렸

다. 어쩌면 오늘 한스가 살인을 경험하게 되는 최초의 싸움이 될 것 같다. 그건 테드와 오스카도 마찬가지겠지만 빈민출신과 병사출신이 같을 수는 없다. 독사들이 서서히 접근해 왔다.

다행인 것은 이곳이 골목길이기 때문에 3명 이상을 한꺼번에 상대할 필요가 없다는 것이다.

독일식 검술은 선수를 취하고 공격의 주도권을 잡아 상대를 제압하는 것이 주특기인 검술이다. 그렇기에 나는 서서히 압박해 오던 독사들을 향해 주저 없이 뛰어들었다. 가장 앞에 있던 독사에게 강한 힘을 주어 사선으로 내리쳤다. 존하우, 분노 베기는 가장 강력한 베기다.

한 손 검으로는 막기 힘든 묵직함에 독사의 가드가 깨졌다.

그리고 왼편에 있던 독사가 휘두른 검을 쳐 내고 목을 찔렀다.

— 푸악!

목에서 쉴 새 없이 피가 뿜어져 나와 무너진 독사의 몸을 발로 걷어차 다음 상대의 움직임을 방해한 후 가드가 무너져 뒤로 물러섰던 독사를 몰아붙였다. 독일식 검술의 가장 기본적인 근접공격 방법으로 검과 검을 붙이는 바인딩(Binding)과 그 자세로 검을 돌려 번개같이 반격하는 와인딩(Winding) 기법이 대표적이다.

— 챙!

"크윽!"

"Scheisse!"

나는 검을 붙이자마자 상대의 검을 밑으로 쳐서 내렸고 번개같이 가슴을 찔러 벽까지 밀어냈다. 등을 노리고 휘둘러진 다른 검의 궤적을 아슬아슬하게 피한 후 상대의 손을 롱소드 손잡이 끝의 퍼멀로 찍어 버리면서 검을 놓치게 했다.

멱살을 붙잡아 그대로 다리를 걸어 뒤쪽으로 던져 버렸다. 한스에게 넘긴 것이다. 눈이 충혈되어 있는 한스는 던져진 먹잇감을 받아먹었다.

"으아아! 죽어! 죽어!"

"아악!"

마구 찌르는 소리가 들려왔지만 내게 여유는 없었다. 3명을 죽였어도 여전히 내 앞에는 4명이 남아 있다. 하지만 그들은 내 검술실력이 대단하다는 것을 깨닫고 살짝 주춤거렸다. 그리고 그 틈은 내가 노리기에 더할 나위 없는 기회였다.

빠르게 뛰어나가 가장 앞에 있던 독사의 목을 찔러 그대로 힘껏 밀어붙였다.

"끄르륵!"

— 퍽!

독사들의 대열을 무너트린 후 배를 발로 차, 목에 꽂혀 있던 검 끝을 빼냈다. 피가 쏟아지며 무너진 독사를 지나쳐 왼쪽에서 찔러 들어오는 다른 독사의 검을 챙! 바닥으로 쳐서 무너트렸다. 자세가 무너지자마자 목을 베어 죽였지만, 오른쪽 어깨를 맞아 버렸다.

내게 검상을 입힌 독사의 검을 가까스로 쳐 내며 뒤로 물러섰다.

제기랄, 한 대 맞았다. 깊은 상처는 아니었지만 처음 입는 검상이기에 이가 부드득 갈렸다.

사방에서 검을 휘두르고 있으니 완벽히 피하는 것은 힘들었다. 등을 타고 흐르는 뜨거운 핏물과 어깨를 움직일 때마다 느껴지는 통증에 인상이 일그러졌다. 부하 독사들이 둘만 남자 낭패한 기색이 역력한 프로스트가 롱소드를 빼 들며 합류했다.

"제기랄, 실력이 보통이 아니었군! 혼자 덤비지 말고 연계해!"

다시 3:1의 대치가 벌어졌다. 프로스트의 자세는 독일식 검술의 상단세이자 내가 가장 많이 사용하는 공격자세인 폼탁이었다. 저건 검술을 정식으로 배웠다는 증거이며 역시 귀족출신이 사실이라는 것을 증명하는 것이다. 스카우터는 옳았다.

귀족 놈이 뭐가 아쉬워서 슬럼 조직에 가담했을까?

독사 프로스트의 날카로운 눈동자가 번들거렸다.

―

지금까지 상대한 자들 대부분이 검술의 검자도 모르는 자들이었다.

잠시 소강상태에 빠져 힐끗 몸 상태를 점검했는데 아슬아슬하게 피했다고 생각했던 독사들의 검이 내 몸 여기저기에 자잘한 자상을 남긴 것을 알게 됐다. 이따위 자잘한 자상을 신경 쓸 때가 아니지. 아드레날린이 분비가 되었는지 통증이 서서히 가라앉았다.

"테드! 괜찮아?"

"빌어먹을, 다리를 맞았어!"

테드와 오스카도 최선을 다해 후방에 있던 5명의 독사들을 상대로 분전했다. 한 명을 죽였지만 나머지 4명이 밀어붙이는 통에 힘겹게 버티는 중이다. 테드가 다리를 다치면서 대열을 유지하지 못하게 되자 급속도로 흔들리기 시작했다.

더 이상 시간을 끌어서는 안 된다.

마음을 다잡고 고동치는 심장소리를 들으며 손잡이를 단단히 쥐었다.

선수필승.

한 발 먼저 공격을 시작한 내 롱소드와 프로스트의 롱소드가 불꽃을 튀길 것처럼 격렬하게 부딪쳤다. 상대도 바인딩과 와인딩 기술을 잘 이해하고 있었기 때문에 검술을 익힌 자들 간의 수 싸움이 벌어졌다.

바인딩 시 검을 붙인 자세에서 상대의 무게중심과 붙어 있는 힘에 따라 어떤 식으로 와인딩 기술이 펼쳐질지 예측할 수 있다. 그것은 경험을 통해 더욱 더 갈고 닦을 수 있지만 아쉽게도 내겐 경험이 부족했다.

독사의 프로스트는 왼쪽으로 돌려 벨 것처럼 페인트를 주고는 강한 힘으로 밀어붙여 나를 쓰러트리려고 했다. 그러나 내 용력도 만만치 않다. 한스를 상대로 매일같이 레슬링을 단련했다. 오히려 밀어붙이는 힘을 이용해 그대로 독사 프로스트를 붙잡고 넘겨 버렸다.

유도의 한판승이 떠올릴 정도로 아주 훌륭하게 넘어갔다. 넘어트리자마자 찔러 죽이려고 했지만 다른 독사들이 달려들어 끝장을 내지 못했다. 한스가 쓰러진 프로스트를 끝장내려고 아밍소드로 찌르려고 했지만 오히려 파머로 머리를 강타당했다.

"쥐새끼는 저리 꺼져!"

— 퍽!

"악!"

곧바로 몸을 일으킨 프로스트는 쓰러진 한스를 죽이기보다는 내게 달려들면서 다시 3:1로 몰아붙였다. 3개의 칼날을 쳐 내며 어떻게든 주도권을 되찾으려고 했지만 쉬운

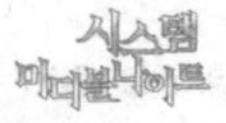

일이 아니다.

젠장, 보폭을 짧게 유지하며 간결하게 피하려고 했지만 가슴을 베이고 말았다. 하지만 아드레날린이 분비되어서 그런지는 몰라도 통증이 느껴지지 않았다. 프로스트도 선수와 공격의 주도권을 충실하게 이행하는 숙련된 검사였다.

그 솜씨로 뒷골목 깡패질이나 하다니.

이 상황은 내게 절대적으로 불리했다.

그래서 나는 찌르려고 하는 독사 한 놈을 잡아당기면서 다리를 걸어 그대로 쓰러트린 후 순간적으로 2:1 상황을 만들어 프로스트를 몰아붙이는 척하면서 바인딩(검을 붙이는) 직후 와인딩(검을 붙여 휘두름)으로 힘을 강하게 주어 프로스트를 움직이지 못하게 고정하면서 옆에 있던 독사의 목을 찔렀다.

"이, 이런!"

"끄윽!"

내 힘이 프로스트보다 강했기 때문에 우격다짐으로 밀어붙인 것이다. 그러나 프로스트의 박치기가 내 머리에 작렬하면서 머리가 뒤로 꺾였다.

시발, 뱀 대가리가 아니라 돌대가리냐?

잠시 뒤로 물러서 상황을 살피니 한스는 파머를 맞고 쓰러져 정신을 못 차리고 있고 보도는 어찌할지 몰라 죽인 독사의 아밍소드를 잡고 덜덜 떨고 있다. 다행히 테드와 오스카가 아직까지 잘 버티고 있었지만 테드의 다리에 출혈이 심해지고 있었다.

결국 그 수밖에 없나?

살을 내주고 뼈를 취한다.

그러나 이 전략은 말처럼 쉬운 것이 아니다.

F급 기사(무력20% 용맹20%)가 없었다면 이만큼 버티지도 못했을 것이다.

어떤 작전이든 적정선이라는 것이 있다. 살을 조금 내주면 효과가 반감되고 그렇다고 살을 많이 내주면 뼈까지 내줄 수 있다. 이 아슬아슬한 줄타기는 보통 강심장이 아니고서야 함부로 취할 수 있는 전략은 아닌 것이다.

그러나 내게는 다른 이들이 알지 못하는 초월적인 도우미가 곁에 있었다.

[미디블나이트에서는 볼프강 님을 위해 의료서비스를 제공합니다. 원기 회복과 외상, 내상을 기적처럼 치료합니다. 단, 절단된 부위는 재생되지 않으니 주의하세요]

[의료서비스는 1회 5,000포인트입니다]

5,000포인트로 매우 비쌌지만, 목숨값이라고 생각하면 싼 것이다. 절단된 부위의 재생이 불가능한 건 아쉽긴 했지만, 그 정도만 해도 충분히 기적이라고 불릴 만했다. 게다가 이 서비스는 복합 치료라 내, 외상이 심해도 5,000포인트가 있다면 살아남을 수 있다.

포인트를 그만큼 모으는 게 힘들어서 그렇지.

그래도 이 서비스가 있는 한 허무하게 죽는 일은 없을 것이다.

지금 내가 보유한 포인트는 3,500포인트다.

그런데도 의료서비스를 이용할 수 있었다.

[포인트가 부족해도 서비스 이용은 가능합니다. 단, 부족한 포인트는 반드시 시일 내에 지불하시기 바랍니다. 지불하지 못할 경우 페널티가 적용됩니다]

당장 급할 때 사용할 수 있다.

대출처럼 나중에 갚아야 하겠지만 일단 목숨을 부지하고 볼 일이니까. 검을 부딪쳐 보면서 느꼈지만 이 독사들의 프로스트는 수준급이었다. 지금까지 맞붙었던 상대들과는 비교조차 되지 않는다. 내가 검술을 배운 지 얼마 되지 않았으니 경험에서부터 밀릴 수밖에 없었다.

그러나 젊은 피의 힘이 무섭다고 힘과 속도만큼은 프로스트에게 우위를 점했다. 그럼에도 내가 살을 내주고 뼈를 취하려고 하는 것은 2:1로 열세였고 후방에 있는 아군이 밀리고 있었기 때문이다.

초조함을 가라앉히고 냉정하게 눈앞의 상대를 집중해야 하는 것이 정석이건만 사람의 마음이라는 것이 시간이 지날수록 급해지기 마련이다.

프로스트는 내 그런 마음을 꿰뚫어 봤는지 바인딩 자세

에서 와인딩으로 검을 사선으로 돌려 내 손을 베려고 했지만 재빨리 크로스 가드(손을 보호하는 일자형 부품)로 손을 베이지 않게 막았다.

"잡았다! 찔러!"

그러나 연계공격에 걸려 프로스트가 바인딩 자세로 밀어붙여 일시적으로 나를 움직이지 못하게 만들었고 나는 힘을 주어 벗어나려고 했지만 프로스트는 악착같이 버텼다. 그 결과 순간적으로 무방비하게 측면을 내줬고 살아남은 독사 한 마리가 찌르려고 했다.

비틀어서 몸을 피해도 치명상을 모면하긴 어렵다.

제기랄, 부디 한 방에 죽지 않기를!

"으아아!"

"한스!"

정신을 차린 한스가 독사에게 태클을 걸며 내게서 떼어냈다. 나는 그 틈을 놓치지 않고 프로스트의 코에 박치기를 날렸다. 머리와 머리가 부딪치면 당연히 돌대가리에게 내가 지겠지만 코에 들이받자 프로스트의 머리가 뒤로 크게 젖혀지면서 빠져 나올 수 있었다.

한스의 도움으로 나와 프로스트의 1:1 상황이 만들어졌다.

— 챙! 챙! 챙!

최대한 바인딩으로 붙으며 반격의 반격을 거듭했다. 머

리를 향해 빠르게 내리친 검을 프로스트가 부드럽게 흘리면서 검 끝으로 내 왼쪽 팔을 찔렀다. 다행히 깊게 박히진 않았고 물러서는 순간에 바인딩을 붙인 나는 사선으로 팔을 꺾어 프로스트의 갈비뼈를 벴다.

그러나 깊게 베진 못했다.

치열한 공방 속에 점점 자상이 많아졌다.

헉, 헉. 힘이 점점 빠진다.

지속적인 출혈에 급격하게 지치기 시작했다.

지친 것은 프로스트도 마찬가지.

힐끗 한스 쪽을 보니 아직도 독사와 엎치락덮치락하면서 몸싸움을 벌이고 있었다. 퍼멀로 머리를 맞아서 그런지 한스의 움직임이 평소보다는 둔했고 점차 밀리기 시작했다. 둘 다 무기가 손에 없었기 때문에 주먹질로 서로의 얼굴을 때리며 죽이려는 듯 목까지 졸랐다.

그 순간을 놓치지 않고 프로스트가 사선 베기로 선수를 취했다.

그 찰나에 한 가지 수가 머릿속에 번뜩 떠올랐다.

— 챙!

— 촤악!

"뭣?!"

사선 베기를 막았지만 프로스트가 그어베기(바인딩으로 밀착한 상태에서 누르며 베는)로 전환하여 내 왼팔을 깊게 베면서 그대로 비틀어 찌르려고 했지만 나는 왼팔을 내준 대가로 프로스트의 크로스가드를 팔꿈치 안쪽으로 감싸 손등으로 들어올렸다.

"으아아!"

순간적으로 괴력을 발휘했다.

어디서 그런 힘이 생긴 건지 모르겠지만 그만큼 절박했고 처절했다. 프로스트는 두 손을 붙잡힌 상태이기에 내가 들어 올리는 대로 따라올 수밖에 없었다. 그 결과 그의 왼쪽 가슴이 무방비로 노출됐다. 내 오른쪽 허리춤에는 단검 한 자루가 메어져 있다.

장식용이었지만 엄연히 날이 서 있다. 이 단검에는 슈트라이트 가문의 문장이 새겨져 있었다. 이것을 사용하게 될 줄은 몰랐다. 말 그대로 장식용이었으니까. 아버지가 물려준 롱소드와 단검. 슈트라이트 가문의 상징이라고 할 수 있다.

— 푹! 푹! 푹!

나는 단검을 역수로 빼서 프로스트의 심장부근을 마구 찔렀다.

차가운 금속이 심장을 파고들 때마다 프로스트의 부릅뜬 눈이 나를 무섭게 노려봤다. 그러나 나는 미친 듯이 괴성을 지르며 마구 찔렀다. 사방에 피가 튀고 오로지 광기와 공포, 죽음만이 공존했다. 미칠듯이 찌르던 와중에 결

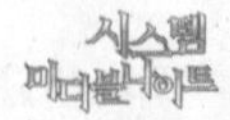

국 프로스트가 힘없이 축 늘어졌다.

원통하다는 듯이 눈을 부릅뜨며 죽었다. 그 시체를 발로 걷어차 떨어져 나온 나는 롱소드로 몸을 간신히 지탱했다. 그리고 재빨리 왼팔을 살폈다. 깊게 베어졌지만 다행히 절단되진 않았다. 하지만 정말 미치도록 아프다. 죽을 때조차 이런 고통을 느끼지 않았는데.

"허억, 허억. 제기랄. 더럽게 아프네."

살을 내주고 뼈를 취한다.

적을 죽임으로써 내가 이겼지만 역시 대가는 컸다.

출혈이 심해져 쇼크가 올 가능성이 컸다. 나는 그 즉시 의료서비스를 요청했고 이윽고 내 몸에 있던 모든 자상이 사라졌다. 간신히 목숨을 부지할 수 있었다. 원기가 회복되었는지, 기운을 냈다. 아직 끝난 것이 아니다. 나를 지켰던 한스가 위기에 빠졌다.

마운트 포지션을 점한 독사가 단검으로 한스의 목을 찌르려고 했고 한스는 안간힘을 쓰며 막았다. 저대로 놔두면 오래 버티지 못할 것이다.

"으아아!"

한스를 도와주려는 찰나 보도가 괴성을 지르며 독사의 목덜미를 검으로 찔렀다. 독사는 천천히 무너졌다. 한스는 독사의 몸을 치우며 숨을 몰아쉬었다.

"하아, 하아, 하아."

"헉, 헉. 고맙다, 보도."

"엄마를…… 엄마를 죽인 새끼를 내가 죽였어. 내가 죽였다고!"

— 털썩

"보도!"

그리고 보도는 갑자기 기절해 버렸다.

깜짝 놀란 한스가 보도의 몸을 받았기에 다행히 머리를 다치진 않았다. 아마도 충격이 컸던 모양이다. 후방에서 테드와 오스카를 상대하던 독사들은 프로스트가 죽자 뒤도 돌아보지 않고 도망쳤다. 테드는 배와 다리에 출혈이 심해 쓰러져 있었다. 다행히 오스카는 무사했다.

성질 같으면 도망친 놈들을 쫓아가서 다 죽여 버리고 싶었으나 그럴 여력이 없었다.

야만의 거리 퀘스트가 완료되면서 2,000포인트가 들어오면서 —1,500포인트가 500포인트로 바뀌었다. 그리고 가문의 명성 50점을 획득하면서 100점이 되었다. 100점이 되자마자 시스템은 내게 슈트라이트 명성(인지도5% 통치력 5%)의 혜택이 생성되었다고 설명했다.

"감찰관님! 테드가 위험합니다! 이대로는!"

테드가 큰일이었다.

출혈이 심해 의식까지 잃은 상황이다.

의료서비스는 안타깝게도 나만 쓸 수 있었다. 그래서 나

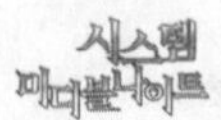

는 상점을 뒤지다가 잡화에서 500포인트 응급키트를 구입할 수 있다. 응급키트가 나타났지만 아무도 그것을 신경 쓰지 못했다. 일단 급하니까 나는 테드의 복부에 난 상처 부위를 소독하고 지혈제를 발랐다.

그리고 드레싱을 덮었다.

오스카에게 압박을 지시하였고 테이프와 클립, 안전핀을 매어 간신히 고정시켰다.

오른다리도 소독 후 지혈제를 발라 나선붕대법으로 칭칭 감아서 압박했다. 다행히 출혈이 어느 정도 멎으면서 일단 위험한 고비는 넘겼다. 그나저나 군대에서 배운 걸 여기서 다 써먹는다. 일단 살렸으니 다행이다.

"감찰관님, 테드는 괜찮겠죠?"

"괜찮을 거야. 잘 버텨줘서 고맙다."

비로소 한숨을 돌릴 수 있었다.

"앞으로 감찰관이라고 부르지 말고 앞으로 내 이름을 불러. 알고 있지?"

"볼프강 님이라고 부르겠습니다. 저도 이름으로 불러주십시오."

"그래, 오스카. 너와 테드는 이제 슈트라이트 가문의 병사다."

오스카 그라이프스, 그리고 테드 마이어는 목숨을 걸고 내 등 뒤를 지켜준 병사들이다. 등을 맡길 수 있다는 것을 확인했기 때문에 나는 이들에게 믿음으로 보답했다. 비록 오스카와 테드는 나를 감시하던 병사들이었지만 그들은 감찰부대의 신참이었다.

감찰부총감의 명령을 받을 수밖에 없는 입장이었다.

2인자의 명령을 거부한다고? 신참이?

그들은 충실하게 임무를 수행한 것에 불과했다.

감시 역이었다고 책잡는 것은 내 스스로가 도량이 작다는 것을 인정하는 꼴이다. 그리고 이들은 뤄디거가 죽은 빌미를 제공했기 때문에 어쩌면 아델베르트에게 미움을 받아 해고될 가능성이 컸다. 고용안정과 미래를 위해서라도 내게 충성하는 것은 당연했다.

"전쟁터 같군."

골목길은 엉망진창으로 더럽혀져 있었다.

적과 아군이 흘린 피가 웅덩이가 되어 피비린내를 진동케 했다. 오스카는 자잘한 자상을 제외하고 외상은 없었고 한스도 머리를 얻어맞은 것 외에는 외상이 없었다. 근처에 있는 튼튼한 각목 2개와 독사들의 옷을 이용해 만든 간이 들것에 마이어를 옮겼다.

한스와 오스카가 들었고 나는 보도를 등에 업었다.

프로스트의 머리와 독사들의 무기를 모두 챙겼다. 슐랑에의 간부라면 틀림없이 수배상태거나 무언가 보상이 있을 것이다. 나머지 회수한 무기들은 독사들의 머리와 동등

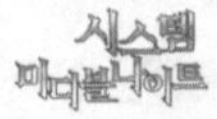

한 가치를 지니고 있다. 그렇게 피투성이 몰골로 베이언 거리로 나왔다.

당연히 난리가 났다.

마침 근처를 사법부의 경비대가 달려왔다.

"멈춰라! 소속과 이름을 대라!"

"나는 볼프강 폰 슈트라이트다. 재정부 임시 감찰관으로 활동하고 있다."

"윽? 호, 혹시 신분을 증명할 수 있는 문장을 보여 주시겠습니까?"

내가 귀족이라고 하니 경비병의 표정이 금세 비굴하게 바뀌었다. 평민에겐 강하고 귀족에겐 비굴한 전형적인 아첨형 인간인 것 같다. 그리고 나는 이 도시에 살면서 생각보다 많이 봤다. 다행히 나는 당당한 귀족이었기에 주로 아첨을 받는 쪽이었다.

이들에게 프로스트를 찔러 죽였던 단검을 내밀었다.

"아이고, 슈트라이트 경. 실례했습니다. 그런데 무슨 일이 있으셨는지?"

"슬럼과 가까운 매춘거리에서 슐랑에 조직원들과 싸움이 벌어졌다. 위치를 알려 줄 테니 경비병을 보내 시신을 수습하도록. 그리고 이건 간부의 머리와 조직원들의 무기다."

그들에게 머리와 압수한 무기들을 내밀었다. 그리고 룸펜의 관과 격전을 치렀던 골목길의 위치를 알려 줬다. 그런데 머리를 유심히 관찰하던 경비병은 무언가 떠올랐는지 경악을 금치 못했다. 덩달아 다른 경비병도 깜짝 놀랐다.

"이, 이놈은 뤼디거 부총감님을 죽인 수배범이 아닙니까?"

"마, 맞는 것 같은데요? 북쪽거리에 검문 중인 경비대가 이놈을 찾아다니던데!"

뤼디거를 습격한 거야 알고 있었지만 직접 죽인 당사자였어? 그럼 경비대는 이동경로조차 파악하지 못하고 애꿎은 북쪽거리만 폐쇄한 채 뒤지고 있었다는 건가? 멀쩡하게 돌아다니는 놈을 잡지도 못하고. 프로스트가 격전을 치른 곳은 슬럼과 가까운 남서부 거리다.

그러니 이놈이 얼마나 치안부대를 우습게 봤을까.

경비대는 머리와 압수한 무기를 들고 사법관저로 부리나케 달려갔다.

"볼프강 님, 테드가 깨어났습니다!"

다행히 그 사이에 테드가 깨어났다. 들것에 옮겨진 것을 보고 어리둥절한 표정을 지었지만 싸움에서 이겼다는 오스카의 설명에 안도하는 것 같았다. 그리고 나는 테드에게도 오스카에게 말했던 것처럼 정식으로 슈트라이트 가문의 병사가 되었다는 것을 알려 줬다.

테드는 기뻐하는 한편 아직 배에 큰 상처가 남아 있었기에 당분간 침대 신세였다.

"꺄악! 주인님? 그 피는!"

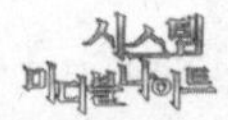

녹초가 되어서 집으로 돌아갔더니 사비네는 피투성이 상태인 우리들의 몰골을 보고 기절할 뻔했다. 사비네의 일을 돕고 있던 다니엘도 깜짝 놀라며 우리를 맞이했다. 테드를 침대 눕힌 후 모두 쉬라고 명령을 내렸다.

나는 다니엘에게 뜨거운 물을 준비시켰고 제일 먼저 목욕을 했다.

머리부터 말끝까지 묻은 피를 털어내려고 빡빡 문질렀다.

역시 하루의 마무리는 목욕이 최고다.

죽을 뻔했지만.

"의료서비스가 좋긴 좋네. 자상까지 다 사라졌어."

싸움을 하다 보면 다치기 마련이다.

그것이 크고 작건 반드시 흉터로 남는데 치료 서비스를 사용한 이후 싹 사라졌다. 물론 이 서비스는 모든 외상과 내상, 질병을 치료한다고 했다. 단, 절단된 신체는 재생하진 못한다. 무려 5,000포인트라는 천문학적인 포인트를 지불해야 했지만, 목숨값이라고 생각했다.

지금 생각해 보면 정말 미친 짓이었던 것 같다.

살을 주고 뼈를 취한다?

그게 말이 쉽지, 두 번 다신 못 할 짓이다.

그러지 않기 위해서는 나 스스로가 강해져야 한다.

[독일식 검술 교본]
[2단계 수련 퀘스트]
[5가지 마이스터하우 연마(샤이텔하우—존하우—쉴하우—즈버크하우—크럼프하우)]
[기본자세 보정]
[숙련도 99/100]
[보상 — 1,000포인트, 은화 1닢]

그런데 문제는 2단계 기초수련의 숙련도가 99에서 멈췄다는 점이다. 그 망할 독사들과 프로스트를 잡았으니 당연히 퀘스트가 완료될 줄 알았는데 내 기대가 무참하게 박살났다. 클리어 조건이 대체 뭐야? 이걸 완료해야 3단계로 넘어갈 텐데 계속 답보상태였다.

1단계는 수월하게 넘어갔는데 2단계 클리어 조건을 알 수 없어서 답답했다. 그런 와중에 보도가 깨어났다. 보도는 처음에는 어리둥절했다. 왜 내가 여기에 있는지 이해하지 못하는 얼굴이었다. 앞으로 네가 살 집이라고 하자 그제야 실감한 반응이다.

"기사님. 정말 여기서 살아도 돼요?"

"이젠 너도 날 볼프강 님이라고 부르는 게 어떠냐? 한 가족이 되었잖아."

"그럼 전 기사님에게 고용된 건가요? 거리로 돌아가지 않아도 돼요?"

정신을 차린 보도는 갑자기 바뀐 환경에 적응이 되지 않는지 매우 불안한 것 같았다. 엄마도 잃고 가족도 잃었으니 거리의 부랑아 신세가 되는 것을 각오했겠지만 책임지기로 한 이상 나는 보도가 걱정 없이 살 수 있도록 돌봐줄 생각이다.

그래야 내 마음이 편할 것 같다.

"어머, 주인님! 이 아이도 새로운 식구인가요?"

"그래. 엄마를 잃은 아이니까, 잘 돌봐줘."

"너도 나와 같구나. 나는 사비네 플램이라고 해."

"……보도예요. 보도 베르너."

다행히 사비네가 남동생이 생겼다며 보도를 환영했다.

매춘부들을 보면서 살아왔던 녀석이 사비네에게는 수줍어했다.

다니엘은 자신의 후임이라는 얘기를 듣자 눈빛이 변했다.

흠, 또 내리사랑을 실천할 생각인가?

보도가 지금 불쌍한 꼬맹이 정도로 보이겠지만 영악한 녀석이라서 다니엘이 된통 당할 수도 있다. 슐랑에에 관한 정보를 나중에 내게 팔려고 했던 녀석이니.

아무튼 슈트라이트 가문에 고용된 가신이 총 6명으로 늘어났다.

시종 — 다니엘(300), 보도(200)

시녀 — 사비네(400)

병사 — 한스(500), 오스카(500), 테드(500)

월 급여 = 은화 2닢 동화 400닢이다.

식비와 숙식은 내가 책임지고 있어서 사실상 월마다 은화 4닢을 지출하는 셈이다. 그러나 반복 퀘스트 단련과 직업을 통해 동화를 꾸준히 벌고 있으니 유지비 걱정은 할 필요가 없었다. 하루 평균 동화 250닢 이상을 버는데 대략 25일 기준이면 은화 6닢을 번다.

물론 이번 일처럼 갑자기 엉뚱한 일을 맡게 되어서 반복 퀘스트를 하지 못하는 날도 있을 수 있겠지만 중요 퀘스트를 통해 벌어들이는 은화가 굉장히 많다. 아버지가 물려준 은화와 중요 퀘스트를 통해 획득한 은화를 모두 합치니 내가 보유한 은화만 70닢이 넘었다.

메디치 은행에서도 나를 좋은 고객으로 대우해 준다.

이젠 가난한 공국기사라는 타이틀은 나와 어울리지 않았다.

남은 포인트가 없어서 돈보다 포인트를 모으는 것이 더 급선무였지만.

"엄마를 교회에 안치해도 될까요?"

"마음 같아서는 안치하고 싶지만 교회에서 받아들여 줄지 모르겠구나."

"그렇겠네요. 엄마는 매춘부니까요."

교회는 매춘부를 오랜 시간 동안 악이라고 규정하여 경멸했다. 필요악이라고 인정하면서도 교회는 결코 매춘부에게 안식의 날을 주지 않았다. 매춘부가 예배에 나올 때도 신도들과 섞이지 않게 구역을 정할 정도였다. 그런데도 매춘부들은 교회의 가장 큰 헌금고객이었다.

매춘부들이 수입의 대부분을 헌금으로 바치는 이유는 사후세계를 위해서였다. 그렇게 하지 않을 경우 그들은 천국의 계단을 밟을 수 없으며 부활의 날까지 연옥(purgatorium)에 머물며 고통을 받는다고 믿었기 때문이다.

매춘부가 죽으면 교회의 축성을 받으며 땅에 묻히는 게 아니라 매춘거리에 있는 공동묘지에 묻히거나 도시 밖에 버려지는 경우도 많았다. 심지어 태우기도 했다. 중세 사람들은 시신을 태우면 부활의 날에 온전히 부활할 수 없다고 믿었다.

그리고 교회의 묘지에 묻히는 것을 가장 영광스럽게 여겼다.

보도는 적어도 엄마가 교회의 묘지에 묻히기를 원했다.

"일단 키슬링 교구와 상담을 해 봐야겠지만 장담할 수 없어서 미안하다."

"부탁할게요. 부디 엄마가 안식의 날을 맞이했으면 좋겠어요."

보도는 눈물을 흘리며 그렇게 애원했다.

교구에서는 난색을 보이겠지만 내가 헌금을 좀 많이 내면 가능하지 않을까? 은화 몇 닢이 깨질지 모르겠지만 보도가 그것으로 마음이 편해진다면 지불할 생각이다.

"룸펜의 관에? 거긴 지금 정리 중일 텐데?"

"엄마가 모아둔 돈이 있을 거예요. 제가 위치를 알거든요. 그 돈을 볼프강 님에게 드릴게요. 그러면 저도 도움이 되겠죠?"

아무래도 보도가 자격지심을 가지고 있는 것 같다. 처음에 나를 원망했겠지만 일이 그렇게 크게 번지게 될 것이라고는 누구도 예측하지 못했다. 그래서 가족 없이 홀로 남은 아이의 인생을 책임지려고 했다.

그렇기에 보도는 내게 마음을 연 것이다.

하지만 그 돈을 내가 받을 수 있을까?

"그 돈은 어머님이 남긴 너의 유산이다. 내게 준다는 건 말도 안 돼."

"제가 가지고 있기에는 큰돈인데요? 동화 몇 닢이라면 몰라도."

"이렇게 하자, 네가 결혼할 때까지 내가 그 돈을 보관하고 있으마."

“에이, 제가 무슨 결혼을 해요? 결국 볼프강 님이 가지게 되겠네요.”

보도는 자신이 결혼할 수 없을 거로 생각하는 모양이다.

무슨 소리? 내 가신단 중에 가장 연장자인 한스(22세)를 시작으로 다 장가보낼 생각인데? 신부 측에서 매력을 느낄 만큼 가신들을 키워주는 것이 내가 해야 할 일이겠지만 아무튼 나는 절대 노총각 노처녀를 휘하에 둘 생각이 전혀 없었다.

슈트라이트 가문의 명성이 높아지면 높아질수록 혼처도 그만큼 늘어나게 될 것이고 든든한 결혼동맹을 맺을 수 있으니 결혼이야말로 중세의 꽃이었다. 그리고 그중에서 내 결혼은 가장 강력한 패였다. 재정대신이 간섭하지 못하게끔 다른 세력을 끌어들일 필요가 있었다.

룸펜의 관으로 다시 찾아갔을 때 시신들 대부분이 안치소로 이동한 후였다.

시신만 정리되었을 뿐이지 여전히 내부는 굳어버린 핏자국과 온기를 잃어버린 부서진 가구와 먼지만이 우리를 반겨줬다. 전체적으로 텅 빈 광경이었는데 돈이 될 만한 것들 대부분을 누군가가 전부 가져간 모양이다. 버려진 집이나 마찬가지였으니.

경비병이 챙겼는지, 아니면 이 거리의 주민들이 쓸어갔는지 모르겠지만 이곳에서 태어나고 자란 보도의 표정은 서글퍼 보였다. 오스카에게 바깥을 지키게 했고 한스는 보도와 함께 숨겨둔 돈을 찾으러 갔다.

엄마와 함께 지냈던 방에 숨겨져 있다고 하는데 깊숙이 숨겨져 있어서 누가 훔쳐 가지는 못했을 거라고 했다. 그 동안 나는 수색자 스카우터를 발동했다. 사실 한스와 오스카만 보내도 됐는데 보도가 숨겨둔 돈이 있다는 말에 혹시나 해서 함께 온 것이다.

수색자 스카우터의 기능 중 숨겨진 공간을 찾아내는 기능이 있으니까. 심심풀이 보물찾기 정도라고 생각했는데 의외로 숨겨진 공간이 많았다.

— 우지끈!

2층으로 올라가는 계단의 5번째 발판을 걷어 내자 빈 공간이 나왔고 그 안에는 작은 상자가 있었다. 그 안에는 동화가 들어 있었다. 하나, 둘, 서이, 너이, 다섯. 흠, 20닢이다. 잔돈이긴 했지만, 임자 없는 돈을 찾아내는 재미가 확실히 있었다.

이번엔 주방으로 향했다.

아궁이 솥단지까지 훔쳐 가서 주방도 텅 비어 있었다.

이런 곳에 숨겨진 공간이 있을까?

있다.

천장 모서리 부분에 홈이 있는 것을 찾아냈다. 이런 곳에 숨겨놓다니. 스카우터가 없다면 절대로 발견하지 못했을 것이다. 그 홈을 손으로 벌리고 손바닥만 한 가죽 주머니 한 자루를 그 안에서 꺼냈다. 이야, 이렇게 숨겨놓으면 도둑놈들이 아무리 뒤져도 못 찾았겠지.

가죽 주머니가 묵직했다.

이 느낌이 너무 좋다.

내용물을 확인해 보니 동화 주머니였다.

어디 보자. 하나, 둘, 서이, 너이…….

전부 세어 보니 동화 120닢이었다.

수입이 짭짤했다.

내가 현장 관리자로 일했을 때 하루 근무수당이 동화 100~200닢 정도였으니 괜찮은 수입인 셈이다. 버려진 집이 있으면 한 번 날 잡아서 뒤져봐야겠는데? 상당히 재미있었다. 진짜 보물찾기를 하는 것 같다. 이 돈의 소유자는 사라졌으니 그야말로 줍는 것이 임자였다.

1층 대부분을 뒤졌지만 더 이상 발견되지 않았다.

그래서 2층으로 올라갔다.

복도에서도 숨겨진 공간을 발견했다.

이건 부서진 탁자로군.

놀랍게도 탁자 안에 작은 공간이 있었다. 참나, 숨기는 방법도 기상천외하네. 탁자가 부서졌는데도 용케 내용물이 바깥으로 나오지 않았다. 도둑놈들도 이건 몰랐겠지. 그래서 꺼내기 쉽게 탁자를 아예 부숴 버렸다. 은화 2닢을 발견했다.

지금까지의 수입은 은화 2닢 동화 140닢이다.

마침 보도와 한스가 다섯 번째 방에서 나오고 있었다.

보도의 표정이 밝은 거로 봐서는 무사히 찾은 모양이다.

"찾았어?"

"네. 쥐구멍 안쪽에 있었어요."

"그래? 도둑놈들이 거기까진 뒤지지 않은 모양이네."

"침대에 가려져 있었거든요. 이거예요."

보도가 내게 내민 가죽 주머니에 은화 8닢이 들어 있었다. 평민의 1년 치 생활비였다. 대부분의 화대를 포주에게 빼앗기거나 교회에 헌금했을 텐데 용케 이만큼 모았다. 아마도 아들을 위해서였겠지. 이 돈을 잘 보관하고 있다가, 보도가 결혼할 때쯤 넘겨줄 생각이다.

이 돈은 어디까지나 내가 맡은 것이지 내 돈은 아니다.

"그런데 그건 뭡니까?"

"이거? 이 집에서 찾아낸 숨겨둔 돈."

내가 찾은 돈을 보고 한스와 보도의 눈이 휘둥그레졌다.

보도와 한스는 눈에 불을 켜고 눈먼 돈이 있을까 싶어 샅샅이 뒤졌다.

흠, 역시 스카우터가 최고시다.

이번에도 찾아냈다. 2층의 창고였는데 벽 안에 숨겨져 있었다. 벽돌을 쑥 빼자 그 안에 제법 여유 공간이 나왔고 나는 그 안에서 가죽주머니와 아마포로 만들어진 아마지 한 장을 발견했다. 이 아마지는 뭐지? 내용물을 살펴봤더니 그림이 그려져 있었다.

풍차와 그 아래의 하천, 그리고 바위에 표시된 X.

보물지도 표시로군.

대부분의 오픈 월드 게임이 그러하듯이 미디블나이트에도 보물지도 콘텐츠는 존재했다. 보물찾기를 통한 연계 퀘스트도 나름 있었지만 찾아본 적은 없다. 언젠가 찾아낸다면 좋겠지만 수도에서 벗어날 역량이 없는 현재로서는 그저 보험일 뿐이다.

적은 금액이면 완전히 나가리겠지만 큰 금액이면 숨 돌리기 정도는 되겠지. 이것보다는 가죽 주머니에 얼마가 들어 있는지 그것이 더 신경 쓰였다. 어디보자, 동화 몇 닢이 들어 있을까? 전부 은화였다. 깜짝 놀란 나는 은화를 전부 꺼내 세어 보았다.

은화 35닢이었다. 진짜, 이거 초대박이다. 그렇다면 이 아마지로 만들어진 보물지도도 그만큼의 가치가 있지 않을까? 어느 마을인지 표시되었으면 좋았겠지만 그러면 그건 더 이상 보물지도가 아니다. 이것으로 내가 보유한 은화가 100닢이 넘게 됐다.

초대박이긴 한데 왜 이런 큰돈과 보물지도가 이 창고에 숨겨져 있었을까?

이곳의 모든 관련자가 다 죽은 마당이니 진실을 알아내기란 불가능했다. 아무튼 이 돈은 슈트라이트 가문의 운영비로 요긴하게 잘 쓰일 것이다. 보도와 한스가 열심히 뒤졌지만 동화 몇 닢도 나오지 않았다. 그래서 내가 찾아낸 은화 35닢을 보고 경악을 금치 못했다.

"볼프강 님, 대체 이런 건 어떻게 찾아내는 겁니까?"

"내 눈썰미가 뛰어나니까. 내 눈에는 다 보이거든."

정확히는 내 눈에 장착된 스카우터 덕분이지만 그걸 아는 사람은 없다. 그러니 내가 얼굴에 철판을 깔고 내 능력이라고 주장하면 그만이다. 보도는 이 돈이 마담 엄마가 매춘길드에 상납하면서 남은 금액을 차곡차곡 모아놓은 것이 아닐까 추측했다.

이유야 어찌 됐든 소유자가 없는 돈이기에 묏자리 값은 톡톡히 벌었다.

이 정도 금액이면 메디치 가문이 운영하는 은행에 맡기는 것이 좋았을 텐데. 아, 포주라서 제한을 받나? 어쩌면 다를 수도 있다. 나는 귀족으로서 은행과 거래를 하기 때문이다.

목적을 달성한 후 키슬링 교구로 가서 사제님에게 보도의 어머니를 교회 공동묘지에 안치하는 것을 상담했다. 루벤 사제님은 내가 일요일마다 가신들을 이끌고 예배를 할 때 항상 보던 분이다. 본래 광장의 교회로 갔었지만 가까운 곳의 키슬링 교구로 옮겼다.

"흠, 형제님. 그건 곤란합니다. 매춘부에게 장례는 있을 수 없습니다."

"비록 이 아이의 어미가 매춘부였지만 아이를 버리지 않고 올바르게 키웠으며 꾸준히 교회에 헌금을 해 왔습니다. 이제 이 아이는 귀족인 내가 거두어 시종이 되었습니다. 그 모정의 덕을 기리어 축성을 받고 교회에 묻힐 자격이 있지 않을까요?"

"전례가 없는 것은 아니지만 이럴 경우 상당한 기부를 하셔야 합니다."

"……그럼 얼마나?"

아무리 그래도 은화 10닢을 헌금으로 요구한 건 너무 심한 거 아니냐? 개인적인 궁금증에 귀족만이 이용할 수 있다는 개인묘지의 묏자리를 물어봤는데 거긴 은화 50닢부터 시작이란다. 아무튼 위령미사를 포함해 총비용은 은화 18닢이 들었다.

그래서 고인이 죽은 지 3일째 되는 날, 위령미사와 함께 보도의 어머니가 공동묘지에 안치됐다. 내 가신들이 관을 들었다. 보도는 엄마가 하느님의 품에서 부활의 날까지 깨끗하고 편안하게 잠들 수 있도록 위령기도를 올렸다. 그렇게 보도가 원한대로 장례를 치렀다.

그때서야 우울했던 보도가 미소를 지었다.

매춘거리 사건으로 여전히 어수선한 분위기였지만 차츰 본래의 일상으로 돌아가고 있었다. 여전히 나는 원치 않은 감투를 쓰고 있는 상태였기에 아델베르트의 호출로 아침 일찍부터 아침 일찍부터 재정관저에 방문해야 했다.

사비네가 차려준 아침을 먹지 못해서 미안했지만, 상관이 부르는데 별수 있나?

아델베르트의 집무실에 들어갔을 때 못 보던 남자도 함께 있었다.

"어서 오게, 슈트라이트 경. 좀처럼 여유가 나지 않아서 이제 부른 것을 용서하시게."

며칠 못 본 사이에 아델베르트의 얼굴은 많이 상해있었다.

수심이 많은 모양이군. 뤼디거가 죽은 이후 감찰관 내부에서 교통정리가 어떻게 되었는지 전혀 알 수 없었다. 왜냐하면, 나는 임시였고 불청객이었으니까. 사실 유감스러운 감정은 없다. 그냥 날 좀 재정부에서 쫓아내 줬으면 싶었다.

"뤼디거의 후임으로 새로운 감찰부총감으로 임명된 모르트 경이다."

"콘라트 폰 모르트다."

나를 아랫사람 보듯이 오만하게 내려다보는 모르트의 언동이 귀에 거슬렸지만, 뤼디거의 후임이라면 내게도 상관이 되기 때문에 짜증을 억눌렀다. 역시 나는 반골 기질

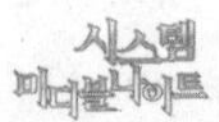

이 다분하고 누구 밑에 있는 것을 싫어하는 성격인 것 같다. 그나저나 모르트?

낯이 익은 이름인데?

아, 이제 생각났다. 오스카가 내게 말해 줬었지.

내 정보를 의심하던 뤼디거를 움직이게 만든 자가 모르트 감찰관이라고.

그 장본인이셨네. 그래서 나는 관리자 스카우터로 이놈의 정보를 살폈다. 뤼디거와 똑같이 명백한 적대와 질시. 그리고 그의 성향은 음모(중립)이었다.

음모를 좋아하는 놈일 줄이야.

"경이 죽인 슐랑에의 간부는 프로스트라는 자로 지금은 없어진 로드엔가의 기사 출신이라고 하더군. 그것도 5명의 기사를 벤 실적도 있지."

기사를 5명이나 벴다고?

어쩐지 상당히 강하다고 했다.

살을 내주고 뼈를 취한 작전에 간신히 쓰러트렸으니까. 고액의 의료서비스가 없었다면 하마터면 죽을 뻔했다. 앞으로 그 정도의 강자와 싸우려면 포인트를 미리 모아두는 것이 좋을 것 같다. 유비무환의 정신을 잊지 말자.

그나저나 로드엔 가문은 처음 듣는 가문이다.

“경이 활약해 준 덕분에 재정부의 체면이 섰으니 그에 상응하는 보상을 내릴 생각이다. 프로스트의 목에도 현상금이 걸려 있었으니 그것과 합쳐 경에게 은화 200닢을 내리겠다. 경의 분투에 경의를 표하는 금액으로 적당하지 않은가?”

은화 200닢이라고? 이럴 수가! 아델베르트는 내 생각보다 매우 호쾌하고 좋은 사람이었다.

부끄럽게도 나는 지금까지 그를 오해하고 있었다. 이런 사람이 나쁜 사람일 리가 없잖아. 200닢이라는 강렬한 보상에 감동의 눈물을 흘릴 뻔했지만 아델베르트의 말은 끝이 아니었다. 독일어도 끝까지 들어봐야 안다고.

“대신 엘스하이머 가문의 데릴사위 일은 포기해 주게.”

순간 멈칫했다.

뭘 포기하라고?

내 시선의 의미를 다르게 해석했는지 아델베르트는 쓴웃음을 지었다. 그는 자리에서 일어나 창가에 섰다. 뒷짐 지고 서 있는 자세가 근심이 많다는 것을 설명해 주는 것 같다. 나를 바라보는 콘라트 폰 모르트의 시선이 부담스럽다.

그의 뜨거운 눈빛에 담겨있는 적의가 나를 불쾌하게 만들었다.

나에 대한 적의가 엘스하이머와 관련된 것인가?

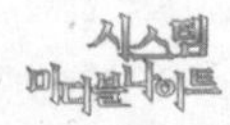

아델베르트가 말했다.

"처음에는 아버지가 경을 왜 내 밑으로 보냈는지 이해하지 못했다. 그러나 엘스하이머가 끼어 있다는 것을 알게 된 후 뒤통수를 맞은 심정이었지. 모르트 경을 소개한 이유는 내가 그를 엘스하이머의 데릴사위로 밀어 넣을 생각이기 때문이다. 본래는 뤼디거를 추천했지만, 갑자기 죽어 버렸으니, 더 이상 대안이 없더군."

그래서 죽은 뤼디거를 대신해 모르트를 데릴사위로 추천한다는 건가? 뤼디거는 정황상 내 정보와 모르트의 정보를 종합해 어떤 확신을 가지고 급히 닉센에 출동한 것으로 안다. 나는 프로스트가 했던 말을 떠올렸다.

[덕분에 닉센에서 선물을 잘 받았습니다. 우리도 이용당할 줄은 상상도 못 했지만요.]

내 추측이지만 어쩌면 뤼디거를 모살한 것은 모르트일 가능성이 컸다. 무엇보다 그의 성향이 음모(중립)이다. 만약 엘스하이머의 데릴사위를 탐내는 놈이었다면 아델베르트가 밀고 있는 뤼디거와 재정대신이 밀고 있는 내가 걸림돌이었을 것이다.

그리고 둘 다 동시에 제거하기 위해서 모략을 꾸몄을 수도 있다.

이 추측이 가장 그럴듯했고 앞뒤가 맞았다.

왜 슐랑에가 보도를 이용해 함정을 팠는지 이해하게 됐다.

그리고 동시에 슐랑에도 없앨 작정이었겠지.

무려 감찰부총감이 죽었으니까.

지금 한창 소탕 중이라고 들었다.

슐랑에를 모두 제거하면 증거가 사라지는 것이다.

인제 보니 무서운 인간이었다.

정작 아델베르트는 모르트의 실체를 모르고 있는 것 같다.

아니면, 알고도 이용하는 건가?

"아버지의 사람이 아니라 내 사람을 추천한 이유를 알겠는가?"

"부자간의 권력 다툼입니까?"

"권력 다툼이라기보다는 견제라고 보는 것이 타당하겠군. 아버지는 내가 재정부 내에 독자적인 세력을 만드는 것을 부담스러워한다. 하지만 나는 늙은이들의 자리를 보존하려고 이 자리에 앉아 있는 것이 아니야. 젊은 후계자라면 당연히 젊은 가신을 부려야 하는 법. 구세대의 유산은 걸림돌에 불과하지."

이래서 재정대신이 아들을 견제하는 건가?

노골적으로 재정대신의 수족을 잘라내려고 하니까, 수족들이 재정대신에게 매달려 후계자를 견제하려는 그림이 그려진다. 만약 아델베르트가 재정대신이 된다면 그 늙은 수족들은 전부 젊은 수족으로 교체되겠지. 이러니, 권력 다툼이 끊이질 않는 것이다.

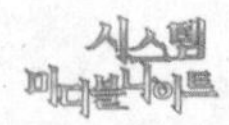

"그래서 제가 걸림돌이라는 말씀입니까? 저는 늙은이가 아닌데요?"

"하하, 경은 아버지가 내게 심은 폰에 불과하네. 엘스하이머는 징세관을 통솔하는 오랜 가신의 가문으로 이들을 포섭할 수 있다면 손과 발이 되어줄 중요한 전력이지. 경을 그 가문의 데릴사위로 밀어 넣고 쥐락펴락할 생각이었겠지만 나는 두고 볼 생각이 없어. 경에게는 미안하지만, 데릴사위는 포기해 주게. 그럼 피차 서로 피를 볼 일은 없을 거야."

재정대신은 엘스하이머의 데릴사위라는 자리를 이용해 후계자를 압박하고 견제하기 위한 수단으로 이용하려는 속셈이다. 물론 나는 처음부터 외교관 스카우터 덕분에 알 수 있었다.

그리고 말 잘 들을 것 같은 가난한 기사(나)를 데리고 와 엄청난 기회인 양 기회를 주는 식으로 유도한 것이다. 보통의 가난한 공국기사였다면 재정대신에게 엄청난 은혜와 감사함을 느끼며 덥석 받아들였겠지만 나를 포섭하려고 했다는 것이 최대의 실수였다.

나는 이미 그 자리가 썩은 사과라는 것을 알고 있었고 영주라는 분명한 목표와 향상심이 있어서 어떻게든 거절할 생각이었으니까. 그리고 가문을 포기하고 데릴사위로 들어가는 것은 향후 귀족 사회에서 결코 좋은 평가를 받을 수 없다.

그런 의미에서 아델베르트와 내 의견이 일치했다.

여기서 그와 나 사이에 협상의 여지가 있다는 것을 눈치챘다.

은화 200닢을 줄 테니, 이제 그만 꺼져라.

그런 의도였다. 하지만 순순히 물러나는 것보다는 내가 엄청나게 양보해서 물러났다는 식으로 온갖 생색을 다 내면서 더 많은 보상을 요구하는 것이 귀족다운 협상이 아닐까?

엘스하이머의 데릴사위로 들어가는 것을 원치 않았지만, 겉으로 봤을 때의 나는 아델베르트에게 아쉬울 게 없는 상황이라는 것이다. 데릴사위 자리에서 물러나되 너무 쉽게 물러서는 건 멍청한 짓이다. 게다가 그는 재정부 사람이다. 돈 계산만큼은 철저할 것이다.

"엘스하이머의 데릴사위로 들어가면서 제가 얻게 될 이득은 매우 큽니다. 은화 200닢과는 비교도 되지 않지요. 재정대신의 손발이 되는 것도 가난한 공국기사에겐 큰 기회이자 영광이 아니겠습니까? 계산이 맞지 않다고 봅니다만."

"200닢만으로는 부족하다는 건가?"

아델베르트의 시선이 조금 사나워졌다.

[협상의 귀재II 퀘스트]

[아델베르트와 유리하게 협상하라]

[외교관 스카우터 임시 지급]

[보상 — 500포인트, 동화 500닢]

[가문의 명성 50점 지급]

재정대신 때처럼 외교와 관련된 퀘스트가 떴다.

다행히 외교관 스카우터가 임시로 주어졌다. 본래 외교관 스카우터를 구입할 생각이었지만, 프로스트와의 격전 속에 목숨값으로 5,000포인트를 사용하게 됐으니 당분간 스카우터를 구입할 여력이 없었다.

유리하게 협상하라는 것은 보상을 더 받아 내고 데릴사위도 생색내면서 넘기고 모든 책임을 떠넘기라는 것이겠지? 먼저 협상 목적을 살폈다. 아델베르트의 협상 목적은 그가 말한 것과 일치했다. 그는 나를 밀어내고 모르트를 엘스하이머의 데릴사위로 밀어 넣는 것이다.

관리자 스카우터로도 그의 성향을 확인했을 때 그는 계산(중립)이다.

그는 어느 정도 계산이 맞으면 적이든 아군이든 손을 잡을 수 있는 성향이다. 그리고 모르트는 내가 가장 경계하는 음모(중립)이다. 그것참, 주종이 나란히 비슷한 성향이었다. 나에 대한 우호도는 아델베르트는 10이고 콘라트는 명백한 적대 —50이었다.

다시 외교관 스카우터로 돌아갔다.

유리한 협상을 위해서 명분과 말을 잘 맞춰야 한다.

한 가지 든든한 것은 명예의 전당에 F급 협상가 타이틀을 보유한 점이다.

이 협상가는 설득력 20% 상승의 혜택이 있다.

[사용 가능한 명분 — 트레펜, 프로스트, 책임, 손해, 엘스하이머, 증명, 약속]

"200닢이 적은 돈은 아니지만, 수도의 모든 징세관을 통솔하는 [엘스하이머] 가문의 데릴사위 자리를 양보하기에는 제 [손해]가 너무 크지 않을까요? 저는 한때 징세관 일을 보조하면서 징세관들과 어느 정도 친분을 가지고 있습니다. 모르트 부총감님은 징세관 중에 아는 자가 있습니까? 여러모로 제가 유리하다고 봅니다만."

"징세관을 통솔하는 가문의 입장이다. 겨우 징세관의 친분을 내세우는 건 부족하지 않나? 엘스하이머 가문의 수입이나 영향력을 봤을 때 200닢은 적은 돈이겠지만 경이 얌전히 물러서준다면 개인적으로 내게 빚을 씌울 수 있다는 점에서 손해라고 할 수는 없다."

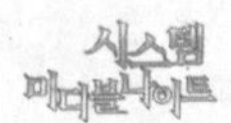

"그러나 그것만으로는 부족합니다. 아델베르트님도 아시다시피 저는 [프로스트]를 잡는 것으로 실적을 [증명]해 냈습니다. 개인적으로 뤼디거 부총감의 원수를 갚은 셈이죠. 그러나 아델베르트님이 그때 제게 주었던 정보는 잘못된 정보였습니다. [프로스트]는 [트레펜] 소속이 아니라 슐랑에 소속의 간부였으니까요. 경비대가 북부거리를 중점으로 단속했던 것은 누구의 [책임]입니까? 인력의 대부분이 그쪽으로 쏠리는 바람에 저는 엉뚱한 곳에서 기사 다섯을 죽였던 [프로스트]와 싸워야 했습니다."

아델베르트의 시선이 잠시 동안 모르트에게 머물렀다. 그 정보는 모르트에게 나온 것 분명했다. 추측이 확신으로 바뀌었다. 그렇기에 사법부는 트레펜의 영역인 엉뚱한 북쪽거리를 뒤졌고 나는 슬럼과 가까운 거리에서 슐랑에의 독사들과 격돌했다.

그런데도 아델베르트가 모르트를 엘스하이머의 데릴사위로 추천하려는 것은 무언가 다른 정치적 합의가 있을지도 모른다는 생각이 들었다. 외교관 스카우터의 협상목적만으로는 자세한 내막까지 알 수 없었다. 오로지 이 협상의 목적만 보여 주기 때문이다.

나는 이것으로 확신할 수 있었다. 재정부에 절대 몸을 담아서는 안 된다. 물밑에서 재정대신과 후계자 간의 견제가 일어나고 있는 모략이 판을 친다. 오래있어 봐야 고래

싸움에 새우 등이 터지는 격이다. 이쯤에서 나는 책임론에 입각한 압박을 줄일 필요성이 있었다.

"아델베르트님과 모르트 부총감의 능력을 의심하는 것이 아닙니다. 다만 저는 은화 200닢이 모든 상하 관계를 무시할 만한 적절한 금액인가에 의구심이 드는 것뿐입니다. 제가 엘스하이머의 데릴사위를 포기한다고 포기가 되는 겁니까? 말단 세습기사 따위가 재정대신의 의견을 거스르는 것은 매우 부담스러운 일입니다. 그 [책임]까지 포함하셔야죠."

"후우, 그럼 경이 생각하는 적절한 금액이 어느 정도인가?"

"은화 500닢이면 적당하다고 봅니다."

"……자네는 무리한 요구를 하는군. 500닢이라고?"

화가 많이 났는지 경이라고 꼬박꼬박 칭해 주다가 자네로 바뀌었다. 재정대신의 후계자라면 격이 매우 높은 상급 귀족이니 은화 500닢 정도면 그리 큰돈도 아닐 텐데. 기사 연금 15닢과는 비교조차 되지 않겠지. 아델베르트와 나는 한동안 서로를 노려보며 침묵을 지켰다.

아마도 머릿속에서 계산기를 엄청나게 두들기고 있을 것이다.

이쯤에서 슬쩍 조건을 바꿔야지. 다른 귀족들에겐 흥정 자체가 모욕일 수 있지만, 계산(중립)이라는 성향으로 미루

어 아델베르트는 흥정에 거부감을 가지지 않을 것이라고 확신했다.

"제 책임을 대신 받아주신다고 [약속]한다면 은화 400닢만 받겠습니다."

"300닢. 조건을 좀 더 낮춰라."

"390닢. 저도 아델베르트 님도 서로가 웃을 수 있는 조건입니다."

"310닢. 이미 내가 지급할 수 있는 보상의 한계를 넘었다."

"360닢. 제가 받아들일 수 있는 마지막 조건입니다."

"350닢. 자네가 지게 될 책임도 내가 해결해 주겠다. 더 이상 안 돼."

관리자 스카우터에 비친 그의 심리는 한계였다.

그것을 통해 은화 350닢이 마지노선이라는 것을 알아차렸다.

"좋습니다. 그쯤해서 받아들이죠."

"제기랄, 쓸데없는 지출을 하게 생겼군."

욕을 하면서도 아델베르트의 표정은 몹시 후련해 보였다. 앓던 가시가 빠진 표정이다. 나는 더할 나위 없이 좋다. 너무 좋아서 미칠 것 같았다. 아무도 없었다면 이 자리에서 춤까지 췄을걸. 역시 외교의 꽃은 협상이다.

F급 협상가(설득력20%) 덕분에 더 좋은 성과를 얻은 것 같

다.

엘스하이머의 데릴사위는 내게 가치도 없는 족쇄에 불과했는데 그걸 은화 350닢을 받고 팔아 버렸다. 이 짜릿한 맛에 중독될 것 같다. 협상의 귀재II 퀘스트가 완료됐다. 보상으로 500포인트와 동화 500닢이 들어왔다. 벌써부터 주머니가 묵직해졌다.

가문의 명성도 50점 획득했다.

그래서 현재 보유한 점수는 150점이다.

참고로 100점마다 인지도와 통치력이 2%씩 증가한다.

슈트라이트 가문 150점(인지도5% 통치력5%)이 현재 상태다.

은화 350닢의 수익뿐만 아니라 아델베르트가 대신 책임을 져서 재정대신을 막아주겠다고 약속했으니 귀찮게 굴던 족쇄를 풀게 됐다. 아델베르트가 진실을 알았다면 뒷목을 잡을 것이지만 나는 기쁨을 내색하지 않았다. 끝까지 아쉽다는 표정을 지으며 연기했다.

나를 바라보는 모르트의 시선이 누그러진 것을 보고 관리자 스카우터로 확인해 봤더니 나에 대한 우호도가 —50에서 0으로 변경된 것을 확인할 수 있었다. 개자식, 자기 뜻대로 일이 풀리니까 나에 대한 적대감을 없앤 건가?

하지만 나는 절대 잊지 않을 것이다.

언젠가 갚아 줄 생각이니까.

뤼디거가 죽은 거야 알 바 아니지만 자칫 나도 죽을 뻔

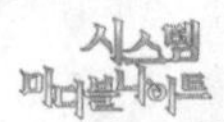

했다.

그리고 보도는 엄마가 죽었다.

지금 당장은 무리더라도 이 빚은 언젠가 갚아야 한다.

"모르트 경. 경이 절반을 지불하게."

"제가 말입니까? 그렇게 큰돈은 없습니다만."

"대신 엘스하이머 가문의 데릴사위로 들어가게 됐지. 오래 걸리겠지만 충분히 복구할 수 있지 않을까? 경이 엘스하이머를 탐내서 이 사달이 벌어졌으니 책임도 함께 져야지. 지금 당장 지불해 줄 수 없다면 적당한 이자를 받고 빌려줄 수 있네."

"……."

모르트의 표정이 일그러졌다. 과연 재정대신의 아들답군. 어쩌면 아델베르트는 모르트가 꾸민 모략을 알고 있을 가능성도 있다. 그러니 내게 거래를 제시한 건가? 그런데도 모르트를 엘스하이머의 데릴사위로 집어넣으려는 이유는 모정의 밀약이 있었을 가능성이 컸다.

결국 죽은 놈만 불쌍한 것이다.

저런 식으로 옭아매면 모르트는 엘스하이머의 데릴사위로 들어가도 감히 반항 따윈 하지 못할 것이다. 저런 냉정하고 계산적인 면모는 배울 만하다. 귀족이니까. 귀족의 세계는 이처럼 피 튀기는 협상과 테이블 싸움을 일상처럼 여기는 곳이다.

"그리고 임시 감찰관에서 물러나고 싶습니다."

"그것도 협상의 재료로 쓸 줄 알았는데 그렇게 쉽게 버린다고?"

"그 대신에 제 밑에 있던 병사 두 명을 제게 주십시오. 해고가 아니라 영전으로 말입니다. 평범한 병사에서 귀족의 병사로 등용된 것으로 말이죠. 평판도 달라지지 않겠습니까?"

"그 병사들이 마음에 들었나? 뭐, 좋다. 원하는 대로 해주지."

테드와 오스카의 소속문제도 깔끔하게 해결했다. 은화 350닢을 한 번에 지급 할 수 없으니 차등으로 매월 50닢씩 지급하기로 합의했다. 사유 없이 개인적으로 지불할 수 있는 공과금은 월 은화 50닢이 한계였기 때문이다. 그리고 메디치 은행을 이용하기로 했다.

일시불로 지급하려면 당연히 근거사유가 있어야 하는데 재정대신의 승인을 받아야 한다. 한마디로 불가능하다는 것이다. 아무튼, 이제 나는 더 이상 재정부의 인간이 아니었고 더 이상 그들의 일에 휘말릴 일이 없어졌다.

"한 가지 충고하자면 당분간 매춘거리에는 얼씬도 하지 않는 것이 좋을 거다."

"슬럼 조직을 공격할 생각입니까?"

"부총감을 죽인 놈들을 가만 놔둘 거라고 생각하나?"

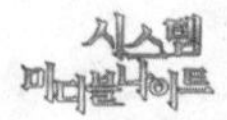

아델베르트의 눈빛에서 살기를 느낄 수 있었다.

매춘거리에서 길드와 세력을 양분하던 슐랑에는 몰락을 피할 수 없게 됐다. 그놈들이 몰락하든 내 알바는 아니다. 슐랑에가 사라진다면 더 이상 보도나 나를 노리는 세력이 없어진다는 것을 의미했으니 아델베르트의 그 같은 조처는 환영했다.

그로부터 수일이 흘렀다.

체포된 슐랑에의 간부와 우두머리가 광장에서 처형됐다. 사형집행인이 신중하게 목을 겨누어 단칼에 베어내는 솜씨는 일품이었다. 황당하게도 단칼에 죽이지 못하면 사형집행인이 오히려 야유를 받으며 심한 경우 맞아 죽을 수도 있다고 한다.

세상에 편한 직업은 하나도 없다.

이로써 슐랑에는 사라졌다.

재정부와 엮이는 바람에 반복 퀘스트도 제대로 수행하지 못했지만 그 보상으로 나는 평온한 일상을 보냈다. 매일같이 단련을 하고 행정 관료들이 요청하는 여러 가지 직무를 맡아 아르바이트 형식으로 일을 하기도 했다. F급 관리(관리력20%) 덕분인지 상당히 수월했다.

테드는 부상 때문에 당분간 요양이 필요했지만, 오스카는 한스에게 집중적인 병사훈련을 시켰다. 물론 한스가 가신 중에서 가장 선임이지만 전투력은 병사들보다 한참 떨어졌다. 아무리 내가 단련시켰어도 기사 훈련과 병사 훈련은 근본적으로 달랐다.

재정대신의 부름 이후, 집주인은 내가 무척 어려워진 모양이다.

평상시에는 얼굴을 내비쳐 내게 여러 가지 잡다한 지식을 자랑했을 텐데 요즘 통 코빼기도 보이지 않았다. 상대하기 귀찮았는데 잘됐다. 그런데 문제는 집이 너무 좁아졌다는 것이다. 사실상 포화상태다. 거실에만 4명이 옹기종기 모여서 살고 있다.

사비네는 그 꼴을 보고 대체 어떻게 청소해야 할지 난감해 보였고 다니엘은 사비네가 보도만 챙겨준다고 하소연했다. 한스와 오스카의 훈련 소리에 이웃 주민(귀족)에게 항의를 받기도 했다. 그래서 나는 지금 이사할 집을 알아보는 중이었다.

더 이상 월세살이는 사절이다.

은화 350닢이 주머니에 들어올 예정이니, 이참에 슈트라이트 가문의 저택을 마련해야겠다. 집주인의 눈치를 볼 것도 없이 자유롭게 생활할 수 있고 자유롭게 단련할 수 있는 그런 넓은 마당을 가진 진정한 귀족저택을 말이다.

장미의 망령

저렴하면서도 조건이 좋은 귀족저택을 찾고 있었지만 아무리 저렴해도 대부분 은화 500닢부터 시작하는 것에 한숨부터 나왔다. 중개인은 은화 350닢만으로는 요구하는 조건을 충족시킬 만한 그런 곳은 찾기 어려울 거라고 충고했다.

작은 저택이 이 정도였으니 왕성 근처의 대저택은 금화 수십 닢을 받는 게 아닐까?

큰돈을 벌었다고 좋아하던 내가 현실을 제대로 보지 못한 것 같다. 집값이 이렇게 비싼 줄은 몰랐다. 수도 프리미엄이라도 적용됐냐? 강남 집값처럼? 귀족저택은 포기하고 그보다 낮은 급을 찾아야 하나 고민하고 있었는데 의외의 인물이 나를 찾아왔다.

평민이라고는 생각할 수 없을 정도로 깔끔하고 정돈된

옷차림의 노인이었다.

"베르트하임 후작님을 모시고 있습니다."

그는 자신을 빌헬름 괴링이라고 소개했다. 평민 중에 제법 부유하게 잘사는 부류인 것 같았다. 그런데 괴링? 나치 독일의 공군 사령관이 생각나는 성이다. 작위가 후작이라면 엄청나게 높은 사람이다. 왕족이 아닌 이상, 귀족에게 허락된 최고위 작위였으니까.

내가 알고 있는 후작 급의 인물은 북방의 대제후 오펜부르크 후작 정도다.

그는 어떤 파벌도 속하지 않은 중립의 입장이었지만 제일 강성한 제후였다.

베르트하임 후작이라는 인물은 생소했다. 각하라고 칭하지 않는 것을 보면 작위만 가지고 있을 뿐 관직에 앉지 못한 귀족인 것 같다. 그런데 나와 아무런 연고도 면식도 없는 귀족이 갑자기 내게 사람을 보낸 것일까? 손님이라서 사비네에게 녹차를 타오라고 했다.

아직 살아 있는 비단길 통해 차가 꾸준히 유럽에 유입되던 시기였다. 오스만 제국이 지중해를 틀어막으면서 지금 한창 신대륙과 인도를 발견하기 위한 항해가 계속되고 있지만, 아직 알려진 것은 없다. 미디블나이트의 세계관은 대항해시대 초입이기 때문이다.

아무튼 이 차는 더럽게 비싸서 그렇지 귀족 사회에 유행

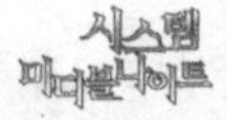

하는 사치품 중 하나였다. 당연히 나는 시스템으로 구매했고 더 좋은 맛과 더 많은 양을 즐기는 특권을 누렸다. 그 외에는 혼자 몰래 마시는 커피 정도가 있다. 게다가 한 팩(10개)당 20포인트라 굉장히 저렴했다.

이걸 모아서 팔았다면 지금쯤 대저택을 사지 않았을까?

그러나 시스템이 내게 경고했듯이 상점에서 구입한 것을 판매하는 행위는 불법이며 강력한 제재를 받는다. 나 혼자만 즐기는 사치품이었지만 귀한 손님이 찾아왔을 때 이렇게 대접하기도 했다. 평민이라도 후작가의 사람이니 충분히 대접할 가치는 있었다.

"당황스러우시겠지만 후작님은 슈트라이트 경에게 관심을 가지고 계십니다."

"후작님께서 나에 대해 알고 있다는 건가? 나는 고작 말단 세습기사에 불과하다만."

"현장 관리자로 있으셨을 때부터 후작님께서는 눈여겨볼 만한 젊은 기사라고 칭찬하셨습니다. 특히 슐랑에의 프로스트를 무찌른 공적에 대해 흥미를 느끼고 계십니다. 그래서 괜찮으시다면 후작님께 그 이야기를 상세하게 들려주실 수 있으신지."

재정대신에 이어 늙은 귀족들에게 주목을 받는 매력이 내게 있는 건가? 만약 베르트하임 후작이 관직에 있는 귀족이었다면 난감했을 것이다. 괴링은 주인이 내게 보낸 초대의 전령에 불과했다. 아무리 작위 귀족이라도 관직에 앉아 있지 않은 이상 내게 명령할 권한은 없다.

내 공적에 관한 이야기를 듣고 싶다고 하는데 아무래도 그건 핑계인 것 같다. 귀족의 세계에서는 주고받는 것이 명확하며 일방적인 호의는 오히려 경계를 산다.

그래서 베르트하임이 나를 높이 평가해 주는 척하면서 엉뚱한 일에 이용당하지 않을까, 그 점을 우려했다. 재정 대신과 후계자 사이에 끼어서 이용당할 뻔했던 것이 불과 얼마 전이다. 350닢을 받고 족쇄를 팔아 버렸기에 망정이지, 나는 정말 운이 좋았다.

프로스트에 관한 공적을 듣고 싶다는 개인적인 이유를 전하는 것으로 봐서는 무언가 내게 비밀스러운 용무가 있는 것이 아닌가, 그렇게 짐작할 수 있다. 어쨌든 고위 귀족이 사자를 보내 정중하게 초대하는 만큼 나 또한 상대의 체면을 세워줘야 한다.

그것이 귀족 간의 당연한 룰이었다.

그것을 이해하지 못한 자는 무시를 당하고 배척된다.

그래서 한스와 오스카를 대동하고 괴링의 안내를 받으며 베르트하임 후작의 저택을 방문했는데 생각보다 규모가 작은 저택이었다. 물론 이 저택도 내 기준으로 봤을 때 엄청나게 호화로운 것은 분명했지만 명색이 최고위 귀족이 거주하기에는 아무래도 부족해 보였다.

게다가 이곳은 왕성과 지척인 노이덴대로의 북서구역이다.

내 시선을 의식했는지 괴링이 부드럽게 웃으며 대답해 줬다.

"후작님은 화려하고 번잡스러운 것을 좋아하지 않으십니다. 그래서 이 주변이 대체로 조용한 구역이지요. 선대 공왕께서 영면에 잠드신 이후 적적함을 즐기게 되셨습니다."

적적함을 즐기시는 분이 고작 이야기나 듣자고 단순히 나를 초대했을 리는 없다. 다른 이유가 있을 것이 분명했다. 하여간 요즘에는 의심만 늘어나서 무슨 일이든 인과율부터 따지고 보는 것이 버릇처럼 굳어졌다.

귀족은 이유 없는 호의를 경계한다. 귀족 사회의 불문율과 같은 이 격언은 귀족으로서 어떤 자세를 취해야 하는지 좋은 지침서가 되어 주었다.

"소문대로 잘생기고 씩씩한 기사님이셨군. 반갑소이다. 슈트라이트 경."

"초대해 주셔서 영광입니다, 각하."

"껄껄껄, 그렇게 예의를 차릴 필요는 없구먼. 각하라니, 당치도 않지. 그렇게 불리던 시절은 선왕시절로 족하네. 지금은 그저 뒷방 늙은이에 지나지 않아."

"그럼 후작님이라고 부르겠습니다."

발터 폰 베르트하임은 대귀족답지 않게 매우 소탈하고

부드러운 인상의 노신사였다. 보자마자 우리 할아버지였으면 좋겠다는 생각이 들 정도다. 지금까지 만난 귀족 중에 마음이 가장 편해진다고 해야 할까? 하여간 첫인상부터 호감을 느끼게 됐다.

관리자 스카우터로 확인했을 때 그의 나이는 무려 80세였고 후작이었지만 관직에서 물러나 지금은 소속이 없다. 성향은 음모(선)이었다. 음모? 그런데 선이라고? 특이사항이라면 공왕의 후견인이라는 것인데 나이대를 고려해 보면 그럴 만했다.

"경의 부친은 공국기사들 중에서 가장 용맹하고 위험한 일에도 앞장서는 충직한 기사였네. 프랑스 전쟁에서 전사한 것은 매우 아깝게 생각하고 있었지."

"후작님은 제 아버지를 알고 계십니까?"

"이 나이쯤 되면 웬만한 귀족들은 모두 다 알고 있네. 특히 선왕시절에는 나름대로 높은 관직에 앉아 있어서 귀족들의 접견 요청이 끊이질 않았지. 그래서 이렇게 조용한 것을 좋아하게 되었다네. 뭐, 그래도 가끔은 번잡스러울 때가 그리울 때도 있지만."

나는 아버지에 대한 기억이 전혀 없다.

아버지의 존재는 그저 플레이어 캐릭터를 남기고 떠난 설정에 지나지 않기 때문이다.

그러나 이 세상은 게임 속처럼 만들어진 0과 1이 나열

된 세계가 아니라 살아 숨 쉬는 역동적인 세계다. 현실과 다를 바가 없는 역사가 존재하는 세계였기에 나는 아버지의 존재를 부정할 수 없었다.

기억나지도 않는 아버지, 아셀도르프 리터 폰 슈트라이트는 용맹한 기사로서 어느 정도 인지도가 있었다. 5년 전에 있었던 부르고뉴 국지전 중 3번째 전투에서 전사한 것으로 알고 있다. 내가 10살 때 돌아가셨다.

그로부터 5년이 흘러 나라는 자아가 이 몸을 차지하면서 새로운 인물로 다시 태어났다. 나는 누구인가? 근원적이고 고리타분한 질문을 스스로 던진 적이 있지만 결국 나는 자연스럽게 받아들였다. 직장인이자 슈트라이트 가문의 마지막 가주라고.

"로드엔 가문은 한때 궁전귀족으로 선왕의 총애를 받았으나 대신들을 적으로 돌리는 우를 범했네. 로드엔 가문의 세가 크게 기울기 시작한 것은 대신 중에 어느 한쪽도 끌어들이지 못했던 외교적 실책이었지. 설상가상 가주의 부인이 유산하면서 더 이상 후계자가 태어나지 않았네. 그게 비극의 시작이었지."

귀족 사회에서 가문의 명맥이 끊기는 이유는 가지각색이지만 심심찮게 벌어지는 일이기도 했다. 과거에 명문가로 명성을 떨쳤던 수많은 가문이 기록에만 남는 경우가 부지기수다. 그래서 이 시대에는 가급적 후계자를 많이 낳는 것을 미덕으로 삼았다.

반면 후계자를 낳지 못한 아내를 죄인처럼 취급했다.

심지어 정당한 이혼 사유가 됐다.

로드엔 가문의 마지막 가주인 알프레트 폰 로드엔은 첫 번째 정부인이 유산한 이후 이혼을 했고 그 뒤로 정부인을 3번이나 바꿨음에도 불구하고 후사가 없었다. 내가 보기에는 알프레트 본인이 씨 없는 수박임이 틀림없는데도 모든 원인을 부인들에게 전가했다.

결국, 마지막 부인을 살해하고 스스로 목을 매달아 죽었다.

교회에서 자살은 최악의 죄라 부르며 부활하지 못하고 지옥 속에 갇힌다고 했다.

그렇기 때문에 로드엔 가문은 저주받은 가문이라는 소문까지 돌았다. 지금에서야 과거 속에 단절된 가문 정도로 취급하지만, 그 당시에는 엄청난 이슈였다. 그 결과, 주인 잃은 기사들은 다른 주인을 찾거나 그러지 못할 경우 대부분 평민으로 떨어졌다.

그 기사 중에 프로스트는 슬럼으로 흘러 들어가 슐랑에에 가담하면서 간부까지 올라갔고 지금에 이르러 내 손에 죽었다는 이야기다. 그리고 베르트하임은 내 추적술에 깊은 흥미를 드러냈다. 수색자 스카우터의 능력 덕분이지, 나 자신의 능력은 아니라서 적당히 둘러대느라 진땀을 뺐다.

이 영감님과 대화를 나누면 나눌수록 나는 점점 경계심을 잃기 시작했다.

내 할아버지였으면 좋겠다고 싶을 정도로 친밀감을 느낀 노인이고 내 말에 경청해 주면서 맞장구를 쳐주니까, 덩달아 흥이 난 것이다. 사실 이 세계에 와서 이렇게까지 마음을 터놓고 싶었던 사람은 한 명도 없었다. 어쩌면 그것이 내 마음의 병일지도 모르겠다.

"라인펠트의 두 부자가 권력 다툼을 벌이는 건 공공연한 비밀이었네. 그래서 두 부자가 재정 내의 세력을 모아 양분하고 있었는데 그 와중에 경이 갑자기 튀어나오게 된 것이지."

"엄청난 민폐였습니다. 자기들끼리 싸울 것이지, 왜 애먼 사람을 끌어들여서는."

"경에겐 민폐였겠지만 그들 입장에서는 절실했겠지."

어느 사이엔가 나는 베르트하임에게 하소연을 하고 있었다.

그래서 신이 난 나는 재정대신의 후계자, 아델베르트와의 협상에서 은화 350닢을 뜯어낸 무용담을 자랑하려고 했다가 급하게 정신을 차렸다. 아델베르트와의 협상 내용은 타인이 알게 해서는 안 되는 거잖아? 만약 재정대신이 이 사실을 알면?

하마터면 후작에게 내 목줄을 갖다 바칠 뻔했다.

“다음 얘기는 천천히 하는 것이 좋겠지. 빌, 차를 준비해 주게.”

“후우, 후작님은 무서운 분이시네요.”

뒤늦게 베르트하임의 페이스에 휘말렸다는 사실을 깨달았다. 만약 내가 아델베르트와의 협상 내용을 미주알고주알 털어놓았다면 다음에는 영주가 되겠다는 목표도 불었을 것이고 어쩌면 시스템에 관한 것도 이야기했을지도 몰랐다. 성향이 왜 음모(선)인지 알겠다.

별다른 악의 없이 속 이야기를 자연스럽게 끌어내다니.

그나마 눈앞의 영감님이 선에 머물고 있어서 다행이었다.

“무섭다니? 뭐가 말인가? 난 단지 경의 이야기를 들어주고 있을 뿐이네.”

“그게 무섭다는 겁니다. 저도 모르게 민감한 얘기를 꺼낼 뻔했으니까 말이죠.”

“껄껄껄, 역시 경은 내 기대를 벗어나지 않는구먼. 공왕 전하께서 눈여겨보실 만하네.”

공왕이 나를 눈여겨본다고?

높으신 분들에게 관심을 받고 싶지 않은데.

“세습이 인정되는 공국기사의 수는 200명. 그중에 쓸 만한 인재를 찾아내 등용하는 것이 왕가의 방침이네. 경은 내가 아는 한, 열 손가락 안에 드는 인재로 평가를 받고 있었네.”

"서훈도 받지 못한 애송이 기사를 인재라고 평가한다고요?"

"그 애송이 기사가 프로스트를 토벌하고 아델베르트를 입 다물게 했으면서 겸손하구먼. 그러니 젊은 기사 중에 자네에게 거는 기대가 무척 크네."

"별로 관심을 받고 싶진 않습니다. 족쇄는 사양합니다."

영주가 되기 전까지 파벌에 휘말려 체스 말이 되는 건 사양이다. 베르트하임은 오히려 이런 내 태도가 마음에 들었는지 흡족하게 웃었다. 겉과 속이 다른 음흉한 노인네 같으니. 역시 귀족은 절대로 겉모습에 넘어가서는 안 된다.

다시 한번 이유 없는 호의를 경계하라는 격언을 가슴속에 새겼다.

오늘은 내가 톡톡히 공부하게 된 날이다.

관리자 스카우터가 없었다면 꼼짝없이 당했을 것 같다.

"그렇게 경계하지 말게. 지금의 나는 입이 무거운 늙은이에 불과하네. 자네를 가지고 무슨 일을 꾸미기에는 나는 너무 늙었어. 세월이 무상하네만 이 나이까지 오래 살았으니 신의 축복을 받았다고 생각하네. 그런 의미에서 경의 등장은 이 늙은이에게 오랜만의 흥미를 불러일으켰지. 내 생각대로 경이 유능한 기사라 다행이라는 생각이 드는구먼."

"칭찬하면서 일거리를 맡기는 수법은 안 통합니다만? 아, 차 맛은 좋네요."

"껄껄껄, 재정대신에게 제대로 배운 모양이구먼. 단지 이 늙은이는 경에게 한 가지 부탁을 하고 싶을 뿐이네."

"굉장히 귀찮은 일에 휘말릴 것 같아서 미리 거절하면 안 됩니까?"

할아버지 같아서 살짝 퉁명스럽게 거절해 버렸다. 무례한 행동이건만 베르트하임은 오히려 이런 내 행동이 기꺼운 듯 손자를 대하는 것처럼 내 손등에 손을 올렸다.

"단지 내 개인적인 부탁일 뿐이니, 결정은 경의 의지대로 하시게."

"하아, 후작님이 그렇게 말씀하시니 일단 들어 보기는 하겠습니다."

일단 들어 보기만 하자. 감당할 수 없는 일이면 뒤도 돌아보지 말고 튀자.

"콘스탄츠 남작가에 대해 아는 것이 있는가?"

"장미의 남작이라는 명성과 부르고뉴 국지전에서 후사 없이 전사하는 바람에 가문이 단절되어 영지가 왕실에 회수되었다고 들었습니다."

"그렇지. 로드엔 가문과 마찬가지로 명문가가 단절되는 건 안타깝기 그지없네. 이 쓸모없는 늙은이조차 오래 살고 있는 마당에 그런 유능한 이들이 일찍 죽었으니 말일세."

그런데 왜 갑자기 콘스탄츠를 언급하는 걸까?

미디블나이트의 유저들이라면 콘스탄츠 남작가는 굉장

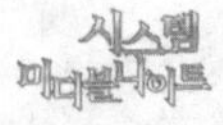

히 친숙한 가문이다. 영입 가능한 자유기사 아우구스트가 속해있었던 가문인 것과 영주로 임명될 시에 주어지는 왕실직할영지 중에 콘스탄츠 남작가가 다스렸던 로젠하임이 주어지는 경우가 많았기 때문이다.

"콘스탄츠 가문이 단절되면서 가신단이 흩어지는 것은 필연이었네만 그중에 유별나게 충성심이 강했던 기사가 있었네. 권터 폰 클루겐. 장미의 기사라고 불렸던 대단한 기사지. 지금은 많이 잊혔지만 그래도 장미의 기사 무훈시는 종종 불리고 있네."

그러고 보니 광장에서 거리 악사가 부르는 노래 중에 장미의 기사에 관한 것이 있었던 것 같은데. 무훈시가 있을 정도라면 굉장히 강한 기사라는 것인데 사실 무훈시의 대부분이 과장이고 실제로는 별 볼 일 없는 경우도 많아서 그대로 믿는 것은 곤란했다.

"콘스탄츠가 단절된 이후 권터의 행적을 아는 사람은 아무도 없네. 권터의 처가 내 시녀였던 아이지. 손녀처럼 아끼던 아이였는데 권터에게 시집을 보냈네. 행복하게 계속 지낼 거라고 생각했지만 이토록 세상은 무서운 게야. 누구도 앞날을 예측할 수 없네."

"그런데 5년이나 지난 지금에 와서 그자를 찾는 이유가 뭡니까?"

베르트하임은 차를 마시며 회한에 젖은 듯 허공을 바라

보며 말했다.

"1년 전, 그 아이가 죽기 전에 권터를 찾아달라고 내게 유언을 남긴 게야. 그래서 열심히 찾았지만 결국 찾지 못했네. 이제 죽을 날이 얼마 남지 않았는데 그게 못내 마음에 걸리는군. 이대로는 편히 눈을 감을 수 없어서 추적술에 능한 경에게 부탁하고 싶네. 부디, 권터를 찾아주시게. 아직도 방황하고 있는 그 아이를 말일세."

[장미의 망령I]
[장미의 기사를 찾아라]
[보상 — 500포인트, 동화 500닢]

부탁을 들어줄까, 말까 고민했던 것은 사실이지만 퀘스트가 떴기 때문에 결국 수락하기로 했다. 500포인트가 적은 포인트도 아니고 결국 사람 찾기에 불과했으니 내게도 어려운 일은 아니다. 다만 퀘스트의 이름이 조금 걸렸다. 장미의 망령이라니?

"권터라는 기사를 찾아내면 제게 어떤 이익을 주시겠습니까?"

"경에게 저택 한 채를 주겠네. 마침 경이 저택을 구하고 있었으니까, 가장 필요한 것을 줄 수 있겠구먼. 이 늙은이의 여한을 풀어준다면 무엇이 아까울꼬."

응? 뭐라고?

"……제가 잘못 들은 것 같습니다만, 뭘 준다고요?"

"저택을 준다고 했네."

"혹시 후작님은 엄청난 부자십니까?"

"오해하지 말게. 선왕에게 선물로 받은 것뿐이니까. 오히려 관리하기 번거롭고 처리하기도 곤란하구먼. 늙은이가 집이 많아 봤자 무슨 소용이 있겠는가. 물려줄 혈족도 없는데."

얼마나 총애를 받았으면 비싼 저택을 선물로 줄 수 있을까. 조건에 맞는 집을 구하지 못해 의기소침해졌던 나는 처음으로 상대적 박탈감을 느꼈지만 내게는 시스템이라는 초월적인 도우미가 있다는 것으로 위안을 삼았다.

그래, 시스템이야말로 무엇과도 바꿀 수 없는 보물 중의 보물이지.

오늘 밤은 감자탕과 소주다. 사비네 몰래 먹어야지.

"……혹시 그 저택을 먼저 봐도 됩니까?"

"껄껄껄, 그럼! 빌, 경에게 로젠가든을 구경시켜주게. 그리고 필요한 것이 있다면 언제든지 이 늙은이를 찾아주게. 적적한 늙은이의 말동무가 되어주었으면 좋겠네."

"부담스럽지만 저택만 넘겨받는다면야 얼마든지 상대해드리죠."

"고맙구먼. 슈트라이트 경, 무운을 빌겠네."

무운? 이 상황과는 맞지 않은 표현인 것 같지만 대수롭지 않게 넘어갔다.

베르트하임이 내게 대가로 제시한 저택은 과거 콘스탄츠 가문이 소유하고 있던 저택으로 대저택 급이었다. 넓은 부지에 건물이 3채(귀족용, 고용인용, 병사용)나 있고 훈련하기에 적합한 작은 단련장과 10필의 말을 보관할 수 있는 마구간, 심지어 축사도 있었다.

지하에는 서늘한 포도주 저장고와 물품 저장고가 함께 있었고 무엇보다 장미로 가득 찬 정원(가든)이 굉장히 아름다웠다. 그래서 [로젠가든]이라고 불렸구나. 게다가 로젠가든은 우리 집과 비교적 가까운 키슬링대로 북동구역의 가장 잘사는 구역에 있었다.

수행원으로 따라왔던 한스와 오스카는 로젠가든의 위용과 아름다움에 입이 다물어지지 않았다. 귄터 폰 클루겐을 찾아주면 이 저택이 슈트라이트 가문의 소유가 된다는 것을 알게 되면 까무러치지 않을까? 그래서 일부러 알려 주지 않았다. 서프라이즈다.

"후작님이 특히 아끼던 것이 저 장미정원입니다. 이 정원에서 산책하시곤 했습니다만 지금의 후작님에게는 관리하기도 버거운 상태입니다. 미련을 가질 만한 연세도 아니시고요."

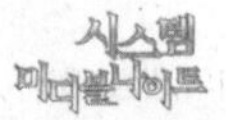

영감님의 연세가 80이니 당연히 그럴 만 했다.

"후작님을 얼마나 모셨나?"

"50년 이상 모셨습니다. 제가 처음 후작님 밑으로 들어갔을 때가 20세 때입니다. 주종이 나란히 늙어간다는 것도 썩 괜찮더군요. 이미 증손자를 봤으니 남은 삶을 후작님에게 헌신하고 있습니다."

수십 년에 걸쳐 이어지는 주종의 관계라니. 괴링은 시종장으로서 베르트하임을 모시는 것을 일생의 영광으로 여기는 것 같았다. 한스도 괴링처럼 늙어서까지 내게 헌신할까? 정직하고 성실한 녀석이지만 나중 일은 모르는 법이니까.

만족스럽게 로젠가든 투어를 마쳤다.

다음 날, 아침 일찍 사비네가 차려주는 아침을 먹고 한스와 오스카를 대동하고서 거리에 나섰다. 깨끗하게 유지됐던 거리가 다시 예전처럼 똥 범벅이 되었고 노이만에게 제발 거리 청소를 맡아달라고 바짓가랑이를 붙잡힌 것을 제외한다면 기분 좋은 아침이었다.

나는 수색자 스카우터를 발동하여 귄터 폰 클루겐에 대한 단서추적을 시작했다. 그에 대한 정보가 없었다면 스카우터가 검색할 수 없었겠지만 나는 이미 베르트하임과 괴링에게 귄터에 대한 정보를 접했기에 스카우터로 검색이 가능했다.

멀지 않은 곳에 그의 발자국이 발견됐다.

오래된 발자국은 검색할 수 없지만 이건 비교적 최근이었다.

브라이스부르크 내에 숨어 살고 있는 것이 확실했다.

왜 숨어 사는 걸까? 범죄라도 저질렀나?

그런데 발자국을 추적하다가 키슬링 북동구역으로 연결된다는 것을 알게 됐다. 이상하게 생각했지만 일단 발자국을 따라갔는데 놀랍게도 어제 괴링의 안내를 받고 구경했던 로젠가든과 이어져 있었다. 이건 완전히 예상외였다.

이럴 줄 알았으면 먼저 스카우터로 검색해 볼걸.

"로젠가든을 먼저 조사하고 싶다고요?"

"동방에 있는 속담 중에 등잔 밑이 어둡다는 말이 있지."

"등잔 밑이 어둡다? 상당히 재미있는 표현이군요."

괴링은 나와 가신들에게 로젠가든으로 들어갈 수 있게끔 문을 열어주었다. 그리고 괴링도 내 뒤를 따라왔다. 나는 스카우터가 표시해 주는 데로 포도주 저장고가 있는 지하실로 향했다. 괴링이 왜 저장고로 들어가냐고 의문을 표했지만, 등을 밝혀줘서 어둠 속에서 헤매진 않았다. 흠, 분명히 이 근처인데.

포도주 저장고의 가장 구석진 위치에 있는 벽 앞에 섰다. 이곳이 확실했다. 이 근처에 발자국이 뚝 끊겨 있었다. 그리고 벽 뒤쪽에는 비밀 공간이 표시됐다. 권터인지 군터인지 하는 놈이 줄곧 여기에 숨어 있었다는 결론이다.

당연히 전말을 모르는 괴링은 내가 왜 이 벽을 살피는지, 영문을 몰라 당황하고 있었다.

"슈트라이트 경. 설명을 부탁드려도 될까요?"

"내 예상이지만 이 벽 뒤로 비밀공간이 있는 것이 아닌가, 추측하고 있다."

"비밀공간이요? 이 저택을 5년 동안 관리하면서 그런 건 전혀 모릅니다만."

당연히 괴링은 내 행동을 대단히 어처구니없게 받아들였다. 반면 한스와 오스카는 익숙해졌는지 괴링에게 지켜보면 된다고 진정시켰다. 그래, 그 양반 좀 막아줘라. 나는 스카우터로 열심히 이 비밀의 벽을 열 수 있는 방법을 찾았다.

분명히 어딘가에 장치가 있을 것이다.

그것도 같이 표시된다면 좋겠지만 안타깝게도 공간만 표시된다.

하지만 집중력과 관찰력이 있다면 의외로 쉽게 찾을 수 있다.

이 저장고에는 어느 정도 먼지가 쌓여 있다.

관리한다고 해도 저장고를 깨끗하게 쓸고 닦지는 않는다. 그래서 먼지가 쌓여 있지 않은 이질적인 단서가 있다면 이렇게 횃불 걸이로 위장한 레버를 잡아당기면 된다. 그러자 기계장치가 돌아가는 소리가 들리면서 벽이 안쪽으로 들어가면서 열렸다.

"……."

괴링이 그 광경을 보고 얼마나 황당했는지 입을 다물지 못했다.

로젠가든은 아름다운 장미의 저택이지만 베르트하임이 소유하기 전까지는 무시무시한 별명이 붙어 있던 곳이다. 저주받은 로드엔의 저택이라는 것인데 알고 봤더니 이 저택의 원소유주가 로드엔 가문이었더라.

죄악을 저지른 사탄의 종이 나타나 남아를 잡아간다는 괴담이 퍼져있을 때 이 저택을 구입한 곳이 공교롭게도 콘스탄츠 가문이었다.

수도에 머물만한 곳이 없던 콘스탄츠 가문은 무성한 소문으로 방치되었던 로드엔의 저택을 아주 싼값으로 사들였다. 남작은 사탄의 종이 나타난다는 소문을 믿지 않았고 아름다운 장미정원을 만들어 그 소문을 덮어 버렸다.

귀족들 사이에서 장미정원을 유행하게 할 정도로 미적 감각이 뛰어났던 덕분에 로젠가든이라 불리게 된 것이다.

그러나 콘스탄츠의 영광은 덧없이 바래지고 아름답던 장미정원은 로드엔의 저주를 이겨내지 못했다. 콘스탄츠 남

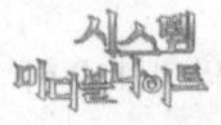

작이 프랑스와의 전쟁에서 전사한 뒤 후사가 끊기면서 로드엔의 저주가 다시금 재림했다며 더욱 두려워하게 됐다.

영광스러운 장미의 남작이 로드엔의 저주를 뒤덮었으나 죄악을 저지른 사탄의 종이 주의 영광스러운 기사를 질투하여 잡아갔다나? 당시의 공왕 입장에서도 이 저택은 상당한 골칫덩이였다. 수도회에서 이 저택을 허물고 그 자리에 주를 기리는 웅장한 성소를 건설해야 한다고 주장했기 때문이다.

건설비와 장소, 그리고 교회의 영향력 확장을 우려한 공왕은 수도회와 상당한 친분이 있던 베르트하임에게 선물이라는 명목으로 넘겨 버렸다. 베르트하임에겐 자식이 없었고 독신을 고집했다.

후작이라는 높은 작위에 있었던 것도 선왕이 어차피 혼자 살다 죽을 노인네라 아무런 문제가 없을 거라며 작위를 준 것이었다. 이 말도 안 되는 일이 그 당시에 가능했던 것은 베르트하임이 권력에 관심이 없었고 대신들을 비롯한 지방제후들과 두루 친분이 있었기 때문이다.

베르트하임과 대화를 하다 보면 나도 모르게 비밀을 털어놓게 할 정도로 잘 끌어낸다. 중간에 눈치를 챘기에 망정이지, 하마터면 큰일 날 뻔했다. 베르트하임이 입이 무거운 늙은이가 됐다는 것을 언급한 것으로 보아 적당히 나를 봐주었던 것 같다.

만약 진심으로 비밀을 끌어내고자 했다면 햇병아리에 불과한 나는 눈치채지 못한 상황에 비밀을 술술 뱉어냈을지도 모른다. 그가 왕성하게 활동했을 당시에는 어땠을까?

베르트하임이 선왕에게 총애를 받았던 건 귀족들의 약점을 많이 알아냈기 때문이 아니었을까? 그것도 귀족들이 알아서 약점을 갖다 바치게 만드는 화술로 말이다.

내가 너무 깊게 생각했을지도 모르겠지만 베르트하임은 방심할 수 없는 노인이라는 것은 분명했다. 아무튼, 로젠가든에 얽힌 비사를 괴링에게 듣고 난 후 나는 이 로젠가든이라는 저택이 여러 의미와 역사가 뒤섞인 매력적인 장소라고 이해했다.

한스와 오스카는 불길한 저택이라고 생각했겠지만 나는 매우 마음에 들었다. 게다가 로망 중의 하나였던 비밀공간까지 있으니 활용 가능성이 무궁무진했다.

"역시 누가 살았던 흔적이 있었군."

"호, 혹시 사탄의 종은 아니겠죠? 로드엔의 저주라든가!"

"뭐, 인마?"

독실한 신자인 한스는 겁을 먹은 것 같다. 로드엔의 저택이었다는 괴링의 설명을 듣고 나서부터 안색이 좋지 않았는데 이런 비사에 약한 모양이다.

한참 연하인 나(15)와 오스카(16)는 아무렇지 않았는데 덩치는 산만 한 놈(22)이 벌벌 떨고 있으니 그 꼴이 퍽 우스

웠다. 비밀공간은 긴 복도처럼 깊숙이 이어져 있었다.

“이건 로마 시대에 만들어진 벽 같군요.”

오래된 석벽을 만지던 괴링은 연세만큼 지식도 풍부했는지 상당히 오래전에 만들어진 통로 같다고 설명해 줬다. 오래된 느낌이 들긴 했지만 봐도 난 잘 모르겠다.

내가 역사학자나 고고학자도 아닌데 단순히 벽의 재질을 보고 어느 시대에 만들어진 벽이라고 판별할 수 있을까. 하여간 매우 흥미로웠다.

통로의 좌우에는 6개의 방이 있었는데 녹슨 쇠창살이 있는 것으로 보아 감옥으로 추정됐다. 사람이 갇혀있는 대신에 각종 물품이 비축창고처럼 보관되어 있었다.

이곳에 오랫동안 숨어 있어도 될 정도의 물량이었다.

“보릿자루와 콩, 각종 패소가 담긴 자루가 있습니다!”

“이쪽 방에는 아마, 옷감, 가죽, 장작도 있습니다.”

“대체 어떻게 이 많은 것을 외부로 들여왔을까요? 제가 이 저택을 관리한 이래 한 번도 이상한 점을 보지 못했습니다만.”

“그건 이쪽과 연결된 다른 통로가 있었다는 의미겠지.”

다른 통로와도 연결된 것은 틀림없다. 복도 끝에 문이 있었고 그 너머에 방이 있을 것이라 짐작했다. 그리고 스카우터에 표시된 권터 폰 클루겐이 저 문 너머에 있는 것이 분명했다.

우리가 이곳에 들어온 것을 눈치챘을 것이다. 그런데도 도주하지 않은 것은 우리가 문을 열고 들어오는 것을 기다리기 위함이 아닌가.

"오스카, 네가 앞장서."

나는 오스카에게 방패를 들라고 수신호를 보냈다. 영민한 오스카는 문 너머에 누군가가 매복하고 있다는 것을 눈치챘을 것이다. 아직 방패술이 서툰 한스에게 전위를 맡길 수는 없었다.

테드는 아직도 부상에서 회복하지 못해 얌전히 쉬고 있으니 현재 내 부하 중에서 가장 쓸 만한 것은 오스카 한 명뿐이었다. 오스카가 방패를 단단히 앞세우고 문 앞에 섰다. 나는 롱소드를 꺼내들었고 한스도 아밍소드를 뽑았다.

— 쾅!

오스카가 문을 발로 걷어차며 선두로 진입해 들어가자 그 뒤를 한스, 그리고 내 순서로 돌입했다. 이 넓은 방에 등불이 켜져 있어서 어둡지는 않았다. 살림살이라도 차렸는지 방에는 주방용품과 침대, 단련 도구 등 한 사람이 생활 할 수 있는 모든 것이 갖춰져 있었다.

그리고 그 방 한가운데에 의자에 앉아 있는 남자가 있었다.

"클루겐 경!"

괴링이 그를 알아보며 비명같이 불렀다. 내 스카우터가 귄터 폰 클루겐이라고 표시를 해 주고 있지만 역시 직접 아는 사람이 부르는 것만큼 확실한 신분보장은 없지. 장미의 기사치고는 몰골이 매우 추레했다. 그래서 관리자 스카우터로 확인했다.

귄터 폰 클루겐, 25세. 심리는 원망—복수, 성향은 정의(변질).

변질? 정의가 변질되었다는 건가? 여러모로 복잡한 성향이었다.

그런데 원망과 복수는 또 뭐야?

오스카가 정면에 섰고 나는 측면으로 돌아갔다.

"대체 이런 곳에 왜 숨어 있었던 겁니까? 클라라가 경을 얼마나 찾았는지 아십니까?"

클루겐에게 시집을 갔던 시녀의 이름이 클라라였나? 그런데 클루겐은 아무런 반응을 보이지 않았다. 그저 무심한 눈으로 괴링을 바라보기만 할 뿐 미동조차 하지 않았다.

뭐지? 이런 경우에 나는 어떤 행동을 해야 할까? 괴링이 열심히 클라라와 후작을 들먹이며 설득을 하는 것 같은데 벙어리라도 되어버린 것인지 너무 반응이 없다.

"돌아가신 콘스탄츠 남작님께서도 경의 이런 모습을 바라진 않으실 겁니다."

"리하르트 님은 억울하게 돌아가셨다."

"클루겐 경? 콘스탄츠 남작님은……."

— 스릉.

클루겐이 조용히 롱소드를 빼 들었다.

[장미의 망령I를 완료합니다]

[500포인트, 동화 500닢 지급]

[장미의 망령II 퀘스트]

[장미의 기사와 싸워 살아남아라]

[보상 — 2,000포인트, 은화 20닢(위험수당)]

[위험등급 ★★★☆☆]

위험등급이 별 3개? 게다가 퀘스트 내용도 기가 막힌다. 싸워서 이기라는 것도 아니고 살아남으라고? 이 간접적인 정보만으로도 클루겐이 나보다 뛰어난 실력자라는 것을 알 수 있었다. 상대가 검을 뽑은 이상 나도 어떻게든 대응을 해야 한다.

나는 옥스가드 자세를 취하고 클루겐에게 말했다.

"클루겐 경! 우린 당신과 싸울 생각이 없어! 무기를 버리면 우리도 공격하지 않겠다!"

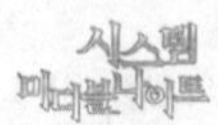

"……검 끝의 흔들림이 없다. 실력 있는 어린 기사로군."

클루겐은 갑자기 내게 관심을 보였다. 그는 천천히 자세를 잡았다. 독일식 검술의 가장 공격적인 상단세 폼탁이다. 지하공간이라고 해도 천장이 높고 면적이 넓었기 때문에 롱소드를 휘둘러도 괜찮았다.

나는 독일식 검술 교본의 가장 기본적인 파훼법을 떠올렸다.

폼탁을 상대로 가장 효과적인 기술은 즈버크하우다.

클루겐이 쉽게 움직일 수 없게끔 견제하면서 손잡이를 이마 부근만큼 올리고 검 끝을 클루겐에게 향하도록 수평으로 시선을 맞췄다.

나와 클루겐이 대치하는 사이에 오스카가 클루겐의 뒤쪽으로 이동했다. 시선이 분산되면 그만큼 움직임이 둔해진다. 클루겐은 앞뒤로 적을 둔 것이다. 내가 다수를 상대해도 등을 내주지 않는 이유였다.

"한스! 괴링을 데리고 물러서! 너는 절대로 나서지 마!"

"볼프강님! 저도 도움이 될 수 있습니다!"

"아직 훈련 중인 놈이 기사의 검을 어떻게 막으려고? 쓸데없이 나서서 죽지 마라!"

아직 오스카에게 배우는 중인 한스가 나서기에는 여러모로 위험한 상대다. 오스카조차 이제 실전을 거쳐 막 신참에서 벗어난 판국인데 신참도 되지 못한 한스가 기사의 검을 받을 수 있겠는가? 그건 개죽음이다.

"부하에게 죽음을 강요하지 않는군. 좋은 판단이다."

"다시 한번 말한다! 검을 버려!"

클루겐은 내 경고를 무시하고 가벼운 발걸음으로 나와의 간격을 순식간에 좁혔다. 머리 베기 기술, 샤이텔하우로 전광석화같이 나를 끝장내려고 했지만 내 반응속도도 만만찮게 빨랐다.

수직으로 내려 베는 클루겐의 검을 바인딩으로 붙여 누르며 그의 머리를 향해 검 끝을 휘둘렀다. 그러나 클루겐은 머리를 비틀어 피하면서 재빠르게 떨어졌다.

— 챙!

오스카의 아밍소드가 클루겐의 등을 노렸지만 클루겐은 아밍소드를 쳐 내리며 오스카의 목을 찌르려고 했으나 방패에 막혀 비껴갔다. 오스카는 그 상태로 방패를 밀어붙여 쓰러트리려고 했으나 클루겐의 발놀림이 얼마나 가볍고 빠른지 순식간에 빠져나와 포위망에서 벗어났다.

저건 고양이걸음이라고 불리는 스텝이다. 포위망에서 벗어나는 데 효과적이다.

나도 아직 배우지 못한 고급기술 중의 하나였다.

이거 야단났다. 기술 수준으로 봤을 때 확실히 나보다 뛰어난 기사다. 위험등급 별 3개에 장미의 기사라는 이명은 결코 허명이 아니었다. 오스카가 방패를 들었어도 단독으로 붙는 것은 매우 위험했다.

기사에게 대적할 수 있는 건 역시 같은 기사뿐이다. 얼마나 버틸 수 있을지 자신 없지만 싸우지 않고 물러선다는 선택지는 내게 없었다.

"오스카, 강한 상대니까 조심해라. 내가 공격할 테니까, 너는 빈틈을 노려."

— 채챙!

오스카를 옆으로 밀어내고 클루겐의 찌르기를 위로 밀어 쳐 내며 공세를 저지함과 동시에 나 또한 곧바로 찌르기로 공격했지만 클루겐이 검을 내리쳐 내 검이 밑으로 내려갔다.

근접하게 접근하면서 검과 검이 붙는 바인딩 싸움이 벌어졌고 서로 타이밍을 빼앗기 위해 수 싸움을 벌였다. 하지만 클루겐은 내가 어떤 공격을 시도할지 간파한 것 같다.

번개 같은 와인딩(붙인 상태로 공격)으로 클루겐의 어깨를 노렸지만, 손잡이를 위로 들어 올리며 공격을 차단했다. 곧바로 클루겐이 내 머리를 향해 그어 베기(붙인 상태로 미끄러지면서 베는 기술)를 시도했다.

나 또한 뒷날로 미끄러지면서 베어오는 클루겐의 칼날을 저지했다. 그대로 어깨로 밀어붙여 클루겐을 물러서게 만들었다.

샤이텔하우(머리 베기)로 빠르게 머리를 베려고 시도했지만 클루겐이 그 짧은 찰나에 크럼프하우(꺾어 베기)로 샤이텔하우를 부숴버리고 내 왼쪽 허벅지를 벴다.

다행히 깊게 베이진 않았으나 상대의 기술과 속도가 나보다 우위에 있다는 것을 절실하게 깨달을 수 있었다. 하지만 이대로 물러서기에는 나도 자존심이 굉장히 상한 상태였다.

— 챙! 챙!

"크윽!"

내 왼쪽 허벅지가 베어져서 움직이기 어렵다는 것을 노려 클루겐은 집요하게 왼쪽 축발이 나오게끔 유도하는 쪽으로 공격해 왔다. 제대로 다리를 쓸 수 없어서 간격을 이대로 내줬다간 일방적으로 베일 것이 분명했다.

그래서 나는 최대한 바인딩으로 붙어서 레슬링 기술로 클루겐을 쓰러트리려고 했다. 적어도 내게는 넘치는 힘이 있었다.

바인딩으로 붙어 힘으로 밀어붙이려고 했지만 클루겐은 바인딩 시에 힘을 의도적으로 빼 버렸다. 잔뜩 힘을 주며 밀어붙였던 나는 당연히 무게중심이 무너져 앞으로 쏠렸고 그 타이밍에 클루겐에게 명치를 얻어맞았다.

숨이 턱 막히는 줄 알았다. 몸싸움 기술도 수준급이다. 현재 내 실력만으로는 도저히 우위를 점할 수 없는 상대였다.

하지만 어떻게든 떨어지지 않기 위해 바인딩을 붙여 간

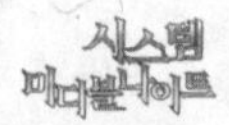

격이 벌어지지 않게끔 붙잡았다. 클루겐이 내게 신경을 집중하는 그 순간이 오스카에게는 기회였기 때문이다.

내가 노리던 것이 바로 이것이다. 오스카의 아밍소드가 등을 찔렀다. 눈치챈 클루겐이 몸을 비틀어 피했지만, 그 틈에 그어 베기로 클루겐의 오른쪽 어깨를 미끄러지듯이 벴다.

1:1로는 상대가 되지 않았으나 2:1이라면 전혀 다르다. 클루겐이 오스카의 존재를 한순간에 잊었던 것은 내가 절대 만만치 않은 실력자였기 때문이다.

1:1승부를 고집해 죽음을 자초하는 것보다 자원을 최대한 활용해서 어떻게든 살아남는 것이 중요했다. 나는 지극히 2:1이라는 강점을 이용하여 싸움을 유리하게 주도하려고 노력했다.

"오스카! 뒤를 찔러!"

— 퍽!

"큭!"

이대로 밀어붙이려는 순간 클루겐은 내 발등을 뒷발로 찍고 내 코를 머리로 들이받았다. 그 충격에 나는 순간적으로 떨어져 나갔다. 클루겐은 그 틈을 이용해 오스카의 검을 쳐 내고 퍼멀로 안면을 후려쳤다.

방패를 놓친 오스카가 무방비하게 쓰러지면서 클루겐이 끝장을 내려고 했지만, 괴링을 지키고 있던 한스가 괴성을 지르며 클루겐의 허리에 태클을 날렸다.

우당탕!

한스와 클루겐이 같이 쓰러졌다.

한스와 클루겐이 엎치락뒤치락하면서 몸싸움을 벌였지만, 급소만 노려 때리는 클루겐에게 한스가 당해낼 도리가 없었다. 저 돌대가리에게 코를 맞아 피가 쉴 새 없이 나왔지만 정신을 차리고 검을 주어 어떻게든 일어나려고 했다.

다행히 코뼈가 부러지진 않았다.

역시 전쟁을 치른 기사라서 그런지 끝내주게 개싸움을 잘했다.

괴물 같은 놈!

검을 쥐고 일어난 순간의 내 자세는 약간 흐트러져 있었다. 한스를 두들겨 패고 일어나 옥스 자세를 취하고 있던 클루겐은 그 미묘한 간극을 놓치지 않고 롱소드의 가장 강력한 공격기술인 찌르기로 나를 끝장내려고 했다.

하지만 나도 상대의 찌르기를 노리고 있었다. 미리 왼발을 앞으로 내디디고 검을 오른쪽 어깨 위에 놓고 가드를 취한 상태였으니까. 솔직히 말하자면 이건 거의 도박에 가깝지만 획득한 F급 기사(무력20% 용맹20%) 타이틀 덕분인지 두렵진 않았다.

클루겐의 찌르기는 굉장히 빨랐다. 아슬아슬하게 머리를 틀어 피해냈지만, 왼쪽 뺨이 길게 베어졌다. 그 순간 오

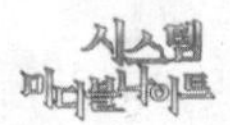

른발을 내디뎌 빠져나온 나는 비어 있던 클루겐의 왼쪽 팔목을 벴다. 팔목을 붙잡은 클루겐이 뒤로 물러섰다.

내내 공격의 주도권을 잡던 클루겐을 물러서게 한 것이다. 그러나 상황은 점점 내게 불리해졌다. 허벅지에 흐르는 피가 체력을 빼앗았다.

"어린 나이에 검술실력이 뛰어나구나."

"장미의 기사와 비교하자면 햇병아리에 불과하겠지."

"여기서 죽이기엔 아깝군."

"이런 곳에서 죽을 생각은 없다!"

— 챙!

팔목이 베어졌음에도 불구하고 여전히 부딪치는 힘이 상당했다. 검과 검이 부딪쳐 바인딩으로 붙으며 상대에게 근접해 와인딩 싸움을 벌이는 것은 체스에서 상대의 수를 읽는 것처럼 끊임없이 서로를 견제하며 베기 싸움을 벌이는 것이나 마찬가지다.

방어에서 끝나는 것이 아니라 공세로 전환해 몰아붙여야 하는 것이 독일식 검술의 방어법이다. 공격이 최선의 방어라는 말과 너무나도 잘 어울리는 검술이었다.

클루겐이 오른쪽 허벅지를 노려 사선으로 그어 베기를 시도할 때 나도 따라서 검을 사선으로 내려 내 허벅지 위를 가드 하여 막아낸 순간 재빨리 바인딩 된 검을 힘으로 들어 올려 와인딩을 타면서 나는 상대의 머리를 향해 샤이텔하우(머리 베기)로 공격했다.

클루겐은 가로궤적을 그리며 내 칼 면을 쳐 내 관자놀이를 겨냥한 즈버크하우(가로 베기)로 반격했다.

— 챙!

— 끼긱!

치열한 수 싸움은 정신력의 마모를 가져온다. 여기서 밀리면 공격의 주도권을 잃는 것이다. 이미 내 정신력의 한계에 다다른 것 같다. 강적과 끝도 없는 소모전 같은 싸움에 지치기 시작했다.

점차 밀리고 있던 그 순간에 정신을 차린 오스카가 바닥을 기면서까지 접근해와 클루겐의 뒷다리를 베었다. 다리가 베어져 휘청거리는 그 순간 클루겐의 검을 위로 쳐올리면서 재빨리 손잡이 끝에 있는 퍼멀로 머리를 사정없이 후려쳤다.

— 퍽!

"크윽!"

퍼멀로 있는 힘껏 대가리를 쳤는데도 기절하지 않는다니. 보통 돌대가리가 아니다. 비틀거리며 뒤로 물러선 클루겐의 머리에선 피가 흐르고 있었다. 서로 지치고 힘든 것은 마찬가지.

왼쪽 허벅지의 출혈이 심해지면서도 나는 끝까지 집중력을 놓치지 않았다. 오스카도 힘겹게 일어나 방패를 앞세우고 아밍소드를 들었다. 오스카의 몰골도 말이 아니다.

"……어린기사. 네 이름을 알고 싶다."

"볼프강 폰 슈트라이트다. 서훈도 받지 못한 애송이지."

"……슈트라이트. 그렇군. 그의 아들이었어."

아버지를 알고 있는 건가? 하긴, 같은 전장에 섰으니 알고 있을지도 모르겠다. 나와 오스카는 조금씩 클루겐을 압박하며 포위해 나갔다. 클루겐은 더 이상 혼자서 나와 오스카를 감당할 수 없다고 판단했는지 뒤쪽에 있던 다른 문을 통해 도망쳤다.

다리를 베였음에도 저렇게 달릴 수 있는 건가?

나와 오스카가 열심히 뒤쫓아 갔다.

그 문을 지나 6m 길이의 또 다른 통로가 나왔고 그 끝의 작은 문을 열고 빠져나갔다. 그 문을 따라 나갔을 때 귀족들만 사용한다던 하수구를 볼 수 있었다. 지독한 악취와 더러운 물이 흐르는 오래된 하수구는 여기저기 복잡하게 길이 나누어져 있었다.

물론 수색자 스카우터를 통해 추적할 수 있겠지만 승리를 장담할 수 없기에 포기했다.

[장미의 망령II 퀘스트를 완료합니다]

[2,000포인트, 은화 20닢 지급]

[독일식 검술 교본]
[2단계 수련 퀘스트를 완료합니다]
[1,000포인트, 은화 1닢 지급]

퀘스트 2가지가 한꺼번에 완료됐다. 장미의 망령II야 어떻게든 살아남았으니 완료되는 건 당연한 수순이었지만 독일식 검술 교본의 2단계가 완료된 것은 매우 기뻤다. 숙련도 99에서 100으로 넘어가지 않아 얼마나 속이 터졌던지.

마침내 마이스터하우를 완전히 익혔다. 아마도 기술을 더 정확하고 신속하게 사용할 수 있지 않을까?

[독일식 검술 교본]
[3단계 수련 퀘스트]
[퓔른(fuhlen)을 터득하라]
[숙련도 0/100]
[시야로 검의 움직임을 쫓는 것은 한계가 있습니다. 상대의 의도가 무엇인지, 어떤 기술이 들어올 것인지, 어떤 기술로 반격할 것인지를 느낌으로 판단할 줄 알아야 합니다]
[보상 — 1,000포인트, 은화 1닢]

필른? 영어로 해석해 보니 필링이었다. 검을 맞대면서 상대의 의도와 기술 등을 느낌으로 판단해야 하는 건가? 확실히 나는 이제까지 상대와 검을 나누면서 대부분 시야로 검의 궤적과 움직임 등을 파악하면서 상대해 왔다. 그런데 장미의 기사는 내 모든 공격과 반격을 간파해냈다. 오스카가 뒤에서 공격하지 않았다면 틀림없이 죽었을 것이다.

그래서 이 필른이라는 건 어떻게 단련하는지 잘 모르겠다. 막연하게 느낌으로 파악하기에는 난해한 부분이 너무 많다. 이것은 내가 풀어야 할 숙제였다.

그리고 한편으로는 자신감이 와장창 박살났다. 그간 실전을 겪으면서 어떤 상대라도 내 실력으로 상대할 수 있을 거라고 우쭐한 것도 사실이었다. 그러나 그것은 자만심이었다.

장미의 기사와 붙어보니 우물 안의 개구리가 바깥의 독사에게 뭣도 모르고 덤빈 꼴이라 나 스스로가 몹시 부끄러울 따름이다. 제기랄, 내가 필른을 완벽하게 다룰 수 있다면 장미의 기사와 다시 붙었을 때 지금처럼 형편없이 밀리진 않았을 것이다.

부끄러움을 느낀 만큼 나는 더욱더 정진해서 장미의 기사에게 다시 되갚아 주고 싶다. 물론 지금은 아니다. 적어도 필른을 일정 이상 단련한 다음의 문제다.

"볼프강 님, 일단 지혈부터 하겠습니다!"

"내가 가르쳐 준 대로 붕대로 압박해서 묶어봐."

다른 건 몰라도 내 가신들에게 붕대를 매는 법은 확실하게 가르쳤다. 어떤 상처에 어떤 붕대법이 효과적인 것까지. 이론적으로도 충분히 교육을 마쳤다. 붕대법이 어려운 것도 아니니까. 그래서 가신들은 내가 가르쳐준 붕대법을 슈트라이트 붕대법이라고 불렀다.

군대에서 배운 건데 졸지에 내가 창시자가 됐다. 뻗어 있던 한스도 정신을 차렸다.

"으으, 면목 없습니다. 저는 도움이 되지 않는 것 같네요."

"자신을 가져, 한스. 네 용기와 헌신이 오스카를 살렸으니까."

"맞습니다. 형님이 없었다면 장미의 기사에게 죽었을 겁니다."

그건 사실이다. 한스가 타이밍 좋게 클루겐을 막아준 덕분에 오스카의 목숨을 살렸고 나도 회복할 시간을 벌었다. 한스가 없었다면 우리 모두 죽었을 것이다. 괴링은 클루겐을 찾아낸 것은 그렇다 쳐도 일이 이렇게까지 커지자 베르트하임에게 보고를 어떻게 해야 할지 매우 난감할 것이다.

게다가 싸움까지 벌어졌고 끝내 클루겐은 도망쳤다.

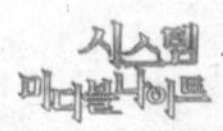

로젠가든의 숨겨진 공간과 그 안에 숨어 지낸 클루겐의 행동. 그리고 나와의 싸움까지 베르트하임은 생각지도 못한 일이었던 듯 깊은 생각에 잠겼다. 생각보다 큰 동요는 없었다.

오히려 안절부절못한 것은 빌헬름 괴링뿐이다. 나는 눈앞에 놓인 차나 홀짝이며 베르트하임에게 생각을 정리할 시간을 주었다.

머릿속이 복잡할 것이다.

클루겐이 로젠가든에 숨어 있을 줄은 상상도 못 했을 테니까.

“그 아이가 그렇게 방황하게 된 건 결과적으로 내 책임인가.”

“후작님. 저는 복잡한 타 가문의 비사에 깊게 개입할 생각은 없습니다. 단지 후작님의 의뢰를 완수했다는 것을 알아주셨으면 합니다.”

“그렇지. 고생했네, 슈트라이트 경. 게다가 경에게 누를 끼쳐 버렸구먼. 미안하네.”

“상대가 덤벼들어서 대응했을 뿐 후작님이 사과할 일은 아닙니다. 심려치 마십시오.”

장미의 기사와 싸우게 된 것은 어디까지나 불가항력이

다. 하지만 그 싸움에서 내가 피해를 입은 것이 사실이기에 그것에 관한 계산은 받아 내야 하는 것이 원칙이다. 그리고 그 사실은 누구보다도 베르트하임이 잘 알고 있을 것이다.

그리고 내가 일부러 이렇게 말한 이유이기도 했다.

베르트하임이라면 어떻게든 내게 보상을 해 줄 것이다.

"그럴 수는 없지. 결과적으로 늙은이의 부탁 때문에 경이 상처를 입었는데 그냥 넘어간다는 것은 있을 수 없는 일이네. 말해 보게, 이 늙은이에게 원하는 것이 있는가?"

"그럼, 저와 비슷한 나이대의 검술을 익히고 있는 기사를 소개받아도 되겠습니까?"

로젠가든을 넘겨받기로 한 이후부터 물질적으로 넘치게 받은 것이니 나는 베르트하임의 인맥을 빌리고 싶었다. 부끄럽게도 나는 검술 단련과 가신들을 먹여 살리기 위해 돈을 버는 것에 집중했기 때문에 인맥이 거의 없다.

같은 또래의 기사들과도 만난 적이 없으니 이참에 베르트하임의 풍부한 인맥의 힘을 빌려 보고 싶었다. 귀족 사회에 인맥의 힘이란 자신을 지킬 수 있는 무기이자 위협수단이기도 했다. 나는 그동안 너무 인맥을 등한시한 경향이 있었다.

게다가 펠른의 단련을 위해서라도 같은 기사계급에 검술을 익힌 녀석들 상대로 대련을 하다보면 뭔가 방법이 있

지 않을까? 진검싸움보다 안전하고 확실하게 단련 할 수 있는 방법이 그것 외엔 떠오르지 않았다.

베르트하임은 내 제안을 듣고 깊게 고심하는 눈치였다. 오랜 세월을 귀족으로 살아왔고 친분도 두루 있으니 쉽게 소개해 줄 수 있을 거라 생각했는데 그게 그렇게 고민할 일이었어?

"경은 늙은이에게 무리한 요구를 하는구먼."

"……그게 무리한 요구입니까?"

"기사 다섯을 벤 프로스트를 토벌하고 장미의 기사마저 물러나게 만든 경의 실력이 동 세대의 기사들과 같다고 보는가? 내가 아는 한, 경의 실력은 동 세대의 기사들 중에서 최고수준이라고 할 수 있네."

"그래도 어딘가에 천재적인 실력의 기사가 있지 않을까요?"

"눈앞에 있구먼. 그 천재적인 실력의 기사가 말일세."

……너무 노골적인 칭찬이라 내가 다 민망했다. 그러면서도 입가가 씰룩이는 것으로 보면 나는 타고난 관심종자인 것 같다. 사실 장미의 기사에게 박살나서 자신감이 와장창 박살나긴 했는데 역시 칭찬을 듣고 나니 우쭐거리게 되는 건 어쩔 수 없나 보다.

하지만 자만심을 갖진 않았다.

장미의 기사에게 제대로 배웠으니까.

내가 상대할 수 있지 않을까? 라는 어설픈 확신을 가졌다간 죽을 수 있다는 것이다.

그래서 동 세대 말고 나이와 상관없이 비슷한 수준의 기사를 소개해 달라고 조건을 높였다. 그러나 그런 기사들은 지금 대부분 분쟁지역에 파견을 나갔거나 근위기사단, 공왕친위대 등에 소속되어 있어서 내 격으로는 쉽게 만날 수 없었다.

이번엔 격의 문제다.

동 세대에는 적수가 없고 붙어 볼만한 기사들과는 격의 차이 때문에 어렵다니.

생각지도 못한 난관에 부딪혔다.

비슷한 실력의 동 세대들과 교류하면서 인맥도 형성하고 대련을 하면서 펄른의 단련도 동시에 한다는 내 계획이 좌절된 것이다. 장미의 기사를 다시 찾아내 맞붙어야 하는가, 진지하게 고민할 무렵 베르트하임이 중얼거렸다.

"흠, 그것도 괜찮겠지. 나쁘진 않군."

뭐가 괜찮고, 뭐가 나쁘지 않다는 거야?

"경에게 소개해 줄 만한 사람이 지금 딱 떠올랐네."

"그래요? 누굽니까?"

"그건 나중에 알려 주겠네. 일단 만나보는 게 어떤가?"

"누군지도 모르고 무작정 만나는 건 솔직히 예의가 아니지 않습니까?"

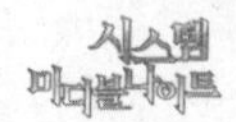

“보통은 그렇지. 하지만 경은 보통 기사가 아니지 않은가?”

“더 이상 금칠하지 마시죠? 그런데 그 사람은 저와 실력이 비슷합니까?”

“아마도 떨어질 거라 생각하네만 만나볼 가치는 있네.”

만나볼 가치는 있다? 흠. 고민되는 것도 사실이지만 어차피 뾰족한 수단도 없으니 베르트하임에게 그 만남을 주선해달라고 부탁했다. 그것으로 장미의 기사와 싸웠던 일에 대한 채무는 없어졌다.

그리고 가장 중요한 용건이 남았다. 내가 장미의 기사와 목숨을 걸고 싸웠던 이유이기도 했다. 그 격전의 저택, 로젠가든의 소유문제다.

“이제 로젠가든을 제게 주시는 겁니까?”

“그럼. 약속했으니 지켜야지. 이미 빌에게 모든 절차를 진행하라고 지시를 해뒀네. 절차가 좀 복잡해서 시간이 걸리겠지만 어쨌든 로젠가든의 소유권은 경에게 넘을 갈게야. 이제야 짐을 털어놓는다니 홀가분하구먼.”

드디어 내게 집이 생기는 건가. 로드엔의 저주니, 사탄의 종이 나와 콘스탄츠를 잡아갔느니 하는 이상한 소문이 돌던 저택이지만 아름다운 장미정원과 로망을 불러일으키는 지하공간까지 있는 우량품이라서 그런 소문 따위는 고려의 대상이 아니었다.

오히려 슈트라이트 가문의 격으로 이런 대저택을 소유할 수 있게 된 것 자체가 기적이라고 생각한다. 게다가 저택 내에 있던 비축물자도 고스란히 내게 넘긴다고 한다. 너무 과한 서비스가 아닌가 싶어 베르트하임에게 부탁할 일이 또 있냐고 물었더니 그냥 시간이 있을 때 적적한 늙은이의 말동무나 되어달라는 답만 들었다.

정당한 거래였지만 비축물자까지 그냥 내준다는 건 솔직히 좀 꺼림칙했다. 분명 무슨 꿍꿍이가 있겠지. 사람 좋아 보이는 겉모습에 속아 넘어가서는 안 된다. 개인적으로 이 영감님과 대화하는 것은 좀 피곤했다.

말동무가 되어 달라는 것 정도는 괜찮지만 언제 어느 때에 내가 이상한 말을 하게 될지 알 수 없다는 것이 문제였다. 그러나 나는 반대로 생각했다. 베르트하임과 대등하게 대화를 주고받을 수 있게 된다면 어떻게 될까?

베르트하임과의 접견을 끝내고 만족스러운 성과를 가지고서 집으로 돌아왔다. 또 만신창이가 돼서 돌아온 것을 본 사비네의 폭풍 잔소리를 들어야 했지만 새로운 집을 구했다는 소식에 눈이 동그래졌다.

"우리 이사 가는 건가요? 어디로요?"

"그 저택을 보면 까무러칠걸? 이제야 귀족다운 집을 얻게 됐으니까."

사비네에게 우쭐거리듯 자랑했다.

다만 한스는 그 집에 사탄의 종이 출몰한다는 소문이 돌고 있어서 몹시 꺼림칙하게 생각하는 것 같았지만 그딴 건 무시했다. 소유권이 내게로 이전되면 그때부터 천천히 이사해도 된다. 사비네는 새집이 무척 기대되었는지 벌써 콧노래로 흥얼거렸다.

내일 가신들을 데리고 로젠가든 투어라도 해야겠다.

"사비네 누나. 물 길어놨어."

"그럼 주인님 목욕물을 만들어줄래?"

"우리 주인님은 왜 그렇게 목욕을 좋아하는지 모르겠어. 일주일에 한 번 하면 되는데 매일매일! 그렇게 목욕이 좋은가? 난 목욕이 제일 싫은데."

목욕을 좋아해서 미안하군. 내가 중세에 살아가면서 식사와 더불어 목욕도 포기할 수 없는 즐거움 중에 하나다. 목욕보다는 향수를 뿌리는 게 당연시되는 시기라서 나는 몸에 악취와 향수가 감도는 것을 정말 싫어했다. 그 영향 덕인지 가신들도 자주 씻는 편이다.

아무튼, 그런 위생개념이 제로인 시대였기 때문에 나는 외출하고 난 다음에는 반드시 목욕을 하는 습관을 지니게 됐다. 그것 때문에 새로 물 긷기와 목욕물 담당이 된 보도가 불만이 많은 것 같지만 별 수 있나? 꼬마, 그게 네가 해야 할 일이다.

다니엘은 보도가 온 날에 곧바로 목욕물 준비 담당으로

삼아 버렸다.

그래서 현재 가사업무분담이 나누어진 상태인데 사비네가 주방을 전적으로 책임졌고 보도는 물 긷기와 목욕물 준비, 한스와 다니엘은 청소와 장작패기를 담당했다. 테드와 오스카는 경비를 책임졌고 유사시에 내가 동원 할 수 있는 병사들이다.

그리고 한스의 훈련교관이기도 했다.

한스는 시종 겸 병사라는 직책을 유지하고 있었다.

“고용인을 더 구해야 하나?”

“그럼 한스 형이 쫓아다니는 식당 누나는 어때요?”

“……뭐라고?”

누가 누굴 쫓아다녀?

보도의 말에 장작을 패고 있던 한스가 화들짝 놀라 꼬마 밀고자의 입을 틀어 막아 버렸다. 아니, 이게 무슨 소리야? 한스가 좋아하는 사람이 있었어? 그걸 왜 이제 말하는 건데? 당연히 내 가신의 일이었고 한스에게 어떤 처자를 소개해야 좋을까 고민하는 부분이기도 했지만 설마 상대가 있었을 줄이야.

내 고민을 스스로 덜어줬군.

주인의 특권으로 한스에게 보도의 말이 사실이냐며 압력을 행사했다.

“솔직히 말해 봐. 너의 마음을 빼앗은 식당 아가씨가 누구냐?"

"그, 그게. 로즈마리에서 일하고 있는 마틸다입니다."

"그래? 둘이 연인사이야?"

"아뇨! 아닙니다!"

얼굴을 잔뜩 붉히며 격렬하게 부정하고 있다. 뭐야, 이놈? 왜 이렇게 숙맥처럼 굴어? 덩치는 산만한 놈이 부끄러워 죽겠다는 듯, 얼굴을 붉히고 있으니 솔직히 말하자면 한대 패고 싶었다. 오죽하면 보도가 남자라면 용감하게 쟁취해서 주인에게 데려와 결혼하게 허락해 달라고 패기 있게 굴어야 하는 게 아니냐고 잔소리를 퍼부었을까.

10살짜리에게 연애에 관해서 잔소리를 듣는 22세라니.

"로즈마리라면 린츠대로(서부)에 있던 식당 아닌가? 예전에 몇 번 갔던 것 같은데."

"마, 맞습니다. 볼프강 님이 제가 처음 밥을 사준 곳이죠."

"거리 청소를 그만둔 이후로는 한 번도 가지 않았는데."

"사실 제가 거기 단골입니다. 헤헤. 마틸다를 보려고 다녔죠."

"주인님. 말 그대로 보려고만 다녔어요. 보려고만."

보도가 콧구멍을 후비며 말하는 것으로 보아, 진짜 그런 것 같은데? 안 되겠다. 여기선 주인이 나서야겠다. 이놈, 하는 꼴을 보아하니 다른 놈이 채갈 때까지 아무 짓도 못할 것 같다. 조건은 괜찮은 것 같다.

식당에서 일하고 있다면 가사능력도 괜찮을 것 같고 사비네의 부담을 덜어줄 것이라고 기대가 됐다. 그래서 나는 오스카와 보도를 로즈마리로 보내 의향을 묻게 했다. 마틸다는 로즈마리를 운영하는 부부의 막내딸이어서 쉽게 승낙을 받을 줄 알았는데.

"마틸다 본인이 거절했다고? 왜?"

귀족의 시종과 결혼할 기회를 걷어 차?

평민들의 꿈의 직장은 귀족 밑에서 일하는 것이다.

그런데 혼담제의를 거절할 줄은 몰랐다.

"그것 때문에 그 집에서 난리가 났습니다만, 아가씨에게는 이미 다른 사람이 있는 것 같았습니다. 듣기로는 어떤 기사님과 장래를 약속했다던데요?"

오스카의 말에 듣고 있던 한스가 좌절해 버렸다.

기사가 평민 여자를? 애인이 아니라?

대가리에 총을 맞지 않은 이상 기사계급의 귀족이 평민 여자를 정처로 맞이하는 경우는 없다. 귀족에게 결혼은 매우 강력한 결속의 수단이다. 그걸 고작 평민에게 쓴다고? 그 아가씨의 머릿속에 꽃밭이 들어 있든가 아니면 강력한 철벽이든가, 둘 중 하나겠지.

아, 어쩌면 그 기사는 귀족계급이 아닐 수 있다.

기사라고 다 같은 귀족계급으로 취급하지 않는데 나 같은 경우 세습기사이기 때문에 귀족의 말석을 차지하고 있

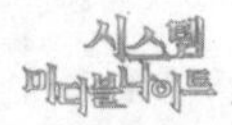

다. 그가 1대에 그치는 기사라면 귀족 대우를 받을 수 없다. 나는 한스를 위로했다. 좀 더 현실적이고 똑똑한 여자를 골라줘야겠다.

"네 짝을 꼭 찾아 줄 테니까, 힘내. 차였다고 좌절하지 말고."

"……네. 볼프강 님만 믿겠습니다."

"오빠가 좋아하는 고기야채스프를 잔뜩 만들어줄게. 그러니까, 기운 내."

"역시 나를 위로해 주는 건 주인님하고 가족밖에 없어. 흑흑흑."

"나였다면 일단 자빠트리고 봤을 텐데."

"보도, 너 진짜 나빴다."

한스는 그날 폭음을 했고 놀랍게도 다음 날 훌훌 털어버렸다.

그리고 그로부터 며칠이 지났다.

마틸다에 대해서 까맣게 잊고 있었는데 보도가 내게 뜻밖의 소식을 전해 줬다.

"그 아가씨가 집안의 돈을 가지고 도망쳤다고?"

"네. 그것 때문에 그 집에 난리가 났어요."

그 주인부부는 마틸다가 만난다는 기사의 신분을 의심해서 처음부터 반대하고 있었는데 기어코 마틸다가 야반도주를 선택했다는 것이다. 보도는 덧붙이길, 그렇게 도망가는 여자들이 의외로 많다고 한다.

거리의 더러운 소문을 가장 많이 접했던 보도였기에 나는 혀를 찰 수밖에 없었다. 그리고 그렇게 도망친 여자들은 대부분 빚을 씌워서 매춘거리에 팔린단다. 그렇게 팔린 딸들을 되찾으려고 부모들이 노력했지만 엄청난 빚 때문에 엄두도 못 내게 만든다.

차라리 가지고 놀다가 버리는 게 낫지, 이건 순 악질적인 수법이 아니던가. 그리고 그런 짓을 주업으로 삼는 곳이 슬럼 3대 조직 중 한 곳인 라펠이라고 한다. 그러고 보니 이 라펠 놈들과 엮인 게 좀 있다. 사비네를 노렸던 놈들이 라펠 놈들이었다.

보도가 처음 우리 집에 왔을 때는 쉽게 적응하지 못했다. 매춘거리에서 삐끼로 동화 몇 푼을 벌거나 매춘부의 자식이라서 평민은커녕 잡종취급이나 받으며 자라왔다. 그런데도 슬럼의 질 나쁜 무리처럼 삐뚤어지지 않은 것은 적어도 엄마의 사랑이 있었기 때문이다.

규칙에 얽매이는 생활이라서 자유로웠던 보도가 적응하기에는 시간이 걸렸지만 사비네가 누나처럼 챙겨 주고 하나하나 가르쳐주면서 보도는 조금씩 마음을 열었다. 보도에게 이렇게 따뜻하게 대해 줬던 사람이 엄마 외에는 유일했기 때문이다.

그래서 보도는 유독 사비네를 잘 따랐다.

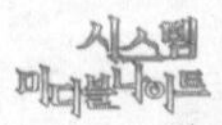

그리고 한스도 좋아했다.

조금 모자라지만 착실한 형이라나?

사비네가 보도를 잘 챙겨 줬던 것은 엄마를 잃었다는 공통점이 있기 때문이다. 한스와 사비네는 전염병으로 부모님을 잃고 유일한 친척인 숙모를 의지하여 운 좋게 공도로 오게 된 사연이 있었다.

그리고 처음 거리청소 감독관을 맡을 당시에 한스의 성실함과 정직함. 그리고 절박함을 알아 봤기 때문에 시종으로 고용하게 된 것이다. 그래서 보도는 매춘거리에서 살아왔기 때문에 상당히 많은 밑바닥 정보를 알고 있었다.

마틸다의 케이스처럼 그런 식으로 여자들을 옭아매어 빚을 씌운 다음 매춘길드에 팔아버린다는 정보를 나는 알지 못했다. 그리고 그 조직이 라펠이라는 조직이며 가장 악질적인 자들이라 트레펜과 적대적인 관계라는 것도 보도를 통해서 알게 됐다.

보도를 단순히 시종으로 부리는 것보다 밑바닥 정보를 전문적으로 취급하는 정보원으로 키우는 것이 낫지 않을까? 게다가 매춘거리에 한해서지만 그곳에 아는 사람도 많았다. 거리의 주민들도 그렇고 몇몇 길드원들까지 알고 있다고 하니 상당한 마당발이 아니겠는가?

그 정보를 바탕으로 접선장소를 알아냈던 것은 보도의 능력이었다.

"전 이제 그 동네 사람이 아닌데요? 인제 와서 돌아가라고 하려는 건 아니죠?"

"그게 아니라 네 인맥을 이용해서 밑바닥 정보나 소문을 모아 보고 싶은 거야."

"그 동네의 소문이나 정보는 별로 믿을 만한 게 못되는데요?"

그야 그렇겠지. 그래도 진흙 속에 진주가 있지 않을까? 내가 보도를 정보원으로 키우려는 것은 정보의 힘이 얼마나 대단한지 알고 있기 때문이다. 밑바닥부터 시작하는 것이지만 이게 나중에 노하우가 쌓여 훌륭한 자산이 될지 어떻게 알겠어?

잘 되면 좋겠지만 잘 안 되더라도 배울 수 있는 것이 있지 않을까?

"그걸 판별하는 것은 네가 할 일이지. 어때? 할 수 있겠어?"

"못할 것은 없는데 그거 굉장히 귀찮거든요? 엄청! 엄청! 귀찮아요."

"저런. 그렇게 싫은 표정을 지어도 소용없다, 꼬마. 네 녀석의 의견 따위는 중요한 것이 아니야. 나는 적재적소에 인재를 활용할 줄 아는 관리자지만 가장 중요한 건 네 주인님이지."

"와, 진짜 너무하네. 그럴 거면 왜 물어봤어요?"

보도가 펄쩍 뛰었다.

내가 지그시 바라보자 한숨을 푹 내쉬며 말했다.

"하아. 정, 시킬 거면 목욕물 준비하는 거라도 빼줘요."

"그래, 그건 사비네에게 다시 맡기지."

"……."

보도의 표정에 이 세상의 모든 욕이 담겨져 있는 것 같다. 그만 놀리고 이쯤에서 당근을 주는 것이 관리자의 용병술이다.

"그 대신 네 봉급이 많이 오를 거야."

"얼마나요? 쩨쩨하게 동화 몇 닢은 아니겠죠?"

"동화 300닢. 그리고 필요경비는 무제한."

"무제한? 그럼 제가 은화 10닢이 필요하다고 하면 줄 거예요?"

"네 재량껏. 그 정도 권한을 줘야 열심히 일할 맛이 나지 않겠냐?"

보도는 매우 고민이 됐는지 눈알을 데굴데굴 굴리며 머릿속에 계산기를 두들겼다. 접선장소를 알아냈을 때 장소만 알려 주고 조직에 관한 것은 나중에 내게 동화 100닢으로 팔아치우려고 했던 녀석이다. 그러나 정도는 있었다. 영악(선)과 너무 잘 어울렸다.

그래서 처음부터 보도를 믿고 권한을 크게 주는 것이다.

"좋아요. 절 믿어 주신다면 한번 잘 해 볼게요."

"물론 나는 너를 믿고 있지. 그런데 보도? 앞으로 네가 살아야 할 곳은 여기고 돌아와야 할 곳도 여기야. 그건 꼭 명심해라."

"와, 방금 아저씨 같았어요. 처음 만났을 때도 그런 느낌이었는데."

그야, 내용물은 아저씨니까. 내가 20대 중반에 결혼했으면 너만 한 자식은 있겠다. 심지어 보도뿐만 아니라 사비네(12)와 다니엘(13)도 내 자식뻘이다. 물론 지금의 나는 15세의 어린 나이였지만 아저씨로 살아온 세월이 훨씬 길어서 아직도 가끔 거울을 보면 깜짝 놀란다.

보도는 내가 전적으로 믿어준다고 하자 기분이 아주 좋은 것 같았다. 어쩌면 잡종이라고 멸시를 받았기에 인정받고 싶은 욕구가 큰 것일 수도 있다.

"그런데 막연히 모으기에는 너무 방대한데요? 설마 취객의 헛소리까지 조사하라는 건 아니겠죠? 거리 친구들을 고용해도 어렵다고요."

"매춘길드, 슬럼 조직, 귀족, 관료에 관한 것. 일단, 이 정도부터 시작하자."

"그것도 많긴 하지만 중요한 것만 추리면 뭐, 어떻게든 되겠죠. 하지만 슬럼 조직에 관해서는 자세하게 알아낼 수 없어요. 죽기 싫거든요."

"위험한 일은 절대 하지 마. 안전을 우선시하면서 정보

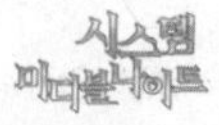

를 모으면 돼."

당연히 나는 보도를 사지로 내몰 생각이 전혀 없었다. 그래서 일단 기본적인 방침은 무리하게 정보를 모으기보다는 안전을 우선시하라고 지시했다. 그리고 거리의 친구들을 개인적으로 고용해서 눈을 여러 개 만들어 놓겠다는 보도의 계획도 승인했다.

만약 보도가 성과를 낸다면 그 거리의 친구들도 정식 고용할 생각이다.

"정보를 모으는 것까지는 좋은데 그걸 어떻게 기록해요? 전 글자를 몰라요."

"……내가 잠시 중세의 문맹률을 잊고 있었구나."

"뭔 소리예요, 그건?"

괴링에게 한 번 부탁해 볼까? 아는 사람 중에 글을 잘 가르치는 사람이 있냐고. 보도뿐만 아니라 우리 가문의 가신들 전원이 글자를 모른다. 나는 교육을 잘 받아서 그런지 독일어뿐만 아니라 라틴어도 알고 있었다.

아니, 처음 우리 집 가계 사정을 봤을 때 시스템 보정일 가능성이 컸다. 내가 가르쳐도 되겠지만 그건 너무 귀찮고 어렵다.

"일단 내게로 가져와. 내가 알아서 필요한 부분만 기록하지."

"그러죠. 저는 기억력만큼은 좋아요."

보도에게 새로운 직책을 주는 것을 마무리 짓고 오스카와 테드를 불렀다. 병사로 고용했지만 사실 난 이 둘에 대해 자세히 아는 것이 없었다. 이왕 보도로 스타트를 끊었으니 오스카와 테드를 면담 자리로 불러 쌍방으로 소통하는 아름다운 노사협의만큼은 아니더라도 그들의 사연을 들을 필요가 있었다.

"어머니는 일찍 돌아가셨고 아버지는 베이언대로 상점가에서 계란 장사를 하십니다. 형님부부가 가업을 이어받을 거라 저는 집을 나와야 했죠. 그리고 재정부에서 모집하는 감찰부대에 들어갔고 지금은 볼프강 님 밑에서 병사를 하게 된 겁니다."

오스카 그라이프스는 침착하고 신중한 성격이다. 그러면서도 내 명령을 완수하기 위해 목숨을 거는 것도 마다하지 않는다. 그래서 내가 가장 신뢰하는 병사이기도 했다.

"그럼 앞으로 계란을 그쪽에서 구해야겠군."

"그러지 않아도 사비네가 계란을 살 때는 우리 집을 이용하고 있습니다."

"사비네가? 어떻게 알고?"

"장 보러 따라갔을 때 제가 소개했습니다."

"혹시 가족에게 결혼할 여자라고 소개한 건 아니겠지?"

"……그러지는 않았습니다."

굳이 내가 일일이 신경 쓰지 않아도 밑에서 알아서 다하

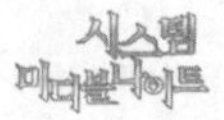

고 있었다. 사비네는 보면 볼수록 진국이다. 역시 우리 가문의 시녀장은 사비네를 위한 자리인 것 같다. 처음에는 한스의 요망에 따라 좋은 혼처를 물색해서 사비네를 시집보낼 생각이었지만 이렇게 집안일을 잘하는 사비네를 굳이 남의 집안에 시집보낼 필요가 있을까? 엄청난 손해라고 생각한다.

"제 위에 형이 두 명 있어요. 큰형은 재정부에서 일하고 있고 작은형은 공국군에서 복무하는 중입니다. 제가 사고를 크게 쳐서 취직을 못 하고 있었는데 큰형에게 무리하게 부탁해서 그나마 재정부 감찰관 직할부대에 들어갈 수 있었습니다."

"대체 무슨 사고를 쳤는데?"

머리를 긁적이던 테드는 본래 대장장이 도제로 일할 생각이었는데 그 대장장이의 아들이 결혼하는 날 술에 취해서 신나게 춤을 추다가 실수로 거대한 케이크를 밀쳐 버리는 바람에 신랑신부가 뒤집어써서 엉망이 됐고 그것 때문에 대장장이에게 쫓겨났단다.

정직(선)이지만 트러블메이커의 조짐이 있어서 테드를 요주의 인물로 지정했다.

"오스카와는 신병 때 처음 만났죠. 처음에는 비리비리한 샌님인 줄 알고 무시했는데 악바리 근성이 있어서 그런지, 의외로 훈련 때 호흡이 잘 맞아서 나중에는 잘 지내게 됐습니다. 뭐, 지금은 사비네를 둘러싼 맞수지만요. 하하하."

테드 마이어는 쾌활한 성격이다. 다소 성급한 면이 있지만, 몸을 사리지 않고 궂은일도 마다하지 않는다. 경비를 설 때 약간 농땡이를 치려는 경향이 있지만, 그 정도면 허용범위지. 둘이 동갑[16]에다가 동기이기도 했지만 냉정하게 평가해 보자면 오스카가 더 높은 평가를 받았다. 둘 사이를 어떻게든 잘 조정하는 것이 내가 해야 할 일이겠지.

다음으로 부른 것은 사비네였다.

"프로이라인 사비네. 남자들의 관심을 독차지하는 인기녀로서 누구를 선택할 거야?"

"갑자기요? 전 아직 12살인데요. 결혼하려면 15살 정도는 되어야 하지 않을까요?"

"그렇기는 한데 교통정리 좀 하려고. 널 다른 가문으로 시집보내기보다는 가신 중의 한 명과 맺어주는 것이 너나 나나 좋을 것 같아서. 골라봐. 다니엘? 테드? 오스카?"

"저는 주인님의 애인 자리도 괜찮다고 생각하는데요?"

쿨럭, 쿨럭! 마시고 있던 차를 뿜었다.

내가 지금 잘못 들은 건 아니겠지? 어디서 큰일 날 소리를.

"어머, 괜찮으세요?"

"괜찮아. 내 애인 자리보다는 견실한 남편을 골라서 행복한 가정생활을 꾸리는 것이 훨씬 현명하단다. 그리고 난

애인 같은 건 필요 없어."

"아쉽네요. 그러면 다니엘로 정할게요."

"그래? 다행이네. 다니엘이 고생한 보람이 있었네."

"다니엘이 저 때문에 안달 내는 모습이 재미있었거든요."

……그러냐. 12살이라도 여자는 여자라는 건가. 키득키득 웃으며 앙큼한 표정을 짓는 것이 사비네의 진짜 모습일 수도 있겠다. 아무래도 다니엘은 사비네에게 훌륭하게 깔려서 살게 될 팔자인 것 같다. 사비네의 의지를 알았으니 마지막으로 한스와 다니엘을 불렀다.

"한스. 아직도 사비네를 좋은 곳에 시집보낼 생각이냐?"

"아, 예. 혹시 좋은 혼처 자리라도 있습니까?"

"나는 사비네를 시집보내기보다는 우리 가문의 시녀장으로 삼았으면 좋겠는데 네 생각은 어때? 가족이 함께 지내는 게 좋잖아."

"그야 그렇지만, 사비네의 혼처는 어떻게 하시게요?"

"옆에 있는 다니엘에게 시집보낼 생각이다."

잠자코 있던 다니엘의 눈이 휘둥그레졌다. 순식간에 굳어버린 한스의 목이 끼기긱 돌아가며 다니엘을 노려봤다. 환희에 차 있던 다니엘은 뱀 앞에 놓인 개구리처럼 움츠러들었다. 다니엘이 조심스럽게 말했다.

"넬은 제가 꼭 행복하게 해 줄게요, 처남."

"누가 네 처남이냐?! 이 결혼은 반대야!"

“한스, 사비네가 다니엘을 선택했다. 나는 최대한 본인 의사를 반영해서 맺어주려고 하는데 오빠가 그렇게 무턱대고 반대하면 되겠나?”

“사비네가…… 다니엘을 선택했다고요?”

한스는 믿을 수 없다는 표정으로 다니엘을 바라봤다. 다니엘은 벌써부터 덩실덩실 춤이라고 추고 싶은 심정인 것 같지만 사비네가 15세가 되기 전까지는 결혼이 아닌 약혼이라고 확실하게 못을 박았다.

아무리 결혼 연령대가 낮은 시대라도 15세에 결혼을 시키는 것이 일반적이다. 어린 나이의 출산은 매우 위험했으니까. 지금 시대도 그 정도 상식은 있다. 그래서 나는 공식적으로 사비네와 다니엘을 약혼시켰다.

테드와 오스카를 좌절로 몰아넣었지만 좋은 혼처를 찾아내면 주선해 주겠다고 약속하면서 달랠 수 있었다. 한스는 여전히 다니엘이 마음에 들지 않았으나 일단 사비네가 다니엘을 선택했으니 마지못해 받아들였다.

이렇게 집안 교통정리를 끝마치고 나니까, 속이 다 후련했다.

시간이 날 때면 베르트하임의 저택에 찾아갔다.

늙은이의 말동무라도 해달라고했으니 가서 차나 마시면서 수다나 떨어줘야지. 사실 내가 이렇게 베르트하임과 교류를 가지는 것은 이 인맥의 보고와 가까워질 필요가 있었기 때문이다. 내 인맥이라는 게 정말 쥐뿔도 없거든.

"클루겐은 아직도 못 찾았습니까?"

"사람을 풀어 조사하고 있지만 아무래도 하수구 어딘가에 숨어 있는 것 같구먼. 그래서 더 이상 수색은 어려울 것 같아서 지금은 포기했지."

"수년 동안 숨어 지낸 사람이니 쉽게 찾아낼 수는 없겠죠."

귄터 폰 클루겐이 도망친 이후로 베르트하임은 사람을 풀어 수색을 벌였지만, 성과는 없었다. 하수구에 대해 조사를 진행했더니 로마 시대에 지어진 것이라 정확한 규모와 지리에 대한 정보가 거의 없었다. 즉, 지하미로라는 소리다.

수색자 스카우터를 동원하면 쉽게 찾을 수 있겠지만 솔직히 말해 다시 상대하고 싶은 마음은 없다. 자존심 때문에 목숨을 걸 정도로 어리석진 않다. 재수 없게 어딘가에서 마주치지 않는 이상 싸울 일은 없을 것이다.

그나저나 내게 소개해 준다고 했던 기사는 준비 시간이 오래 걸리는지, 계속 나를 기다리게 했는데 대체 얼마나 대단한 격의 집안인지 모르겠지만 슬슬 짜증이 났다. 하루

빨리 필른을 단련해야 할 텐데. 그래야 나중에 클루겐을 만나더라도 쉽게 당하진 않을 것이다.

"조금만 기다리게. 생각보다 일이 복잡해서 시간이 걸리는 것뿐이야."

"이렇게 기다릴 정도로 가치가 있는 인물입니까?"

"이 늙은이의 명예를 건다면?"

굳이 걸 필요까지는 없는데요.

"얌전히 부름을 기다리죠. 아, 한 명 더 소개를 부탁해도 되겠습니까?"

"경을 기다리게 했으니 그 정도는 들어주지. 어떤 사람을 말인가?"

"제 가신들이 자기 이름도 쓰지 못합니다. 적어도 귀족의 가신이라면 글자라도 알아야 하지 않겠습니까? 돈은 얼마나 들어도 상관없으니 잘 가르치는 교사를 소개받고 싶습니다."

이왕 인맥을 빌리는 거, 교사나 소개받자. 베르트하임은 내게 궁중사제단의 전례사제를 소개했다. 괴링을 통해 미리 전해 둘 테니 전례사제 게오르크를 찾아가 그의 제자 중 한 명을 교사로 고용해 보라고 권했다.

전례사제라면 내가 알기론 궁중사제단의 2인자 격인데? 국가의 모든 전례를 주관하는 사람이라고 할 수 있다. 아니, 그런 사람을 막 소개해줘도 되는 거야? 그리고 궁중사제단은 나와는 완전히 상극 아닌가. 괜히 책잡히고 싶지 않아서 거절했다.

"좀 부담 없는 인맥은 없습니까?"

"그럼 공국 대학교의 학생을 알아보게나. 학생들 대부분이 학비를 벌려고 귀족의 가정교사로 일하는 경우가 많으니까."

음? 그것도 좋은 방법이겠군.

나중에 한 번 알아보면 되겠다.

그런데 다음 날, 아침 일찍부터 찾아온 괴링은 다짜고짜 나를 왕성으로 안내했다. 갑자기 웬 왕성? 내가 왕성에 방문할 일이 있었던가? 세습 서훈을 제외하고는 현재로서는 딱히 왕성에 방문할 만한 이유가 없다.

게다가 내 격으로는 알현자격조차 없었다.

적어도 십부장 정도는 되어야 최소조건을 충족한다.

그마저도 며칠을 기다려야 겨우 알현이 허락된다.

"나, 왕성에 처음 들어가는데 어떡하지?"

"진정해, 테드. 볼프강 님에게 망신을 줄 생각은 아니겠지?"

"당연히 아니지! 후하! 후하!"

테드와 오스카를 수행원으로 데려왔는데 그냥 오스카만 데려올 걸 그랬나.

베르트하임은 왜 나를 왕성으로 부른 걸까?

여러 가지 추측을 하면서 보기만 해도 주눅이 들 정도로 웅장하고 거대한 석벽을 지나 왕성 내부의 넓은 정원으로 들어섰다. 그리고 그 정원 한가운데에 9명의 남자가 대장이 외치는 구령에 맞춰 훈련하고 있었다.

— 합! 합! 합!

일사불란하게 움직이는 것 같은데 배운 지 얼마 안 되는 움직임 같다.

베르트하임은 시원한 그늘에 다과를 즐기고 있었다. 그의 곁에는 굉장히 잘생긴 소년 두 명이 함께하고 있었다. 혹시 내게 소개해 준다는 기사가 저 소년들인가? 베르트하임은 나를 발견하고는 손을 흔들었다. 그러자 훈련을 하고 있던 남자들이 일제히 멈추더니 내게로 시선이 쏠렸다.

상당히 민망했다.

뭐야, 이거? 신종 괴롭힘이냐?

"어서 오시게, 슈트라이트 경. 놀라게 한 것 같아서 미안하구먼."

"후작님. 대체 이게 무슨 일입니까? 갑자기 왕성으로 오라니."

"소개해 줄 분이 있어서 그런 것이니 너무 괘념치 말게."

소개해 줄 분? 베르트하임이 존칭을 해야 할 귀족이라면 왕족 정도는 되어야 할 텐데? 내 시선이 여유롭게 앉아 있던 소년에게로 향했다. 나보다 연상인 것 같은 미소년이

다. 예쁘장하게 잘생겼네. 그 뒤에 서 있는 소년도 참 잘생겼다.

사비네가 이 소년들을 봤으면 난리가 났겠는데?

이 두 소년은 천부적인 귀공자 스타일이었다.

나도 어디 가서 꿀리는 외모는 아니지만, 이 둘과 비교하자면 부족한 것은 사실이다. 그런데 나는 이 잘생긴 소년들을 어디선가 본 적이 있었다. 어디서였지? 아, 이제 생각났다. 미디블나이트를 플레이 하다 보면 어떻게든 한 번쯤 엮이게 되는 유명한 콤비였다.

"나는 이 나라의 왕세자, 프란츠 루트비히 폰 알트링겐이다. 이쪽은 내 측근인 레오 폰 베르미어다. 경에 대한 이야기는 후작에게 들었다. 동 세대에 적수가 없을 정도로 강하다지?"

유저들 사이에서 유명한 왕세자 콤비를 이렇게 빨리 만나게 될 줄이야. 애초에 서훈도 받지 못한 말단 세습기사에게 왕세자를 알현할 자격 같은 것은 없다. 적어도 십부장 이상은 되어야 최소한의 알현 자격을 받을 수 있다.

귀족이라고 개나 소나 왕세자와 만날 수 있는 것이 아니다.

다만 생각지도 못한 상황에서 만나게 될 줄은 예상치 못했다.

"과찬이십니다, 왕세자 저하. 저는 아직 서훈을 받지 못한 말단기사에 불과합니다.”

“흔한 말단기사였다면 후작이 내게 경을 소개해 주지 않았겠지. 사실 격의 문제가 컸지만 여긴 알현장이 아니고 정원이니까, 격을 따질 필요는 없어. 대련 상대를 찾고 있다면 내 친위대를 상대해 주는 건 어때? 친위대장을 제외하고는 아직 실전도 거치지 못했거든. 격전을 치렀다던 경이 가르침을 준다면 고맙겠는데?”

훈련을 받고 있던 남자들은 친위대원이었다. 서훈을 받은 정식기사들이라는 소린데 내 선배님들이라고 할 수 있다. 그런데 서훈도 받지 않은 나보고 가르침을 주라고? 나를 보는 친위대의 눈빛에 호승심과 적개심이 뒤섞여 있다.

당연하겠지.

주군에게 무시를 당한 것이나 마찬가지니, 나에 대한 감정이 좋을 리가.

이건 대련이 아니라 싸움으로 번질 것 같다.

베르트하임과 왕세자가 작당해서 이런 무대를 마련한 건가?

“후작님, 제가 원하는 방식과는 다소 거리가 있습니다만?”

“미안하구먼. 경이 원하는 상대를 찾을 수가 없어서 할 수 없이 왕세자 저하에게 소개한 것뿐이네. 마침 저하께서는 경과 같은 인재를 찾고 계셨지.”

아무리 그래도 그렇지, 이건 너무 과한 것이 아닌가.

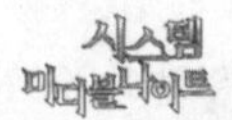

왕세자는 정원에서 보는 것으로 격의 유무를 따지지 않는다고 했지만 어쨌든 비공식적인 알현이기 때문에 나는 지금 이 상황이 누구보다도 당황스러웠다. 상정 외였으니까.

"당황하지 마시게. 좋은 기회라고 생각하게나. 여기 계신 저하와 안면이라도 트기 위해 무수히 뇌물을 바치는 귀족들이 얼마나 많은지 아는가? 기회를 잡게."

"……맞는 말씀입니다. 제게는 영광스러운 자리겠죠."

"후작의 소개가 아니었다면 이렇게 번거롭게 자리를 만들지 않았지."

베르트하임은 내게 최고의 인맥을 소개해 준 것이나 다름없다. 그것도 차기 공왕이 될 사람이라면 엄청난 특혜다. 하지만 여전히 의구심이 드는 것은 왜 베르트하임은 내게 이런 특혜를 베푸는 것일까? 이유 없는 호의는 경계해야 한다. 그 오래된 격언이 잠시 생각났다.

하지만 베르트하임의 의도가 무엇이든 기회인 것은 사실이었다.

"후작, 우리 내기를 한번 해 보겠나?"

"호오, 내기라면 저도 좋습니다. 저는 슈트라이트 경에게 은화 1닢을 걸지요."

"……내가 먼저 걸려고 했었는데. 그럼 친위대에 은화 1닢. 레오, 너도 걸어."

"저도 친위대에게 걸겠습니다."

이젠 내기까지 한다. 왕세자가 저런 성격이었나? 왕세자 콤비가 유저들 사이에서 유명한 건 알고 있었지만 유감스럽게도 나는 자세하게 알진 못했다. 영주기사와 관련된 퀘스트만 반복해서 진행하다 보니 왕성퀘스트는 대부분 지나쳤기 때문이다.

이럴 줄 알았으면 왕성 퀘스트도 해 봤어야 했는데.

하긴, 설마 내가 이 미디블나이트의 세계로 들어오게 될 줄은 몰랐지.

그냥 공염불 같은 푸념일 뿐이다.

그런데 뜬금없이 친위대의 눈에서 불똥이 튀더니 다른 의미로 불이 붙어 버렸다.

"왕세자 저하! 제가 슈트라이트 경을 꺾으면 그 은화 1닢을 제게 주십시오!"

"그것도 좋겠지. 누구든 슈트라이트 경을 꺾는다면 은화 1닢을 준다."

"우와! 은화 1닢이다! 검은 빵을 잘게 찢어먹는 생활도 끝이야!"

"내가 먼저다!"

은화 1닢에 너무 좋아하는 거 아니냐? 그리고 검은 빵? 명색이 왕세자 친위대원들이 굶고 다니는 건 아니겠지? 기세등등한 친위대를 상대로 나는 대기하고 있던 시종이 건네준 목검을 들었다. 진검으로 대련을 했다가는 부상을 입

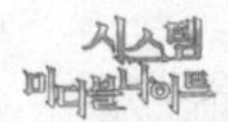

기 쉬우니까 당연한 조치였다.

내가 진검에 너무 익숙해져서 그런가?

어째 목검이 조금 어색했다.

……그런데 어쩌다가 내가 여기에 있게 된 거지?

본래 왕세자에게는 친위대가 없었다. 공왕친위대가 존재하기 때문에 왕세자가 왕위에 오르게 된다면 이들을 직속병력으로 부릴 수 있기 때문이다. 그러나 카를루스 공왕(35)이 즉위한지 겨우 3년밖에 되지 않았다.

나와 동갑인 왕세자는 다음 즉위까지 적어도 20년 이상은 기다려야 한다.

그러니 왕세자는 자신의 직속 병력을 가지고 싶었던 모양이다. 그러나 공왕친위대의 반발을 우려해서 그 친위대에게 추천을 받는 형식으로 10명을 뽑았는데 공왕친위대원들은 상속을 받지 못해 천덕꾸러기 신세였던 동생들을 왕세자 친위대로 밀어 넣은 것이다.

"나는 게르트 폰 호른스트다. 경에게 유감은 없지만, 은화 1닢을 위해 죽, 아니 쓰러트려 주겠다. 쓰레기 같은 검은 빵은 더 이상 먹고 싶지 않아!"

"……미친한 솜씨이지만 최선을 다해 상대해드리겠습니다. 호른스트 경."

나도 검은 빵을 먹어 본 적이 있는데 그건 사람이 먹을 만한 것이 아니다. 그러나 평민들의 대부분 주식이 그 검은 빵이라는 것을 알게 된 다음부터, 먹지는 않더라도 최소한 남들 앞에서 불평을 내뱉지는 않았다. 다른 이들에게 상처를 줄 수 있기 때문이다.

아무튼 제일 처음 상대하게 된 호른스트는 폼탁의 자세가 안정되어 있었다.

무게 중심이 앞으로 쏠려 있는 것으로 봐서 전형적인 돌격스타일이었다.

나 또한 변형된 폼탁 자세를 취했다. 머리 위에 검을 들어 올리는 자세가 아닌 어깨에 걸친 스타일이다. 실전과 대련의 차이점이라면 실전은 죽이는 것이 원칙이고 대련은 점검하는 것이 원칙이다. 그래서 나는 상대의 움직임과 중심축, 내디딘 발의 위치를 관찰했다.

그리고 어떤 타이밍에 공격이 들어올지 예상할 수 있었다.

진검을 가진 상대와 목숨을 건 일전에서는 이런 것을 파악할 여유가 없었다.

"흐압!"

힘차게 오른발을 디디며 상당히 빠른 속도로 내게 돌진해와 샤이텔하우(메리 베기)를 펼쳤다. 나는 그 즉시 내려치는 검의 옆면을 뒷날로 때려 궤적을 깨트렸다. 크럼프하우(꺾어 베기).

그리고 뒤이은 깔끔한 머리치기. 너무 돌격에만 치중하는 바람에 호른스트에게는 빈틈이 컸다. 머리를 맞고 물러

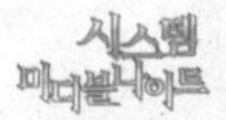

선 호른스트는 얼떨떨한 표정을 지었다.

"돌격에만 치중하다가 이처럼 간단하게 반격을 당할 수 있습니다. 좀 더 침착성을 유지하여 다음 수를 대비할 줄 안다면 발전이 있을 겁니다."

"내 은화 1닢이! 검은 빵이! 빌어먹을!"

아니, 검은 빵에 너무 목매는 거 아니야?

그리고 내가 해 준 충고는 듣고 계시나요?

호른스트가 너무 쉽게 당하자 친위대들 사이에서 동요가 일어났다.

왕세자 친위대라고 하기에는 실력이 좀 떨어졌다. 다음 상대는 신중한 옥스 자세를 취해 천천히 내게 검 끝을 고정하며 압박해 왔다. 호른스트를 반면교사로 삼은 건가? 에른스트 폰 하우멜스는 침착성을 가지고 있었으나 반대로 호른스트 같은 과감성이 부족했다.

—탁!

"크윽!"

사선으로 올려 베기를 시도하던 하우멜스의 공격에 손목치기로 간단하게 목검을 떨구게 만들었다. 그렇게 신중하게 공격하려고 한다면 이쪽에서는 수가 뻔히 보인다.

그다음 상대는 제법 균형이 잡힌 스타일이다. 수가 읽히지 않게끔 근접으로 붙어 바인딩을 시도했고 와인딩을 타며 내게 적극적으로 공격했다.

— 탁! 탁!

흠, 공수 양면으로 안정적인 선배님이군. 그런데 아래쪽이 너무 무방비다. 실전일 경우 물밑에서 몸싸움이 매우 치열하게 일어난다. 나는 스텝으로 열심히 움직이는 상대의 안다리를 걸고 그대로 넘어트렸다.

그리고 머리 베기. 레슬링 기술이 약하시군. 라인하르트라고 했었나? 레슬링 훈련을 집중적으로 병행한다면 수준급 실력자가 될 것 같다.

"빈센트 폰 베이. 앞서 상대한 녀석들과는 다를 것이다, 은화 1닢!"

"……잘 부탁드립니다. 베이 경."

이젠 나를 은화 1닢이라고 부르는 거냐?

— 탁!

오, 시작하자마자 찌르기? 매너 없는 짓이었지만 뭐, 이쪽은 미리 왼발을 내밀고 있었기 때문에 오른발을 내디뎌 가볍게 피한 후 비어 있는 상대의 손목을 쳤다.

장미의 기사에게 타격을 줬던 기술이며 그때는 목숨을 걸고 간발의 차이로 피했었다. 이 정도 찌르기는 쉽게 피할 수 있다. 그리고 곧바로 머리치기. 참, 쉽죠?

베이의 나라 잃은 표정을 뒤로하고 다음 친위대원이 달려들었다.

그렇게 대련에 대련을 거듭하다 보니 상대의 움직임을

쉽게 읽을 수 있게 됐다. 혹시 이게 펠른이라는 건가? 검을 맞댄 후에도 상대가 무게 중심축과 압력을 어디로 두고 있는지, 힘의 방향과 작용점을 파악하여 어떤 공격으로 이어지는 것까지 간파해낼 수 있었던 것 같다.

이게 시스템에 의한 교정이라면 이 감각을 계속 유지하는 것이 무엇보다 중요했다.

시야에 의존하는 경향은 여전했지만 어쨌든 한발 앞서 대응이 가능하다는 점에서 매우 고무적인 성과였다. 역시 목숨을 거는 부담도 없고 같은 검술을 익힌 상대라서 그런지, 편안하게 기술을 복기할 수 있어서 내게도 상당히 도움이 됐다.

대련상대를 찾고자 했던 것은 결과적으로 옳은 선택이었다.

그렇게 9명을 상대로 한 번도 지지 않고 이길 수 있었다.

“우리 너무 쉽게 진 거 아니야?”

“나름 검술을 익혔는데 상대가 되지 않다니.”

내가 너무 인정사정 봐주지 않고 박살내서 그런지, 친위대 선배들이 좌절하고 있다.

베르트하임은 흡족하게 웃으며 왕세자에게 말했다.

“어떻습니까, 왕세자 저하. 시간을 내준 보람이 있으신지요?”

“정말 말이 안 나오는군. 솔직히 말하자면 후작의 허풍인 줄 알았는데. 친위대 전원이 저렇게 쉽게 깨지다니. 아이젠나흐, 친위대장의 실력을 보여 줘라."

마지막 남은 1명은 나보다 격이 높은 십부장 친위대장이다.

9명의 친위대를 이끄는 리더격인데 과연 곁에 있기만 해도 듬직해지는 터프한 인상의 남자였다. 성급하게 덤비다가 반격당하고 신중하게 대응하다가 주도권을 내줘 당하는 부하들을 지켜본 아이젠나흐는 과연 내게 어떤 실력을 보여줄 것인가?

"베르톨트 리터 폰 아이젠나흐다. 경은 어느 분에게 지도를 받았나?"

"전쟁터에서 전사하신 아버지에게 가르침을 받았습니다."

"과연, 스승이 훌륭하기에 이만한 제자를 키울 수 있다는 건가."

내 검술스승은 시스템이지만 이럴 때는 아버지를 팔아야지, 어쩌겠어? 아이젠나흐의 기도는 범상치 않았다. 확실히 친위대장에 오를 만한 실력자인 것 같다. 그러고 보니 친위대장만 유일하게 실전을 겪은 것 같은데 그렇다면 실전처럼 받아주는 것이 예의 아닌가.

천천히 압박하며 전진해 오는 아이젠나흐의 목검이 번개처럼 사선을 그었다.

— 탁!

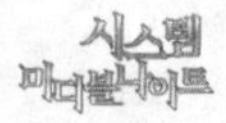

부딪쳐 오는 힘이 묵직한 것으로 보아 힘이 장난이 아니다. 그러면서 바인딩으로 유도해 근접전으로 몰고 가는 기술은 능숙해 보였다. 그러나 나 또한 힘에서 밀리지 않는다. F급 기사(무력20% 용맹20%)가 있기 때문이다.

손잡이를 붙잡은 손으로 회전하듯이 검을 휘두르며 공격에 공격을 거듭하는 주도권 싸움은 더 이상 내게 부담을 주지 않았다. 진검이었다면 피를 말리는 싸움이었겠지만.

목검이라는 점에서 마음의 여유를 가질 수 있었다. 친위대장은 그렇지 못한 것 같지만 이 차이는 의외로 상당히 컸다. 나는 아이젠나흐가 시도하려는 모든 기술을 한발 앞서 간파해냈고 역으로 반격하면서 주도권을 잡으려고 했던 아이젠나흐를 몰아붙였다.

풍차가 돌아가듯 화려한 와인딩의 주도권 싸움 끝에 나는 정확히 아이젠나흐를 3번 공격했다. 사선 베기를 시도하다가 크럼프하우로 아래쪽으로 튕겨 손목을 벴고 억지로 들어 올리는 순간 미끄러지듯이 그어 베기로 팔을 벴다.

그리고 어깨로 밀어붙여 가드가 흐트러진 틈을 타서 손잡이 끝으로 머리를 쳤다. 롱소드의 퍼멀이었다면 이것으로 끝났겠지. 아니, 그 이전에 진검이었다면 손목과 팔을 벤 시점에서 이미 끝났다. 머리를 맞고 주저앉은 아이젠나흐는 귀신이라도 본 것 같은 표정이었다.

물 흐르듯 자연스러운 연속기술이었으니까.

"훌륭한 대련이었습니다. 아이젠나흐 경."

"경의 실력에 경의를 보낸다. 전혀 상대되지 못했군."

"지금까지 대련한 상대 중에 가장 강하셨습니다."

"대원들보다 못한다면 친위대장 자격은 없지. 기회가 된다면 경과 다시 한번 대련을 해 보고 싶군."

아이젠나흐는 몹시 아쉬운 것처럼 보였다. 10명의 친위대와 대련을 하면서 나름 얻은 것이 많았다. 처음부터 진검으로 목숨 건 싸움을 해댔으니 여유를 가진 적이 거의 없었다.

특히 클루겐과의 싸움은 집중력을 놓치면 한순간에 죽을 수 있는 상황이라 그만큼 감정의 마모가 심했다. 그래서 그와 다시 붙고 싶지 않았다.

그러나 대련을 통해서 여유를 배울 수 있었고 오히려 상대의 공격을 간파해낼 수 있었기에 내게 필요했던 것은 바로 이런 여유였던 것 같다.

실전에서도 이 마음가짐이 그대로 이어질지는 미지수지만 여유를 가지고 상대하다 보면 오히려 상대가 조급해진다는 것을 경험했으니 확실한 공부가 됐다.

반면 친위대원들의 사기가 뚝 떨어졌다.

"훌륭한 솜씨다. 하지만 새로 뽑은 내 친위대의 수준을 알게 된 것 같아서 씁쓸하군. 아이젠나흐조차 상대가 안 될 줄은 몰랐지만."

"차남과 삼남 위주로 뽑았으니 수준이 떨어지는 것은 어쩔 수 없습니다."

"알고 있어, 레오. 역시 이 정도 수준이 내게 한계였던 것 같아."

이번 대련을 통해 필른의 숙련도가 5 정도 오른 것을 확인할 수 있었다. 생각보다 적게 올랐지만 일단 중요한 것은 대련을 통해 필른을 익힐 수 있다는 점이다.

"슈트라이트 경. 경의 실력이 이토록 대단한데 어째서 서훈을 받지 않은 거지? 경의 부친이 공훈을 세워 당장 신청해도 세습서훈을 받았을 텐데."

"전장에서 살아남을 수 있을 만큼의 실력을 갈고닦은 후 서훈을 받으려고 했습니다."

"경은 철두철미한 성격인 것 같군. 그렇다면 내가 서훈의 편의를 봐주지."

왕세자가 서훈의 편의를 봐준다고? 왕세자와 알현이라도 하려고 줄을 서서 기다리거나 뇌물을 바치는 귀족들 입장에서는 복장 터지는 파격적인 혜택이었다. 그러나 그것은 곧 왕세자파벌로 분류된다는 것을 의미했다.

전에 베르트하임에게 들었던 베렌 공국의 파벌관계가 떠올랐다. 대표적인 4개의 파벌로 이루어져 있는데 강강약약으로 나뉜다. 우선 왕위 정통성과 순위가 가장 높은 왕세자파. 당연하지만 가장 강력하고 결속력이 높으며 대부분의 귀족과 제후들이 가담하고 있다.

정통성이 문제가 되지 않는 한, 보통은 왕세자파가 강세인 것은 당연했다. 프랑스 부르고뉴와 국경을 접한 서부제후들이 동부제후들을 견제하기 위해 왕세자에게 손을 들어준 것도 파벌이 강력해진 이유이기도 했다.

그리고 2왕자파. 왕세자를 위협하는 뛰어난 능력을 갖추고 있었다면 내전으로 발전할 수도 있겠지만 다행인지 불행인지, 2왕자 루이스 킬리안 폰 알트링겐은 선천적으로 몸이 약했고 세력이 제일 약했다. 왕세자가 잘못됐을 경우를 기대한 귀족들이 대부분 속해있었다.

왕녀파도 마찬가지다. 왕녀 에반젤린 테레지아 폰 알트링겐은 정치적인 식견을 어느 정도 가지고 있어서 그것을 기대하는 소수의 귀족들이 있었지만, 기본적으로 왕족끼리는 사이가 좋은 편이다. 이 두 파벌이 약소세력이고 거의 구색에 가깝다.

마지막으로 가장 강력한 파벌인 공작파.

오토 브라운 폰 알트링겐은 공왕 카를루스의 동생이다. 어느 나라의 역사를 봐도 직계의 정치적인 최대 위협은 대부분 왕의 형제들이었다. 베르트하임에게 공작의 진짜 성격을 듣지 않았다면 나도 공작이 왕세자의 가장 큰 적이라고 생각했을 것이다.

본래 카를루스 공왕은 왕위에 오르기 싫어서 선대 공왕

에게 동부에 위치한 왕실직할령 라덴스도르프를 받는 조건으로 왕위를 포기하려고 했지만 선대 공왕이 동생에게 라덴스도르프 백작 위를 물려주면서 도망치려는 계획이 좌절되었다고 한다.

그래서 왕실의 격에 따라 라덴스도르프 백작이 된 오토는 라덴스도르프 공작으로 격상하게 되었고 동부제후들을 규합하여 왕세자를 정치적으로 위협하는 최대의 파벌로 군림했지만 베르트하임은 정치적인 합의가 있었다고 내게 말했다.

그게 정확히 어떤 합의인지까지는 알려 주지 않았다.

동부제후들의 경우 바이에른 공국과 국경을 접하고 있었는데 소소한 국지전을 제외하고는 한 번도 국가적인 대전을 치른 적이 없다. 그래서 프랑스나 부르고뉴와 피 터지게 싸워왔던 서부제후들은 동부 국경의 제후들을 제대로 대전을 치러본 적이 없는 샌님들이라고 부른다.

그래서 공작을 중심으로 동부제후들이 뭉쳤고 이에 위협을 느낀 서부제후들이 왕세자를 중심으로 뭉친 것이다. 겉으로 봐서는 훗날 동서내전의 위험이 있겠지만 파벌의 실상은 겉과 속이 완전히 다르다는 것을 베르트하임에게서 들을 수 있었다.

베르트하임과 대화를 하다 보면 별의별 얘기를 다 들을 수 있어서 단순히 노인의 푸념만 듣는 것은 아니라서 꽤 유익했다. 영주기사를 목표로 삼은 이상 어떤 파벌이든 들어갈 수밖에 없다.

파벌을 신경 쓰지 않고 중립을 표방하는 대제후(북장 오펜부르크 후작, 포르츠린겐 백작) 정도가 되지 않는다면 작은 마을을 소유한 영주기사들은 파벌의 관계에 따라 손쉬운 표적이 될 수도 있다.

영주기사를 달성한 유저들에게 가장 많이 주어진다는 로젠하임의 경우, 서부와 가까워서 왕세자파벌에 들어가는 것이 가장 안전했다.

그래서 서훈의 편의, 왕세자파벌의 장단점, 영주기사가 되었을 때 주어질 가능성이 가장 큰 영지가 로젠하임인 것을 고려한다면 왕세자파벌에 무게추가 실리는 것은 어쩔 수 없다.

머릿속에 계산기를 빠르게 두들긴 끝에 나는 왕세자파벌에 가담하기로 결심했다. 공작파벌과는 당연히 사이가 나빠지겠지만 대부분이 동부 제후들이라서 접촉할 일은 많지 않다.

“저하께서 제 서훈의 편의를 봐주신다니 영광으로 받아들이겠습니다.”

“실력 있는 기사를 영입하기 위해서는 이 정도 편의는 봐줘야지. 이 눈으로 확인한 이상, 경에게 친위대 검술교관자리를 주기 위해서는 대신들을 설득할 필요가 있어.”

내게 친위대 검술교관자리를 준다고? 그러기 위해서 손수 대신들을 설득? 호의가 너무 과한데? 그것은 왕세자가 나를 명백하게 측근으로 삼겠다는 의지였다.

그러나 내게는 왕세자의 호의가 부담스러웠다. 권력과 너무 가까워지면 반드시 질시를 받게 된다. 벌써 나를 바라보는 일부 친위대의 시선이 험악해진 상태였다.

"저하의 호의에 감사합니다만 아직 서훈도 받지 않았고 공훈도 세우지 못한 신참기사가 선배님들을 가르치는 입장에 서게 되는 것은 매우 부담스럽습니다. 그리고 무엇보다 주변이 납득하겠습니까?"

그러자 왕세자의 최측근인 베르미어가 덧붙였다.

"프란츠 님, 주변의 상하 관계를 고려하셔야 합니다. 성급한 결론으로는 노회한 대신들을 설득하기가 어렵습니다. 적어도 그들이 반박할 수 없는 명분을 갖춰야 하지 않겠습니까?"

"흐음, 맞는 말이야. 확실히 내가 조금 앞서간 것 같군. 그럼 슈트라이트 경이 모두를 납득하게 해 줄 만한 공훈을 세워야 할 텐데 적당한 무대를 생각해 봐야겠군."

왠지 엄청 귀찮은 일에 휩싸일 것 같아서 사양하고 싶은데. 왕세자는 조만간 좋은 자리를 마련해 준다고 약속한 뒤 베르미어와 함께 자리에서 일어났다. 이제 왕세자와의 비공식 접견이 끝날 시간인 것 같다.

왕세자가 한가한 사람도 아니고 나와 자리를 마련하기 위해 일부러 시간을 냈다고 하니 더 이상 그의 시간을 방해할 수는 없었다.

"개인적으로 경과 자주 봤으면 좋겠군. 경과 같은 실력자는 흔치 않으니까."

아이젠나흐는 그 말을 남기고 친위대를 인솔하여 왕세자의 뒤를 향했다. 친위대원들과 다르게 아이젠나흐는 내게 호의를 보이고 있었다. 나도 그와의 교류는 환영한다.

친위대장이라 왕세자의 곁에서 떨어질 수 없지만, 왕세자와 접점을 가진다면 그와도 계속 교류를 가질 수 있지 않을까? 대련을 통한 교류. 그리고 우군을 늘릴 필요가 있었다.

베르트하임이 내게 다가왔다.

"경이 보기엔 저하의 성품이 어떠한가?"

"다소 성급한 면이 있긴 하지만 그걸 적절하게 바로잡아 줄 부하(레오)가 있으니 균형이 잘 잡혀 있는 것 같습니다. 저 정도면 충분히 괜찮은 성품이죠."

"흐음, 경이 보기에도 그렇게 보인다는 건가."

"무슨 문제가 있습니까?"

"저 둘은 서로 의지해서 해결하려는 경향이 강하네. 그 때문에 몇 번이나 위험한 일을 겪었지. 그래서 친위대를 만들게 된 것이지만 이 늙은이의 눈으로 봐서도 유사시에 크

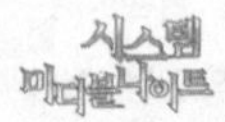

게 도움이 될 것 같지는 않구먼. 고작해야 시간 끌기인가?"

위험한 일을 겪었다고? 왕세자가 위험한 일을 겪게 되는 경우가 얼마나 있겠는가. 암살위협이 아닌 이상은. 이런 소문은 들어본 적이 없으니 아마도 극비일 것이다.

그런가?

그래서 친위대를 만든 건가. 유사시에 왕세자를 지킬 방패로 쓰기 위해서? 아니, 시간을 끄는 용도일 수도 있다. 그들의 실력으로는 단독으로 암살자를 당해내진 못 할 테니까.

"저하께서는 암살위협을 받고 있는 겁니까?"

"사흘 뒤에 성대한 연회가 열릴 예정이네. 매력적인 꽃밭이라 벌이 결코 지나칠 수 없는 그런 연회를 말일세. 이 늙은이도 초대를 받았는데 경도 함께 가겠는가?"

"……알겠습니다."

의미심장한 초대로군. 베르트하임은 그 연회에 무슨 일이 일어나게 될 것인지 알고 있는 것 같다. 매력적인 꽃밭과 벌. 단순한 비유였을까? 집으로 돌아온 나는 보도를 불렀다.

보도는 짧은 시간에도 제법 많은 양의 정보를 모아왔는데 내가 가장 궁금하게 생각했던 슬럼 조직의 일부 정보를 확인할 수 있었다.

"매춘거리는 라펠이 장악하는 중이라고?"

"진압부대가 슐랑에의 본거지를 급습해서 대부분의 간부와 우두머리를 체포하면서 붕괴했죠. 감찰부총감을 죽인 놈들을 관청이 가만 놔둘 리가 없으니까요."

"그럼 지금의 슬럼은 트레펜과 라펠의 천하인가?"

슬럼 조직이라고 하면 규모도 크고 그만큼 대단할 거라 생각할 수 있지만 실상은 진압부대만 보내도 쉽게 토벌할 수 있다. 사법부가 그들을 방치했던 것은 어차피 토벌해도 또 다른 범죄자들이 모여 새로운 슬럼 조직을 만들기 때문이다.

그래서 3개 조직이 서로 날뛰지 못하게 견제하도록 만든 것인데 그 한 축이 사고를 크게 쳐서 무너지면서 지금은 슬럼과 매춘거리가 매우 시끄럽다. 그 진압부대의 대장이 현 감찰부총감 콘라트 폰 모르트다.

나와 뤼디거를 제거하기 위해 모략을 걸었던 것으로 추정되는 인물. 엘스하이머의 데릴사위로 들어가 징세관을 장악하고 현재 감찰총감 아델베르트의 충실한 오른팔로서 재정대신을 압박하는 중이다. 언젠가 기회가 된다면 내게 모략을 꾸민 만큼 반드시 돌려줄 것이다.

슬럼과 매춘거리가 어수선하니 수상쩍은 무리들이 활동할 수 있는 여건이 되지 않을까? 거기에 로젠가든에서 도망쳤던 장미의 기사도 신경 쓰였다. 나는 보도에게 위험하지 않은 선에서 지속적으로 트레펜과 라펠의 정보를 모으

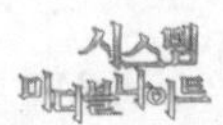

라고 지시했다.

슐랑에는 사실상 끝났으니까.

훌륭한 성과라며 보도를 거듭 칭찬했다.

"고생했어. 역시 보도에게 맡기길 잘한 것 같아. 훌륭한 성과야."

"당연하죠! 저만큼 이런 일에 빠삭한 사람은 없을 걸요? 히히히."

역시 우쭈쭈를 해줘야 보도가 의욕을 낸다.

훌륭한 성과인 것은 사실이다.

이 정도 정보를 모으고 취합하는 일은 결코 쉽지 않으니까. 그래서 나는 보도가 가지고 온 정보들 중에 엑기스만 따로 간추려 기록하는 일을 하게 됐다. 나중에 문맹에서 벗어난 가신이 있다면 넘겨버릴 테지만 내가 맡고 있는 동안에는 체계적으로 구축하기 위해 신경을 많이 썼다.

"연회에 입고갈 옷을 구해야겠지?"

내가 평소 즐겨 입는 옷은 평범한 튜닉이지만 활동성이 매우 좋았다. 그런데 마인호프 궁중백작이 주최하는 연회에 이런 차림으로 참석할 수 없었다. 슈트라이트 가문을 망신시킬 작정이 아니라면.

그래서 나는 은화 4닢을 동원해 당일까지 입고 갈 연회복을 구할 수 있었다.

화려할수록 움직임이 불편해서 최대한 편하게끔 의사를

반영했다.

“흠, 조금 어색한데? 색의 배합이 이게 맞는 건가?”

“굉장히 멋지신데요? 진짜 훌륭한 귀족 같아요, 주인님.”

“……그 동안은 귀족으로 보이지 않았어? 나름 좋은 옷을 입고 다녔는데.”

“일반적인 귀족분들보다는 화려함이 떨어졌죠.”

길쭉한 수직의 미를 강조한 고딕 복식으로 금테가 들어간 주황색 튜닉에 외투는 가문의 문장이 패턴처럼 수놓아진 긴 쉬루코였다. 짝 달라붙는 바지는 어두운 자주색과 줄무늬 등황색이 각각 다리 한 부분을 차지했다. 사비네는 내가 진짜 귀족 같다며 눈을 반짝였다.

“옷이 매우 멋지군. 젊은이답게 화사하고 길쭉한 옷이 좋겠지.”

“그러는 후작님은 그 큼지막한 모자는 어디서 구하신 겁니까?”

“껄껄껄, 내 젊었을 적 유행했던 모자네.”

베르트하임과 합류해서 함께 마차를 타고 이동하는데 마차를 호위하는 병력 중에는 한스, 테드, 오스카도 포함되어 있었다. 한스는 다른 귀족 호위병들에게 밀리지 않으려고 매우 근엄하게 나를 수행했다. 어깨에 너무 힘이 들어간 것 같다.

내 가신들은 연회장에 들어갈 수 없고 수행원이 머무는

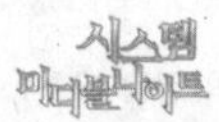

공간에서 대기하고 있을 것이다. 무슨 일이 생기면 즉각 현장으로 들어오라고 지시를 했다.

"이제 슬슬 후작님의 꿍꿍이속을 알려줘도 되지 않겠습니까?"

"꿍꿍이속이라. 지켜보다 보면 생각보다 재미있는 판이 만들어지지 않겠는가?"

"그럼 마인호프 궁중백작에 대해 알려 주시죠? 전혀 모르는 귀족입니다만."

"쉽게 말하자면 잊힌 귀족이라고 보면 되겠네."

"잊힌 귀족이요? 무슨 말입니까?"

"마인호프는 본래 2왕자(라덴스도르프 공작)를 지지하고 있었는데 충성심의 도가 지나쳐 1왕자(카를루스 공왕)를 공식 석상에서 모욕하고 말았네. 사실 그 당시에 1왕자보다는 2왕자가 왕위에 유력하던 때였거든. 결과적으로 보자면 결국 순리대로 1왕자가 공왕이 됐지."

어이쿠, 저런! 라덴스도르프 공작이 왕위에 오를 줄 알고 광적으로 충성하다가 사달을 냈구나. 그래서 현 공왕에게 찍혀 관직에서도 쫓겨나고, 연금도 별별 이유를 들어 대폭 깎이고, 주변 귀족들이 멀리하기 시작하니 고립되면서 천천히 말라가는 중이었다.

그런데 갑자기 이렇게 연회를 연 이유는 왕세자에게 잘 보여, 고립에서 벗어나기 위해 적지 않은 돈을 푼 것이라고. 그래서 이 연회에 왕세자가 참석하게 된 것이다.

"마인호프에겐 미안하구먼."

"뜬금없이 뭐가 미안한데요?"

"심혈을 기울여 재기의 발판을 마련했지만 결국 다른 사람의 무대가 될 테니까."

베르트하임은 의미심장하게 웃었다.

귀족사회에서 사교는 빼놓을 수 없는 중요한 이벤트였다.

특히 결혼적령기에 있는 귀족에게 있어서는 칼만 들지 않았을 뿐이지, 전쟁터와도 같았다.

현대의 청년(남녀)들은 스펙을 쌓고 갖가지 자격증을 취득하며 취업에 유리한 경쟁력을 갖추려고 노력한다면 이 시대의 귀족청년(남녀)들은 혼활에 목숨을 걸고 적극적으로 사교활동을 벌인다. 기본적으로 귀족계층의 숫자는 적었고 격이 비슷한 상대는 더더욱 적었다.

돈 많은 귀족, 작위가 높은 귀족, 관직에 앉은 귀족에게는 비교적 쉬웠으나 그 이하의 어중간한 귀족들에게 연회는 자신을 선보일 기회의 장이었다.

매력적인 우량품(후계자나 그에 준한)이 나타나면 겉으로는 백조처럼 우아하게, 물밑에서는 치열하게 서로를 걷어차

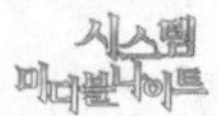

며 경쟁한다. 화려함 속에 감춰진 귀족 사교계의 적나라한 현실이었다.

그래서 격을 낮추면서까지 결혼하려고 목숨을 거는 이유는 가문의 대를 이어야 한다는 절박함 때문이다. 가문은 귀족의 근본이었고 가문의 명예가 귀족의 명예인 시대다. 그러니 가문을 잇는다는 것 자체가 귀족에게 가장 중요한 의무였다.

그러니 고위 귀족의 후계자들은 정략결혼이 비교적 쉽게 이루어진 것에 반해 나머진 피 터지는 경쟁으로 내몰렸다. 사실 나도 귀족사회의 결혼문제가 이렇게 심각할 줄은 몰랐다. 첩이 용인되던 시대도 아니고 우량품을 먼저 선점해 놓은 자가 승리자이다.

그런 뜻에서 마인호프 궁중백작의 연회에 베르트하임과 초대되어 입장한 나는 우량품은커녕, 접근하는 귀족 영애가 한 명도 없었다. 껄껄껄, 웃으며 포도주를 음미하는 음흉한 영감님 한 사람만 있었지.

이상한 소리를 해대서 관리자 스카우터로 확인해 봤지만, 이 영감은 현재 무직인 것은 틀림없다. 특이점 같은 건 발견하지 못했다. 관리자 스카우터의 맹점인데 현재 기준으로만 판별하기 때문에 이 사람이 과거에 어떤 사람이었는지까지는 알 수 없는 것이다.

매우 수상쩍지만 특별한 지위도, 아무것도 없는 평범한

노인네였다.

아무튼, 나도 결혼적령기라서 결혼을 생각해야 할 시기였지만 사실 내용물이 30대 중반 아저씨라 15~18세의 어린 여자를 아내로 삼아야 하는 것에 대해 윤리적 괴리감이 있었다. 겉모습이 15세라도 내용물이 30대이니 당연히 고민되지 않을 수 없었다.

그러나 가문이 전부인 시대라서 어떻게든 슈트라이트의 핏줄을 이어가야 하는 의무가 있었기에 억누를 수밖에 없다. 그래서 연령적 기준치를 연상으로 잡았다. 베르트하임은 내게 접근하는 영애들이 없자 혀를 찼다.

"쯧쯧쯧, 영애들이 공작을 알아보지 못하고 닭에게만 구애하는 꼴이구먼."

"저야 아직 이름을 알리지 못했고 말단 세습기사니까, 모르는 건 당연하지 않습니까?"

"뭐, 그건 그렇겠군. 그래서 경에게 적당한 무대가 필요한 게 아니겠는가?"

왕세자도 그렇고, 이 영감님도 그렇고 왜 그렇게 내게 무대를 차려주지 못해서 안달이야? 내 무대는 내가 알아서 챙길 거니까, 제발 쓸데없는 일만 벌이지 않았으면 좋겠다. 가장 중요한 손님인 왕세자가 아직 도착하지 않았기에 일단 잠자코 포도주나 마셨다.

그런데 갑자기 솟 컷이 매력적인 소녀가 우리에게로 다

가왔다. 화려한 드레스를 통해 신분이 높은 귀족 영애라는 것을 알아차렸다. 그런데 어디선가 본 적이 있는 것 같은데? 어디서였더라? 그녀는 환하게 웃으며 베르트하임에게 말했다.

"후작님이 이런 시시한 곳에 오셨을 줄은 몰랐네요."

"그건 내가 할 소리다. 연회라면 질색을 했던 네가 참석하다니, 별일이구나."

"하아, 집에서 하도 참석하라고 난리를 쳐서 어쩔 수 없이 나왔어요."

"그래. 잘 있었느냐, 힐다. 3년 전 네 생일 때 본 게 마지막이었지?"

"건강해 보이셔서 다행이에요. 어머니에게 시달리느라 별로 잘 있진 못했어요."

조손처럼 친근하게 웃으며 대화를 나누고 있었는데 졸지에 나는 꿔다 놓은 보릿자루처럼 방치됐다. 그러면서 소녀가 나를 슬쩍슬쩍 보는데 이게 인사해야 하는 타이밍인지, 베르트하임이 나를 소개해야 하는 타이밍인지 알 수가 없었다.

이 소녀는 다른 영애들에게 느낄 수 없는 생기발랄함을 가지고 있었고 무엇보다 굉장히 예뻤다. 향기도 좋다. 이건 장미향인가? 그런데 보면 볼수록 만난 적이 있는 것 같다. 내가 이런 고귀한 영애를 어디선가 만난 적이 있던가?

"어이쿠, 반가운 마음에 내가 잠시 소개를 잊었구나. 슈트라이트 경, 이 아이는 군무대신가의 막내, 브륀힐트 폰 슈타이너라고 하네."

……군무대신가?

"볼프강 폰 슈트라이트라고 합니다. 만나서 영광입니다, 프로이라인."

"반가워요, 슈트라이트 경. 편하게 힐다라고 불러주세요."

초면에 애칭으로 불러달라니.

프로이라인 슈타이너는 낯가림도 없었고 생각 외로 허물없는 소녀였다. 나와 비슷하거나 조금 더 연상인 것 같은데. 와인색의 머리카락을 편안하게 숏 컷으로 자른 것을 보면 활동적인 것을 좋아하는 모양이다.

그런데 무려 군무대신가의 막내 따님이다.

귀족 사회에서 손꼽히는 굉장히 높은 서열이었다.

이 연회를 주최한 마인호프도 궁중백작이지만 명목상의 동격일 뿐 대대로 군무대신을 지내온 슈타이너 궁중백작가와는 비교조차 할 수 없다. 그리고 이 자리에 있는 나는 베르트하임과 동행하지 않았다면 입장조차 할 수 없는 하급 귀족이었고.

힐다는 나와 베르트하임을 번갈아 바라보며 재미있다는 듯이 말했다.

"후작님 곁에 젊은 기사님이 함께 있는 건 처음 보네요.

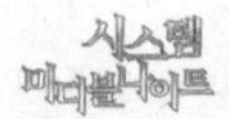

상당히 낯선 조합인데요?"

"내 손주라고 소개해 주고 싶지만 죽어서 선대 슈트라이트 경에게 혼날까 봐 참고 있는 게야. 그만큼 기대를 많이 걸고 있는 훌륭한 청년 귀족이지."

"어머, 진짜요? 평가에 인색하신 후작님이 그런 후한 평가라니. 흐응."

내게 급격하게 관심이 생겼는지 힐다가 나를 이모저모 뜯어보기 시작했다. 뱀 앞에 놓인 개구리처럼 꼼짝할 수가 없다. 눈웃음을 치며 나를 보는데 순간 아저씨 마음을 설레게 할 정도로 요망함이 담겨 있는 것 같다.

그러다가 내 왼뺨에 시선을 고정했다.

이건 장미의 기사와 싸우다가 생긴 흉터다.

나중에 의료서비스를 이용할 일이 있다면 그때 없어질 흉터이기도 했다.

"그 흉터에는 어떤 사연이 있나요? 평범해 보이지 않는데."

"이 흉터는 어떤 기사와 싸우다가 생긴 흉터입니다. 치열한 격전이었죠."

"실전을 치르셨군요. 그럼 혹시 전쟁도 참여하였나요?"

"아직 서훈을 받지 못해서 공국기사 동원령에 참가하지 못했습니다."

유감스럽게도 나는 아직 전쟁을 치르지 못했다. 킬 스코

어의 대부분 슬럼 조직원들이고 싸워 본 기사급이라고 해봐야 프로스트와 클루겐 정도밖에 없다. 그런데 힐다는 보통 영애들이 관심을 두는 분야가 아니라 내가 치른 실전에 대해 상당한 관심을 드러냈다.

군무대신가의 딸이라서 이런 분야에 관심이 많은 건가?

솔직히 말해서 생각지도 못한 화제에 당황했다.

베르트하임은 그럴 줄 알았다는 듯 포도주를 음미하며 나를 방치했다.

이봐요, 영감님. 저 좀 구해 주시죠?

힐다는 이것저것을 물어봤고 나는 최대한 성심성의껏 대답해 줬다. 호감을 떠나서 일단 상대는 나보다 한참 급이 높은 상급 귀족 영애다. 괜히 나쁜 인상을 줘서 나중에 피곤해지는 것보다는 지금 피곤해지는 것이 훨씬 나았다.

힐다는 나를 곤란하게 만들었다는 사실을 깨달았는지 사과했다.

"미안해요, 슈트라이트 경. 내가 그만 실례되는 짓을 했네요."

"괜찮습니다, 프로이라인. 괘념치 마십시오."

"그럼 나에 관해 물어보세요. 허락할게요."

빨리 물어보라며 또랑또랑한 눈빛으로 채근하는데 이렇게 식은땀이 날 줄이야.

모태솔로라서 이성에게 어떤 식으로 말해야 하는지 잘

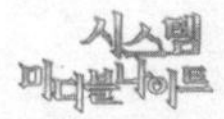

몰랐다.

그래서 그냥 있는 그대로를 묻기로 했다.

“프로이라인은 활동적인 것을 좋아하는 것 같은데 머리카락이 짧은 것은 그런 이유인가요?”

“맞아요. 관찰력이 제법인데요? 난 얌전히 집에 틀어박혀서 지내는 걸 좋아하지 않아요. 별장에 있는 호수에 발을 담그는 걸 좋아하고 들판에서 승마를 겨루는 것도 좋아해요.”

“좋은 취미군요. 저도 활동적인 걸 좋아합니다. 기량이 녹슬지 않기 위해서 매일 단련하고 있죠. 군마를 구하진 못했지만, 나중에 프로이라인과 승마 대결을 해 봤으면 좋겠습니다.”

본래의 나는 활동적이지 않았으나 매일 단련을 하다 보니 이젠 그게 중독이 되어 버려서 하루라도 단련을 하지 않으면 좀이 쑤셔 버리는 몸이 되어 버렸다. 그래서 그런지 활동적인 여성에 대해 매력을 느끼고 있는 것 같다.

하지만 마음에 든 힐다는 고원의 꽃이고 그녀를 정처로 맞이하려면 최소한 영주기사의 격 정도는 되어야 한다. 아깝지만 별수 없지.

그러다가 연회장이 매우 시끌시끌해졌다.

“왕세자 저하께서 오셨나 봐요. 영애들이 죄다 입구로 몰려갔네요.”

"저러다가 넘어지는 게…… 아이고."

"넘어진 영애는 레오브란테 궁중남작 영애예요."

"친절한 왕세자 저하께서 친히 일으켜 세워 줬군요."

"일부러 넘어진 거죠. 저하는 친절하시니까."

아, 관심 끌려고 일부러 넘어진 거였어?

어쩐지 뒤에 있던 베르미어의 표정이 조금 험악하더라니. 아이젠나흐를 비롯한 친위대들이 영애와 귀족들이 가까이 접근하는 것을 막고 왕세자를 호위했다. 이야, 무슨 아이돌 팬덤을 보는 것도 아니고.

그러고 보니 왕세자는 아직 미혼이었다. 왕세자빈이 될 수 있다면 엄청난 신분상승이니 이해 못 할 것은 아니지만 저러면 오히려 역효과일 텐데.

"저하와 인사하는 저분은 누구죠?"

"마인호프 궁중백작이에요."

이 연회의 주최자이자 이 으리으리한 저택의 주인이 누군지 몰랐는데 힐다 덕분에 이제야 알게 됐다. 흠, 저 사람이 공왕에게 모욕을 주었다던 용자인가. 마인호프 궁중백작은 꽤 수척한 인상이라 마음고생이 좀 심했던 모양이다.

왕세자를 기쁘게 환영하면서 자리를 안내하는데 옆자리가 비어 있는 곳으로 안내했다. 저 옆자리는 누구 자리지? 궁금하긴 했지만 힐다가 어떻게 알았는지 바로 대답해 주었다.

"마인호프 영애의 자리겠죠. 왕세자의 눈에 띄면 좋잖아요?"

"높으신 분도 여러모로 고생이 많네요. 저런 식으로 시달리다니."

"프란의 숙명이죠. 참고 견디는 것도 왕세자의 일이니까. 아, 프란은 애칭이에요."

왕세자를 애칭으로 부를 정도의 사이였어? 하긴 군무대신가의 딸이라면 왕족과 두루 친분이 있겠지. 그래도 애칭으로 부르니 뭔가 되게 신경이 쓰였다. 힐다는 나와 사람 구경을 하면서 내게 일일이 누구인지, 어떤 사람인지 소개를 해 줬다.

혹시 처음 본 내게 마음이 있나? 싶을 정도로 친절했다.

그러다가 베르미어가 힐다를 발견하고 다가왔다.

"힐다 님. 이런 연회에 오실 줄은 몰랐네요."

"안녕, 레오. 즐겁게 즐기고 있니? 마음에 드는 영애라도 찾았어?"

"아니요. 그보다 옆에 있는 분은 혹시…… 슈트라이트 경?"

힐다의 곁에 정말 의외의 사람이 있다고 생각했는지 베르미어가 상당히 놀란 것 같다. 힐다도 베르미어가 나를 알고 있는 것을 궁금해했다. 그래서 나는 베르트하임의 소개로 왕세자와 만나게 된 일을 간략하게 설명해 줬다.

힐다는 내가 왕세자의 측근이 될 수 있다는 것에 상당히 놀랍다는 반응이었다. 아무에게나 주어지는 자리는 아니니까.

“어쩌면 슈트라이트 경은 내 생각보다 더 거물이 될지 모르겠네요.”

“향상심이 없는 것은 아니지만 다른 귀족들의 질투심을 살까 봐, 늘 조심하고 있습니다.”

“갑자기 튀어나온 측근이라고 한다면 분명히 질투하는 귀족들도 있겠죠. 그래서 아군을 적극적으로 만들어 연계해서 대응해야 하는 법을 배워야 해요.”

내가 생각하는 것이 바로 그거다. 다른 세력들이 내게 함부로 손댈 수 없을 정도의 견고한 커넥션을 만들어놔야 자신을 보호할 수 있다. 지금의 나는 말단 세습기사라 괜찮았지만, 권력에 점점 가까워질수록 위험은 비례하여 커지는 법이다.

그래서 나는 왕세자의 측근으로 지목되어서 적대적 귀족들에게 휘둘리기 전에 같은 편을 만들고 싶었다. 우선 베르트하임 후작. 이 영감님은 겉으로는 뒷방 늙은이 흉내를 내고 있지만 결코 범상치 않은 인물이다.

무엇보다 오랜 세월 궁중귀족으로 지내오면서 쌓아온 인맥이 어마어마했다. 속내를 전혀 알 수 없다는 점에서 위험하긴 했지만 베르트하임과 가깝게 지내려는 것은 이러한 이점이 컸기 때문이다.

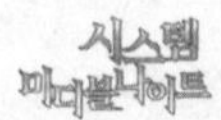

그 외의 인맥은 아직 없다. 만약 힐다와 깊은 사이가 될 수 있다면 군무대신가를 인맥에 추가할 수 있다. 물론 지금의 내 격으로 어림도 없다. 그래서 아쉽지만 적어도 친분을 유지하는 선이라면 괜찮았다.

베르미어는 나와 힐다를 번갈아 보고 있었는데 표정이 무언가 미묘했다. 곤란한 것 같기도 하고 어이가 없다는 그런 감정? 꼭 좋아하는 누나를 빼앗긴 동생 같은 표정이다.

"두 분, 오늘 처음 만나신 것 맞습니까? 오래된 사이처럼 친밀해 보이네요."

"그럼. 슈트라이트 경은 시시한 남자들하고 달라. 호수에 발을 담그며 노는 것도, 승마시합을 벌이는 것도 좋은 취미라고 말해 주었는걸. 너와 왕세자 저하와는 다르게."

"하아, 그건 일반적인 영애의 행동거지가 아니잖아요. 전 충고해드렸을 뿐입니다."

아하, 힐다가 내게 호감을 느끼게 된 이유가 자신의 취미에 공감해 준 것이 가장 큰 것 같다. 사실 이 시대 여성상은 순종적이고 얌전하며 일방적인 희생을 강요한다. 가부장사회라 여성인권이 절대 좋지 않았다.

그나마 신분이 높은 경우, 혹은 데릴사위인 경우에는 남편이 꼼짝 못하겠지만 그렇지 않을 경우 아내를 두들겨 패는 남편을 쉽게 볼 수 있다.

성경의 창세기를 보면 태초의 인간인 아담과 이브가 존

재했는데 이브가 뱀으로 변한 악마의 유혹에 빠져 선악과를 먹게 되고 그를 통해 인간을 영원의 고통에 빠트리게 되면서 이브의 딸인 여성은 쾌락과 타락에 쉽게 빠진다는 믿음을 가지게 됐다. 명백한 오역이다.

그래서 가부장은 아내와 딸을 권위와 폭력으로 다스렸다. 신분이 낮을수록 그런 경향이 더욱 두드러졌다.

그동안 왕세자는 마인호프 백작의 딸과 담소를 나누고 있었는데 들이대는 영애를 상대로 힘겹게 고군분투를 하고 있었다. 마인호프 영애는 작정했는지 왕세자에게 달라붙었고 왕세자는 내가 대체 여길 왜 왔는지 후회한다는 표정을 지으며 시선으로 베르미어에게 도움을 요청하고 있었다.

왕세자도 정말 고생이 많으시군.

왜 이런 연회에 참석하게 되었는지 모르겠지만.

"프란츠 님을 도와주세요. 힐다 님이 계시면 마인호프 백작영애도 얌전해질 겁니다. 프란츠 님과 친구시면서 곤란하게 내버려 두실 겁니까?"

"내가 있다고 해서 백작영애가 얌전하게 있을 타입은 아닌 것 같은데. 실례할게요, 슈트라이트 경. 프란을 잠깐 도와주고 올게요."

어쩔 수 없이 힐다는 내게 양해를 구하고 베르미어와 함께 왕세자의 자리로 향했다. 베르트하임은 다른 귀족들과

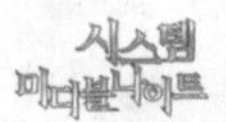

어울리고 있었다. 내게 소개해 줄 상대는 아니었던 모양인지 특별히 나를 부르거나 하진 않았다.

그래서 하는 수 없이 주변을 둘러보거나 밀담을 주고받는 남녀를 바라보며 포도주를 홀짝이고 있는데 아이젠나흐가 나를 발견했다. 그는 매우 반갑다는 듯 내게 다가왔다.

"슈트라이트 경? 경도 연회에 초대되었나? 의외의 장소에서 만나는군."

"예. 후작님과 동석해서 참석할 수 있었습니다. 저하를 호위중이십니까?"

"주위를 살피고 있었다. 좋은 짝이라도 찾았나? 주변에서 짝을 찾으려고 난리다만."

"마음에 드는 영애를 발견했지만, 신분의 차이가 너무 커서요."

"저런, 안타깝군. 좋은 짝을 발견할 수 있길 바라네. 참고로 난 기혼이다."

아, 그러십니까?

독신인 줄 알았는데 무려 기혼이었다니. 아들과 딸이 있어서 후사걱정은 없다며 과묵한 표정과 달리 환하게 웃었다. 친위대장을 제외하고는 나머지 친위대는 결혼은커녕 상대도 없었다. 왕세자 호위가 아니었다면 당장에 영애들에게 달려들어 구혼했을 텐데, 입맛만 다시고 있다. 몇몇은 구혼에 성공한 커플을 보고 푸념을 늘어놓았다.

"제기랄, 있는 놈들은 여유만만이군."

"나도 출세한다면! 영애들이 잔뜩! 역시 돈이 문제냐?"

"우리에게 인연이 없는 건 대체 뭐 때문이지? 우린 왕세자 친위대잖아!"

내가 영애라면 절대 너희들에게 시집갈 생각은 들지 않겠다. 저 셋(호른스트, 하우멜스, 베이)은 특히 요주의다. 왕세자 친위대라고 해서 관심을 가졌다가 저 셋을 보고는 기겁하며 도망치는 영애들도 있었다. 셋 때문에 친위대 평가가 그리 좋아지진 않을 것 같다.

"저는 마그네트 공국기사의 딸이에요. 기사님은 어떤 가문인가요?"

"슈트라이트 가문의 현 가주인 볼프강 폰 슈트라이트라고 합니다."

"아, 슈트라이트 가문이시군요. 전쟁에서 활약한 훌륭한 기사가문이라고 생각해요."

가끔 내 용모를 보고 다가오는 영애들도 있었지만 내 가문 명을 듣게 되면 모두가 얼굴에 물음표를 새긴다. 방금처럼 훌륭한 기사가문이라고 치켜세웠지만, 재빨리 멀어지는 모습을 보고 있으니 새삼 가문의 명성이 혼활에 얼마나 영향을 끼치고 있는지 절실히 깨달았다.

하급 귀족 영애들은 내 가문을 매력적인 혼처로 느끼지 않는 것이다.

그래도 높으신 아가씨가 관심을 가져줬으니 그걸로 됐다.

씁쓸함을 감추며 정원으로 나왔는데 좋은 짝을 찾았으면 좋겠다던 사비네와 다니엘, 콧구멍을 후비던 보도까지 보고 싶어졌다. 데리고 온 병사들(한스, 테드, 오스카)은 대기실에서 나름 괜찮게 밥을 먹고 있겠지.

바람이나 쐬면서 시간을 보내고 있었는데 누가 내 등을 톡톡 건드렸다.

"혼자서 바람을 쐬고 있었나요?"

"상대해 주는 영애가 프로이라인밖에 없어서 그런지 혼자서는 적적하더군요."

"영애들이 보는 눈이 없네요. 왕세자 저하의 측근이 될지 모르는 기사님인데."

"그런데 저하를 놔두고 나오셔도 됩니까?"

"바람을 쐬러 나온다고 도망쳤죠. 프란도 이해할 거예요."

그 자리에서 마인호프 영애에게 상당히 시달린 것 같다.

마인호프 궁중백작 입장에서는 왕세자를 통해 어떻게든 고립에서 벗어나 만회할 기회를 얻는 것이 중요했다. 왕세자빈에 간택될 일은 없겠지만 딸이 왕세자의 마음에 든다면 협상카드로도 쓸 수 있으니 나쁘진 않은 시도였다.

물론 왕세자가 마인호프 영애를 좋아할 가능성은 없다.

그런데 힐다가 나를 지그시 올려다봤다.

"아, 기억났어요! 우리 함께 춤을 췄던 적 있지 않나요?"

"브라이스부르크 대성당에서였죠?"

"맞아요, 역시! 낯이 익다고 생각했었는데."

"프로이라인과 만난 것은 운명이라고 생각해도 되겠네요."

그때가 생각났다. 브라이스부르크 대성당에서 미사를 마치고 나왔을 때 안마당에는 많은 사람이 모여 흥겹게 노래를 불렀고 마치 강강술래처럼 빙글빙글 돌며 춤을 췄던 일이 있었다. 이름 모를 소녀에게 이끌려 춤을 췄고 그다음에 췄던 것이 바로 힐다였다.

그때의 추억을 생각하며 이야기꽃이 화려하게 필 무렵, 힐다가 진지하게 말했다.

"헤르 슈트라이트 경. 내가 경의 정처가 되고 싶다고 한다면 어떤가요?"

"엄청난 영광이지만 그래도 격의 차이가 너무 나지 않습니까?"

"어차피 나는 막내이기 때문에 격의 차이는 크게 신경 쓰지 않아요. 결혼 적령기를 넘어가면 오히려 천덕꾸러기 신세가 되겠죠. 그러기 전에 아버지를 납득하게 할 무언가가 있다면 경에게 시집가는 것도 가능할지 몰라요. 운명의 실이 묶은 우리 두 사람이라면."

그때의 인연도 특별하게 생각하던 힐다는 마음을 굳힌 것 같다. 격의 차이는 분명히 까마득하게 컸지만, 그녀는 장녀가 아닌 5남매 중 막내였기 때문에 어쩌면 가능할 수 있다. 그러나 그 길이 쉽지 않다는 것도 사실이었다.

나도 힐다가 마음에 들었을 뿐만 아니라 군무대신과의 커넥션과 이익도 매우 중요했기 때문에 그녀를 정처로 맞이하고 싶었다. 귀족의 혼활은 이런 것이다. 연애 결혼? 그런 건 동화 속 이야기다.

연회장에서 처음 만나 조건을 따져보고 서로 간의 이익이 있다고 판단한다면 양 가문에 알려 결혼을 추진한다. 이게 귀족의 혼활이었다. 물론 그 전에 몇 번을 만나 다시금 확인하고 곧바로 결혼하기보다는 약혼으로 묶어놓고 과정을 보는 절차가 있다.

그 후에 교회에서 결혼식을 올리면서 끝난다.

참고로 이혼은 불법이다.

"프로이라인, 제 어디가 그렇게 마음에 드셨습니까?"

"내 취미에 공감해 주고 진심으로 존중해 주는 남자가 이 좁은 귀족 사회에 얼마나 있을까요? 게다가 경은 왕세자 측근이 될지 모르는 인재에다가 실전을 치른 용감한 기사라고 생각해요. 내게 있어서 매력적인 선택이라고 생각하는데 경은 내가 부담스러운가요?"

"그럴 리가요. 가문으로서 영광이라고 생각합니다. 나의 마리아여."

"후후, 나도 경의 마리아가 되고 싶어요."

슈트라이트 가문에게 있어서 군무대신의 딸을 맞이한다는 것은 엄청난 영광이자 명성을 얻게 되는 것이다. 재무대신이 제안했던 엘스하이머 데릴사위 건과는 비교조차 할 수 없다.

그 차이는 명백했다. 그녀가 내 가문에 소속되는 것이다. 나는 슈트라이트 가문을 영주기사 가문으로 키워나갈 야망을 품고 있었다. 지금 단계에서 이런 말을 하면 힐다는 분명히 웃겠지만 싫어하진 않을 것이다. 야망이 있어야 위에 설 수 있는 법이니까.

"힐다 님! 살려주세요!"

그런데 베르미어가 또 방해했다.

왕세자가 다시 힐다를 찾고 있다는 것이다.

"Scheiße,"

나는 힐다가 작게 욕하는 것을 분명히 들었지만 못 들은 척 했다. 힐다는 어쩔 수 없다며 내게 다시 양해를 구하고 왕세자에게 돌아갔다. 동생 챙겨 주는 누나 같다. 참고로 힐다는 17세고 나보다 2년 연상이었다. 기준에 근접해서 더욱 마음에 든다.

"힐다가 경을 마음에 들어 해서 다행이군."

"그런데 군무대신가의 따님이라면 제가 아니라도 혼처는 많지 않습니까?"

"그렇지도 않네. 격이 높은 것도 문제인 게야. 비슷한 격의 적령기 남자들은 대부분 결혼을 했고 조금 어리더라도 약혼을 해서 막내인 힐다에게 차례가 오지 않았네. 그래서 격을 내려 신랑감을 구하고 있었지만 남자 보는 기준이 높아서 그것도 쉽지 않았지."

격이 높은 집안이라도 결혼이 쉬운 건 아니라는 건가? 내가 힐다의 마음에 들었기 때문에 격을 낮춰서라도 내게 시집오겠다는 의지를 느낄 수 있었다. 하지만 군무대신이 허락하지 않는다면 말짱 도루묵인데.

귀족적인 사고방식으로 이 결합을 냉정하게 평가했을 때 내게는 엄청난 이득을 안겨 줄 수 있는 결혼이었다. 그러나 군무대신의 입장에서는 전혀 이득이 없는 결혼이다. 왕세자 저하의 측근이 된다고 해도 겨우 세습기사에 불과한 내가 군무대신의 눈에는 차지 않을 것이다.

하지만 시스템을 이용해 꾸준히 성장하면서 영주기사가 된다면 군무대신은 나를 어떻게 대할까? 이런 가정은 무의미하지만 그렇게 될 수 있다면 무척 통쾌할 것 같다.

"군무대신님이 제가 사윗감으로 마음에 들까요?"

"마음에 들진 않겠지. 하지만 경이라면 그 평가를 바꿀 수 있지 않겠는가?"

"저를 높이 평가해줘서 고맙지만 그게 그렇게 쉬운 일은 아닙니다."

베르트하임은 웃기만 하고 연회장으로 들어갔다. 나도

바람을 충분히 쐤으니 뒤를 따라갔다. 이미 연회는 절정에 이르고 있었다. 영애 하나를 두고 결투를 벌이는 광경을 심심찮게 구경할 수 있었다. 혼활에 목숨을 건 적령기 끝자락에 선 귀족들은 절박한 것이다.

나도 힐다와 결혼할 수 있을지도 불투명해서 장담할 수 없지만, 아직 기회는 많다.

막바지에 접어들어서 그런지 빠져나가는 귀족도 많았다. 경비병의 경계도 처음과 비교했을 때 비교적 느슨해졌다. 마인호프 백작과 영애는 왕세자의 접대에 최선을 다하는 것처럼 보였지만 왕세자에게 이 시간은 괴로울 뿐이었던 것 같다.

베르트하임이 분명 무슨 일이 벌어질 것이라 내게 암시를 했는데 아무 일도 없이 지나가는 건가? 이상하게 생각하고 있을 무렵, 갑자기 퀘스트가 나타났다.

[장미의 망령III]

[장미의 기사로부터 왕세자를 지켜라]

[보상 — 3,000포인트, 은화 30닢(위험수당)]

[가문 명성 600상승]

[위험등급 ★★★☆☆]

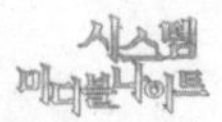

이런, 제기랄. 힐다가 왕세자 곁에 있을 텐데!

갑자기 여기서 그놈이 왜 튀어나와?

그 순간 친위대에게 접근하는 남자를 발견했다. 말끔한 차림에 약간 날카롭고 마른 인상의 남자. 연회장에서 못 보던 남자다. 그러나 나는 관리자 스카우터를 통해 그 남자의 정체를 파악할 수 있었다. 권터 폰 클루겐. 장미의 기사라고 불렸던 위대한 기사.

그가 접근하는 것을 제지하던 친위대 두 명을 단번에 벴다.

순식간에 벌어진 일이라 연회장에 있던 귀족들은 무슨 일이 벌어졌는지 인지하지 못했다.

"꺄아아악!"

마인호프 영애가 비명을 질러 순식간에 아수라장이 됐다.

베르미어와 아이젠나흐가 침착하게 왕세자 앞을 지켰고 친위대가 클루겐을 포위했다. 아이젠나흐가 호통쳤다.

"넌 누구냐? 정체를 밝혀라!"

"알트링겐 왕가에게 복수하러 온 장미의 망령이다."

클루겐의 롱소드가 벼락처럼 뿌려졌다.

권터 폰 클루겐.

로젠가든의 전 소유주이자 로젠하임의 영주였던 콘스탄츠 남작을 모시던 장미의 기사. 5년 전 프랑스의 침공에 맞서 참전했지만, 그 결과 콘스탄츠 남작이 전사하면서 행방불명이 됐다. 그리고 얼마 전 나는 베르트하임의 의뢰로 로젠가든에 숨어 있던 그를 찾아냈다.

치열한 싸움 끝에 부하들과 연계하여 격퇴했지만, 다시 1:1로 싸운다면 승리를 장담할 수 없는 실력자였기에 베르트하임에게 정보를 넘긴 후 손을 뗐다. 그런데 무려 왕세자를 암살하겠다고 나타난 것에 경악하지 않을 수 없었다. 알트링겐 왕가의 복수?

그의 신원이 명확하지 않을 텐데, 연회장에 어떻게 들어온 걸까?

하수구를 통해서? 가능성이 있었지만, 몸에 악취가 배고 지저분해지기 때문에 깔끔한 모습을 유지하기 어렵다. 그렇다면 정문으로 당당히? 신원이 확실한 나조차도 베르트하임이 동행이라고 설명해 주지 않았다면 입장을 할 수 없을 정도로 철저했다.

어째서 베르트하임은 연회장에 있던 클루겐을 보지 못했는가? 나는 로젠가든에서의 추레한 몰골밖에 모르기 때문에 평상시의 클루겐이 어떻게 생긴 사람인지 알지 못한다. 그러나 시녀를 그에게 시집보낸 베르트하임이 알아보지 못할 이유는 없다.

단순히 몰랐던 걸까? 눈썰미가 좋은 영감님이? 의심을 지울 수 없었으나 지금 필요한 것은 스피드였다. 클루겐이 모습을 드러낸 건 경계가 느슨해진 지금의 타이밍이 최적이라고 판단했기 때문이다. 베르미어와 아이젠나흐가 왕세자를 감싸는 사이 친위대가 포위했다.

아마도 친위대가 시간을 끄는 사이 왕세자를 안전한 곳으로 대피시킬 것이다. 마인호프 백작이 격노하여 사병들을 불러 모았고 저택 바깥에 대기하고 있던 귀족의 사병들도 주인을 지키기 위해 몰려왔다. 그러나 그들보다 왕세자와 가까운 것은 클루겐이었다.

“프란츠 님! 빨리 피하셔야 합니다!”

“잠깐, 힐다를 먼저 피신시켜!”

“왕세자 저하가 먼저입니다!”

베르미어와 아이젠나흐가 왕세자를 안전한 곳으로 끌고 가는 순간 클루겐의 검이 벼락처럼 뿌려졌다. 전위에 있던 친위대원은 내려치는 검을 받아치자마자 거칠게 밀어붙이는 클루겐의 그어 베기에 쓰러졌고 뒤이어 달려드는 친위대원은 머리를 베이면서 쓰러졌다.

포위망이 순식간에 돌파되어 왕세자를 끌고 가다시피 했던 아이젠나흐가 베르미어에게 왕세자를 맡기며 클루겐과 격돌했다. 바인딩을 붙여 힘으로 찍어 누르려고 했던 아이젠나흐는 힘을 갑자기 빼서 중심축을 무너트리고 물러선 클루겐의 공격에 당했다.

크럼프하우의 역행 베기. 뒤로 물러서 상대를 끌어들임과 동시에 역행으로 휘두른 앞날로 머리를 공격하는 기술이다. 아이젠나흐는 간신히 머리를 피했지만, 어깨가 베어져 쓰러졌다. 클루겐은 아이젠나흐를 짓밟고 끈질기게 달라붙는 친위대를 뿌리쳤다.

— 챙!

"슈트라이트의 아들인가."

베르미어에게 달려드는 순간 내가 끼어들어 클루겐의 검을 받아 냈다. 정면에서 바인딩으로 붙어 있을 때 클루겐의 무게 중심축이 앞으로 쏠리는 것을 감지했다. 밀고 들어오던 클루겐이 뒷날로 내 왼쪽 어깨를 베려는 순간 오른발을 내디디며 옆으로 빠져나갔다.

— 챙! 챙!

바인딩이 붙은 상태로 나의 검 앞날과 클루겐의 검 뒷날이 충돌했다. 그어 베기를 시도하거나 와인딩으로 돌려 베기 공격을 하면서 서로의 공격을 간파하며 맞불에 가까운 격돌이 이어졌다. 예전과는 확실하게 달랐다. 눈으로 궤적을 보는 게 아니라 먼저 느낀다.

하지만 실전에서는 대련과 달리 여유 따윈 없었다.

— 촤악!

"큭!"

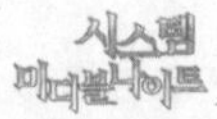

제기랄, 오른쪽 팔뚝을 베였다. 다행히 깊이 베인 것은 아니라서 견딜 수 있었다. 클루겐은 순간적으로 나를 떼어내고 왕세자에게 접근하고 싶었으나 한발 앞서 경로를 막아선 나는 끈질기게 클루겐의 진로를 방해했다. 왕세자가 도망갈 때까지 물고 늘어지는 것이다.

"레오, 나는 괜찮으니까 가세해서 저 암살자를 막아!"

"무슨 말씀입니까! 여기서 벗어나는 것이 우선입니다!"

왕세자가 나를 도우라고 했지만, 베르미어의 최우선 순위는 왕세자의 안전이다. 당연한 판단이었고 빨리 왕세자를 데리고 피신하는 것이 나를 돕는 것이다. 바인딩으로 밀어붙이려는데 클루겐에게 크로스가드를 붙잡혀 움직이지 못하는 순간 팔꿈치로 얼굴을 얻어맞았다.

퍽!

—우당탕!

팔꿈치에 맞아 쓰러진 틈을 타 클루겐은 허리춤에서 단검을 뽑더니 그대로 왕세자에게 던졌다. 천만다행으로 마인호프 궁중백작의 병사들이 왕세자를 방패로 감싸 단검을 튕겨냈다. 그 틈에 일어선 나는 클루겐을 향해 검을 부딪치며 바인딩으로 붙은 후 뒷날로 공격했다.

"궁수, 위치로! 나머지는 포위한다!"

"저 암살자를 죽여! 죽이라고!"

마인호프 궁중백작의 절규에 가까운 명령이 연회장에

울려 퍼지며 병사들이 나와 암살자를 둘러쌌다. 베르미어가 왕세자를 보호하면서 완전히 빠져나가자 결과적으로 클루겐의 암살시도는 실패로 끝났다. 만약 내가 제때 막지 않았다면 왕세자가 위험해질 수도 있었다.

"암살시도는 실패했다. 항복해라!"

"……."

클루겐은 실패로 끝났는데도 별다른 동요를 보이지 않았다. 처음부터 이렇게 될 줄 알았다는 것처럼 오히려 차분했다. 나는 손잡이를 이마 높이까지 들어 상대의 눈높이로 검 끝을 수평으로 맞췄다. 클루겐은 검 끝을 밑으로 내린 알버라는 자세를 취했다.

상반신을 비워 상대의 방심을 유도해내는 자세로 공격을 받을 때 눈 깜짝할 사이에 반격으로 상대를 죽인다. 그래서 나는 접근해서 공격하기보다는 거리를 두고 찌르기 공격을 들어가려고 했다. 막 발을 내딛는 순간 포위하고 있던 몇몇 사병이 갑자기 클루겐을 공격했다. 검을 내린 자세를 보고 포기했다고 착각한 모양이다.

공격해 오던 사병의 목을 반 박자 빨리 찔러 죽이고 사선으로 내리치는 다른 사병의 검을 뒷날로 부수며(크럼프하우) 회전하듯 검을 돌려 목을 벴다. 어떻게 말릴 새도 없이 클루겐의 반격으로 사병들이 죽임을 당했다. 그래서 사병들은 방패를 앞세워 전진하며 압박했다.

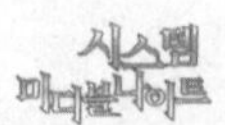

방패를 든 대열의 전진은 견고한 성벽과도 같았다. 클루겐의 시선이 사병들에게로 분산되자 나는 지체 없이 찌르기 공격으로 들어갔다. 플룽의 자세로 변경한 클루겐은 내 칼날을 미끄러지듯 흘려보내며 내 목을 검 끝으로 찌르려고 했다.

— 끼긱!

그 순간 손잡이를 들어 올리며 검 끝이 내 목이 아닌 머리 위로 향하게끔 방향을 바꿔 버렸다. 뒤이어 회전하듯 두 팔을 교차시키며 뒷날로 클루겐의 관자놀이를 공격했다. 클루겐은 검면으로 뒷날을 튕겨내며 오른발을 내디뎠다. 그리고 나는 그 순간 다음 공격이 샤이텔하우라는 것을 간파했다.

"……!"

— 채챙!

실전에서의 펠른은 이런 것일까? 샤이텔하우(머리 베기)로 전환하여 빠르게 머리를 베어 끝장내려던 클루겐의 검을 즈버크하우(가로 베기)로 쳐냄과 동시에 그대로 찔러 들어갔다. 클루겐은 바인딩으로 검을 붙여 내 돌진을 저지했다.

그리고 고양이걸음으로 빠져나와 내 팔목을 공격했다. 침착하게 크로스가드로 받아 내 팔목이 베이는 것을 막았다. 그리고 몸을 부딪쳐 클루겐의 다리를 걸어 넘어트리려고 했으나 클루겐은 능숙하게 발을 움직여 오히려 내 다리를 걸고 중심축을 무너트리려고 했다.

— 퍽!

크윽, 명치를 세게 맞았다. 대신 맞자마자 반동으로 클루겐의 코를 머리로 들이받았다. 코피가 터진 클루겐의 모습을 보니 지난번에 당한 것을 갚아 준 듯싶다. 펠른에 대한 것을 알게 된 이후 클루겐의 공세에 일방적으로 밀리지 않게 됐다.

여기저기 얕게 베어져 은화 4닢짜리 비싼 연회복이 너덜너덜해졌지만 3번 중의 1번은 간파했다. 주변을 포위한 사병들은 나와 클루겐의 숨 막히는 격전을 보고 감히 끼어들지 못했다. 이때 갑자기 노성을 터트린 것은 마인호프였다.

"뭘 멍하니 보고 있는 거야! 활로 쏴 죽여! 감히 내 연회를 망친 저 빌어먹을 놈을!"

"멈추세요, 백작님! 활을 잘못 쐈다가 슈트라이트 경이 맞을 수 있어요!"

힐다가 마인호프를 말리지 않았다면 클루겐과 함께 화살 꽂이가 될 수도 있었다. 궁중백작이라는 놈이 이렇게 목숨을 걸고 붙어서 싸우고 있는 기사가 있는데 활을 쏘라는 명령을 내려? 지금 제정신인가? 힐다가 반대하며 막았지만 마인호프는 이성을 잃은 것 같다.

"저리 비켜!"

"꺄악!"

"쏴라!"

마인호프는 힐다를 밀쳐 버렸고 궁수들에게 명령을 내렸다.

— 퍽! 우당탕!

그 순간 클루겐이 내 복부를 걷어찼다.

밀려 나간 나는 그대로 균형을 잃고 바닥을 굴렀다. 내가 있던 자리에 화살 여러 개가 박혔다. 저 개새끼들, 진짜로 쏘다니! 클루겐은 재빨리 굴러다니던 죽은 사병의 방패를 주워 앞세우면서 활의 시위를 당기는 궁수들을 향해 빠르게 돌진했다.

화살을 쐈지만, 방패에 모두 막혔다.

"마, 막아! 막으라고!"

궁수 뒤에 있던 마인호프가 외치자 보병들이 서둘러 클루겐을 막으려고 했다. 클루겐이 방패로 부딪쳐 대열을 유지하던 보병을 쓰러트리고 넘어가자 순식간에 대열이 무너졌다. 그대로 궁수들을 향해 롱소드를 휘둘렀다. 제대로 막지도 반격하지도 못한 궁수들이 피를 뿜어내며 죽임을 당했을 때 마인호프는 뒷걸음질을 쳤다.

보병들과 궁수들이 필사적으로 주인을 보호하기 위해 몸을 날렸으나 클루겐은 그 모든 것을 뚫고 마인호프를 따라잡았다. 마인호프를 지키던 가신기사들이 덤벼들었다. 그러는 동안 나는 굴러다니던 내 검을 주웠다. 저 괴물자식, 방패를 든 보병을 뚫고 궁수들을 도륙하다니.

클루겐은 목숨을 도외시한 사람처럼 가신기사들을 죽이고 결국 도망치던 마인호프를 붙잡았다. 덜덜 떨던 마인호프는 자신의 가슴을 관통한 차가운 금속의 감촉을 느끼며 원통한 듯 클루겐에게 매달렸다. 클루겐도 온몸이 만신창이였다. 등에 화살 몇 개가 꽂혀 있다.

"왜…… 왜! 오늘 같은 날에! 어째서!"

"원망하려거든 왕가를 원망해라."

"꾸르륵! 원…… 통…… 하다!"

마인호프를 살해한 클루겐은 괴성을 지르며 달려든 보병의 창에 등을 찔렸으나 곧바로 보병을 베어 죽였다. 주인이 살해당해 눈이 뒤집힌 사병들이 목숨을 도외시하고 달려들었다. 클루겐은 수많은 자상을 입으면서 사병들과 격돌했다. 사병들이 피를 뿜으며 쓰러졌다.

나는 쓰러져 있던 힐다를 부축했다.

"용감한 프로이라인, 일어설 수 있습니까?"

"슈트라이트 경, 괜찮으세요?"

"아직은 괜찮습니다."

"사, 상처가 너무 많아요!"

"기사에게 이 정도는 그냥 긁힌 상처죠."

난 힐다를 안심시키려고 농담과 미소를 지었다.

팔뚝이 베이고 여기저기 베인 상처에 피가 흘러 은화 4

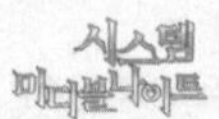

닢의 비싼 옷이 쓰레기가 되었지만, 힐다를 만날 수 있었으니 아깝진 않았다. 힐다는 자신의 드레스 자락을 찢더니 베어진 팔뚝을 붕대처럼 감았다. 나는 그 모습을 가만히 지켜봤다. 뭔가 낭만적인 분위기인 것 같았지만 배경 사운드가 비명이었다.

저 미쳐버린 장미의 기사가 사병들을 모두 도륙 내기 전에 내가 나서야 한다. 때마침 내 병사들이 도착했다. 연회장의 널리고 널린 시체들을 보며 대체 이게 무슨 난리인지 하나같이 경악을 금치 못했다. 조금 전까지 귀족 남녀가 짝을 찾던 그 장소가 맞다.

연회장에 많은 귀족이 빠져나가면서 텅 비어 버렸다. 귀족 사병들은 자기 주인만 챙기고 튄 것이다. 어깨를 깊게 베어져 쓰러진 아이젠나흐와 부상에 신음하는 친위대를 제외하고는 연회장에 남은 사람은 얼마 없다. 베르트하임도 보이지 않았다.

“한스, 프로이라인을 부탁한다. 사모님이 되실 몸이니 잘 모시도록.”

“네? 사모님이요? 볼프강 님?”

“테드! 오스카! 나를 따라와라!”

어리둥절한 한스에게 힐다를 맡기고 나는 테드, 오스카와 함께 마지막 마인호프 궁중백작의 사병을 죽인 클루겐과 대치했다. 클루겐은 매우 지쳐있었다. 과다출혈로 제대로 서 있지도 못하는 것 같지만 흉흉한 눈빛만큼은 아직도 살아 있었다.

지독한 놈.

나는 클루겐에게 가장 궁금한 것을 물었다.

왜? 무엇 때문에?

"알트링겐 가문에 복수하려는 거지?"

"……."

클루겐은 대답하지 않고 검을 들었다. 나도 옥스자세를 취했다. 방패를 든 테드와 오스카를 좌우로 배치했다. 절대로 단독으로 클루겐을 상대하게 해선 안 된다. 죽어 나간 사병들처럼 그들도 살해당할 수 있다. 상황이 불리해져 도망쳤던 전과는 전혀 다른 싸움이다.

이미 그는 죽음을 각오한 상태였고 신중하게 싸워야 했다.

피투성이가 된 검을 높이 들어 올리며 폼탁의 자세를 취한 클루겐을 향해 찌르기 공격을 날렸다. 내 찌르기 공격을 바인딩으로 붙여 슬쩍 밀어내 엉뚱한 방향으로 날아가게 했다. 그리고 곧바로 내 얼굴을 향해 찌르기를 시도했지만, 나는 뒷날로 튕겨내면서 그대로 바인딩을 하며 붙었다. 힘으로 밀어내니 전과 다르게 밀리기 시작했다.

"힘이 빠졌군, 장미의 기사! 방패로 쳐!"

"으랏차!"

테드가 기합을 지르며 내가 붙잡아둔 클루겐을 방패로

치자 휘청거렸다. 그런데 클루겐이 밀리는 것을 보고 테드가 자신감이 붙었는지 아밍소드를 휘둘러 클루겐의 허벅지를 베려고 했다. 그런데 그 순간 클루겐은 내 검을 밑으로 꺾어 내려치면서 뒷날을 역행하듯 휘둘러 테드의 아밍소드를 후려쳤다.

"크악!"

아밍소드를 놓쳐버린 테드는 하마터면 가슴을 깊게 베일 뻔했으나 부하의 죽음을 내버려 둘 수 없었던 내가 손바닥이 베이는 것을 감안하고 크로스가드를 잡고 버텼다. 그리고 틈을 노리고 있던 오스카가 아밍소드로 클루겐의 옆구리를 찔렀다. 클루겐은 있는 힘을 다해 나를 밀쳐 내며 뒤로 물러났다.

"허억, 허억."

죽어도 이상하지 않을 정도로 클루겐은 많은 피를 흘렸다. 오스카에게 옆구리가 찔리면서 한계에 다다른 것이다. 지독한 놈. 산송장이나 다름없으면서 저렇게까지 끈질기게 버티는 것은 원한 때문인가?

대체 왕가가 콘스탄츠 가문과 저놈에게 무슨 짓을 저지른 건가? 나는 마음을 다잡고 다시 변형된 어깨에 걸친 폼탁의 자세를 취했다. 이 일격으로 망령의 고통을 끝내주겠다.

오른발을 내디디며 힘차게 바닥을 딛고 뛰었다. 떨리는 검 끝과 가쁜 호흡을 몰아쉬던 클루겐은 내가 내리치는 샤이텔하우를 튕겨내며 가로 베기로 카운터를 날리려고 했지만, 나는 이미 그렇게 나올 줄 알고 고개를 옆으로 비틀어 피하면서 그대로 검 끝을 클루겐의 목과 가슴을 찌르면서 벴다.

그리고 그 즉시 허리춤에 있던 단검을 뽑아 심장 부근을 찔렀다.

"끄륵…… 끅."

무너진 클루겐은 내 몸을 붙잡고 버텼다.

나를 올려다보면서 그는 피가 흘러넘치는 입을 열고 말했다.

"명…… 심하게…… 슈트라이트의…… 아들이여…… 왕가를…… 믿지…… 말게."

왕가를 믿지 말라고?

그 말을 마지막으로 클루겐은 죽었다. 축 늘어져 쓰러진 그의 시신을 바라보며 손바닥이 욱신거렸다. 테드를 죽이지 못하게 억지로 크로스가드와 그 위의 검신 밑동을 잡았는데 깊게 베인 것 같다. 화들짝 놀란 테드가 상비하고 다니는 천 붕대를 꺼내 내 손바닥을 묶었다.

"죄송합니다, 저 때문에 이런 상처를!"

"죽지 않았으면 됐다. 기사를 상대로 무모한 짓은 하지 마."

싸움은 끝났다. 저택은 이미 진압부대에 포위된 상태였

다. 수도방위를 맡고 있던 구스타프 폰 로엔베르트 자작이 진압부대를 투입했을 때 이미 내가 클루겐을 죽이고 난 다음이었다. 왕세자 암살미수사건은 그렇게 많은 사상자를 내고 일단락이 되었다.

문제는 뒷수습이었다.

이 일로 왕실을 비롯해 수도 전체가 발칵 뒤집혔다.

총 45명의 사상자가 발생했고 그중에 마인호프 궁중백작이 있었다. 암살의 배후에서 비켜났을 뿐만 아니라 그들 가문은 세간의 동정심을 받게 됐다. 마인호프가 죽었기 때문에 암살 혐의에서 벗어날 수 있었으며 그의 딸이 데릴사위를 받아 가문을 이어가면 될 것이다. 그러나 가장을 잃은 가족의 슬픔은 어떤 말도 위로해 줄 수 없다.

나는 일단 병원으로 옮겨졌다.

집에 돌아가고 싶다는 내 말에 힐다가 벌컥 화를 내며 억지로 공국 병원에 입원시킨 것이다. 난생처음 중세 병원에서 치료를 받는 것이라 불안했는데 상처에 잘 아무는 허브를 발라주고 붕대로 칭칭 감는 것이 의외로 정상적이었다.

나를 돌봐주던 간호사에게 들었는데 간호사학교라는 것이 교회 내에 따로 존재했고 그곳을 졸업한 소수의 여성이 간호사로 일한다. 여성이 억압된 중세사회에서 몇 안 되는 여성의 일자리라고 한다. 수술도구가 워낙에 무시무시해서 선입견을 조금 품고 있었는데.

[장미의 망령III]퀘스트가 완료되면서 3,000포인트와 은화 30닢을 보상으로 받았다. 보유하고 있는 포인트는 8,550포인트였다. 스카우터의 기능을 추가하기보다는 혹시나 의료서비스를 사용하게 될 경우를 생각한다면 당장 사용하는 것보다 앞으로의 상황을 판단해 필요할 때 사용하는 것이 낫다는 결론에 도달했다.

은화 30닢이 들어오면서 내 재산도 상당히 늘어났다. 아델베르트에게 받아야 할 은화를 제외하고 내가 가지고 있는 은화는 136닢이다. 메디치 은행에 맡겨야겠다.

그리고 고무적인 것은 F급 기사가 E급으로 랭크 업을 하면서 E급 기사(무력30% 용맹30%)로 상승했다는 점이다. 이 정도면 클루겐과 다시 붙어도 해볼 만하지 않을까? 가문의 명성도 600점을 획득해서 총 750점이 됐다.

슈트라이트 가문(인지도17% 통치력17%)의 이름이 더욱 알려지지 않았을까?

"깊게 베인 건 아니라서 다행이네요."

"그런데 군무대신가의 따님이 매일 병문안을 와도 되는 건가요?"

"어머, 볼프는 내가 병문안 오는 게 부담스러운가요?"

"그럴 리가요. 저야 매일 호강하는 기분이죠."

언제부턴가 힐다가 나를 애칭이라며 볼프라고 부르기 시작했다. 그날 이후로 급속도로 가까워져서 내게 시집을

오기 위해 마음을 굳힌 것 같다.

문제는 군무대신의 의사인데 원래라면 당장 나를 끌고 와 어떤 놈팡이인지 뜯어봤을 테지만 지금은 왕세자암살미수사건 때문에 시간을 전혀 내지 못하고 있었다.

"사비네. 새 붕대를 가지고 오렴."

"예, 마님."

간호사가 자꾸 내게 추근거려서 사비네를 데리고 와서 수발을 들게 했는데 어느 틈에 힐다가 마님소리를 들으며 사비네에게 자연스럽게 지시를 내리고 있었다.

힐다는 나와 편히 있고 싶다며 수행원을 병원 바깥에서 대기하게 했다. 완전히 안주인이 다 됐다. 나야 힐다가 내 정처로 온다면 쌍수를 들고 환영하겠지만 세상일이란 게 그렇게 간단하지 않다. 아무튼 나는 힐다와의 오붓한 시간을 보냈다.

"질풍의 검, 질풍의 기사."

"뭡니까, 그건?"

질풍의 검? 질풍의 기사? 힐다가 돌아가고 늦은 시간에 병문안을 온 베르트하임이 나를 보자마자 한 소리다. 나를 바라보는 영감님의 표정이 짓궂게 장난을 치고 싶은 개구쟁이처럼 보였다.

사건이 터졌을 때 마인호프의 연회장에서 쥐도 새도 모르게 사라져놓고는 이제야 나타나다니. 그런데 갑자기 목을 가다듬더니 노래를 부른다. 그건 무려 질풍의 기사라는 영웅시였다. 혹은 질풍의 노래라고 불렸다. 베르트하임의 노래에 순간 벙 쪘다.

단칼에 비열하고 비겁한 프랑스 암살자를 베고 왕세자를 구한 위대한 질풍의 기사라고? 아니, 영감님. 그 나이에 그 노래가 뭡니까?

"질풍의 기사 슈트라이트의 영웅시 중 하나인데 어떤가?"

"그…… 질풍의 기사가 누구죠?"

"당연히 자네가 아닌가. 왕세자를 구한 기사가 누가 있다고?"

저게 내 영웅시라고? 질풍의 기사? 잠깐 어딘가에 쥐구멍이라도 있을 텐데. 베르트하임은 이미 이 영웅시가 현재 수도의 유행 시라며 확인사살을 날렸다. 왕세자 암살미수 사건으로 뒤숭숭한 가운데 일부러 영웅을 만든 것이라고.

그리고 실제로 내가 몸을 날렸기에 왕세자가 무사할 수 있었던 것은 사실이다.

그런데 저거 너무 과장됐잖아. 단칼에 베지도 못했고 떼로 덤벼서 간신히 이긴 건데? 대체 어디서부터 태클을 걸어야 할지 모르겠다.

영웅시는 대부분 거리악사들이 공연을 할 때 부르는 노래로 수도 전역으로 이미 퍼져나갔을 수도 있다. 내가 병원 침상에 있는 사이에. 생각만으로도 두통이 엄습해 왔

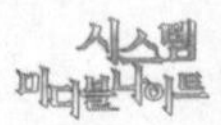

다. 이런 식으로 유명해지고 싶진 않았는데.

잠깐, 프랑스 암살자?

"암살자가 프랑스인으로 되어 있는 것 같은데요?"

"콘스탄츠와 권터의 명예를 지켜주려고 일부러 그렇게 손을 썼네."

"그게 손을 쓴다고 감춰지는 일입니까?"

"운 좋게 대부분의 귀족은 암살자가 장미의 기사인지 몰랐네. 그래서 이 늙은이가 공왕전하와 군무대신과 함께 의논해서 프랑스에 뒤집어씌우자고 합의를 했지. 프랑스 놈들에게 뒤집어씌운다고 욕하는 사람은 이 공국에 아무도 없네."

공국 상층부가 진범의 정체에 대해 덮어버리기로 합의를 본 것이다.

나는 콘스탄츠 가문과 왕실이 얽힌 비밀이 생각보다 복잡한 문제라는 것을 눈치챌 수 있었다. 진상을 알고 있던 클루겐은 죽었고 베르트하임은 이에 대한 답변을 회피했다. 그는 그저 콘스탄츠와 장미의 기사가 명예를 지킬 수 있었으니 그것으로 족하다고 말했다.

그리고 내 서훈 날짜가 잡혔다.

열흘 후, 왕세자가 직접 서임식을 진행할 예정이라고 한다.

〈『시스템 미디블나이트』 2권에 계속〉